THE ORIGINAL CLASS DESIGN
OF THE OVERSEAS SERVER

▶ 西 欧　WESTERN EUROPE

アニメ「ログ・ホライズン」監督
石平信司
ISHIHIRA SHINJI
×
TOUNO MAMARE
橙乃ままれ

THE ORIGINAL CLASS DESIGN
OF THE OVERSEAS SERVER

海外サーバー
オリジナル
職業《クラス》デザイン
第 2 弾!!

さらなる詳細は
P.344

石平監督コメント

いやぁ待ちに待った久しぶりのログホラ関連のお仕事! しかも9巻に引き続きまたイラストを描かせて頂けるなんて光栄です。今回は何パターンかラフを描いてみて結構悩みましたが(それも楽しい!)、特にお気に入りはエクソシストですねぇ。パラメーターが超片寄ってそうでプレイするのが楽しそうです。次の機会もあれば是非描かせて欲しいですー!

▶ エクソシスト (神祇官の代替)　EXORCIST

【種族】
♂ 法儀族
♀ エルフ

▼ままれコメント
シスターさんとヒゲ司教様。監督デザインは種族や年齢がバラエティ豊かでうれしいです。

▶ パラディン (武士の代替)　PALADIN

【種族】
♂ 狼牙族
♀ ハーフアルヴ

▼ままれコメント
悪霊退治の騎士。バランスが偏ったクラスってそれはそれで浪漫があるのですよね。

▶ テンプラー (施療神官の代替)　TEMPLAR

【種族】
♂ ヒューマン
♀ 法儀族

▼ままれコメント
監督のデザインだと騎士よりも重装なところが格好いい! 個人的にプレイしたいクラスです。

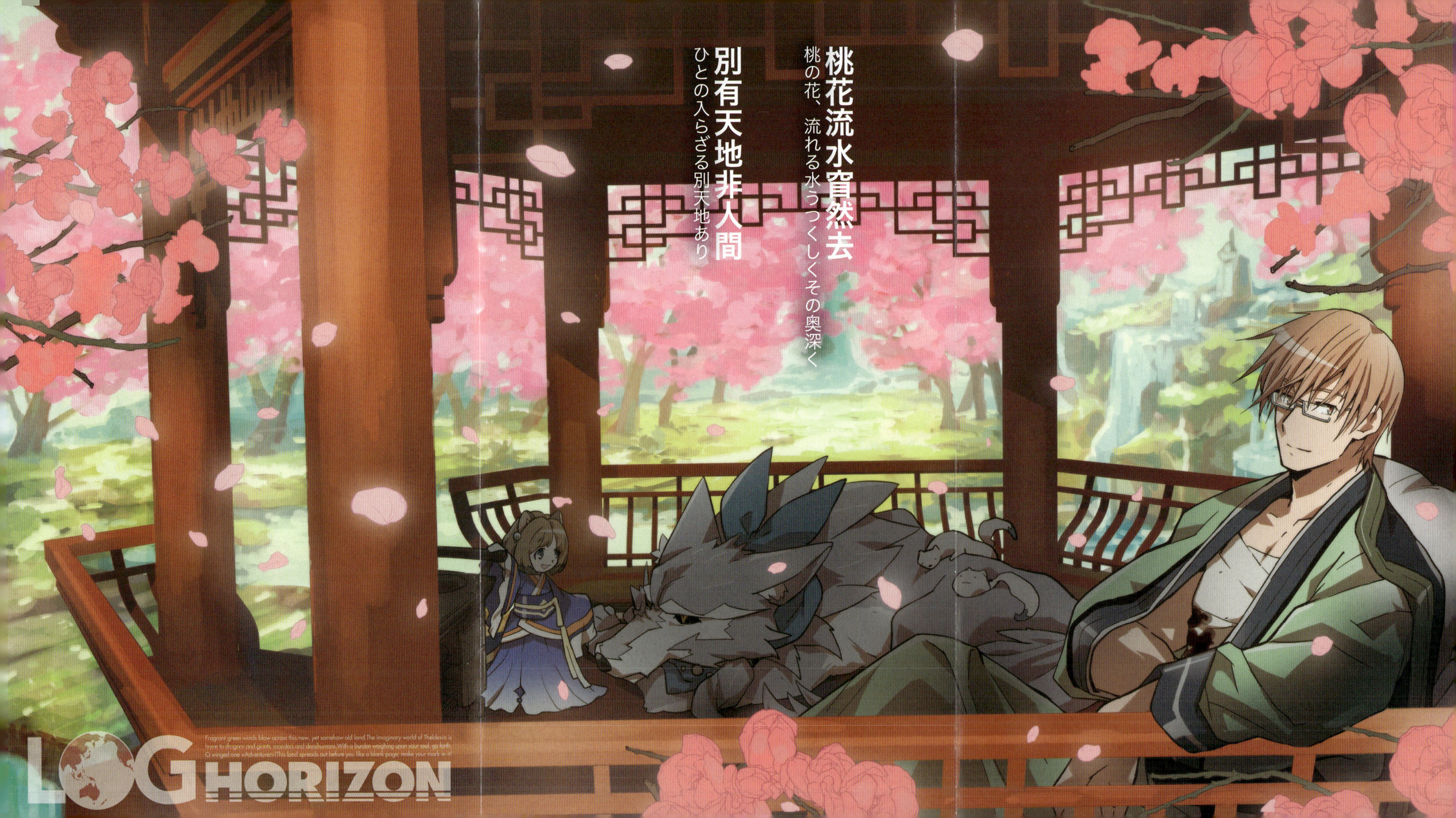
桃花流水窅然去
桃の花、流れる水うつくしくその奥深く
別有天地非人間
ひとの入らざる別天地あり
Fragrant green winds blow across this new, yet somehow old land.The imaginary world of Theldesia is home to dragons and giants, monsters and demihumans.With a burden weighing upon your soul, go forth, O winged one <Adventurer>!This land spreads out before you like a blank page; make your mark in it!
LOG HORIZON

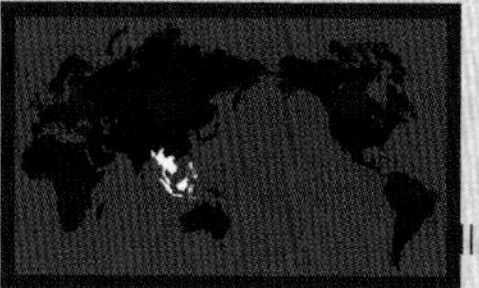

THE ORIGINAL
CLASS DESIGN
OF THE OVERSEAS SERVER

▶東南亜 SOUTHEAST ASIA

▶ペシラット（武闘家の代替） PESILAT

【種族】♂	ドワーフ
♀	狼牙族

▼ままれコメント

低い構えが独自のコンボパンチをあらわしてそう。
ドワーフなのに主役顔！

東南亜 SOUTHEAST ASIA

ドゥクン（神祇官の代替） DUKUN

【種族】
♂ 法儀族
♀ 狐尾族

▼ままれコメント

独自モーションがありそうな、妖しくも強力そうなデザインです。

THE ORIGINAL
CLASS DESIGN
OF THE OVERSEAS SERVER

▶インド INDIA

▶ラジプート（盗剣士の代替） RAJPU

【種族】 ♂ ヒューマン ♀ 猫人族

▼ままれコメント
猫お姉さん可愛いなあ。二刀流の手数で翻弄してくれそう。

インド INDIA

タントリック（神祇官の代替） TANTRIC

【種族】
♂ 狐尾族
♀ ドワーフ

▼ままれコメント
神祇官系のクラスでありながら楽器を用いた長期間バフをつかうクラスです。

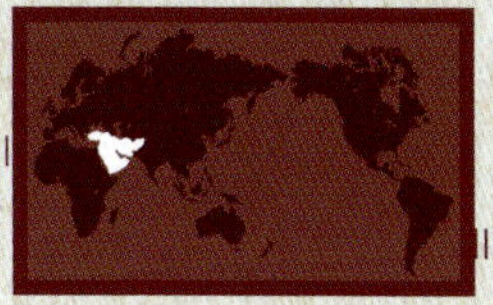

中東 MIDDLE EAST

ダルヴィシュ（神祇官の代替） DERVISH

【種族】♂ エルフ
♀ ハーフアルヴ

▼ままれコメント

布たっぷりのこの衣装でくるくる回って踊るのでしょう。モーションが見てみたいクラスです。

中東 MIDDLE EAST

ガージー（武士の代替） GHAZI

【種族】 ♂ 猫人族 ♀ エルフ

▼ままれコメント

武器もサーバー専用モデルのものが用意されていると思われる美麗さ。ヤマトサーバーにも欲しいですね。

Fragrant green winds blow across this new, yet somehow old land.The imaginary world of Theldesia is home to dragons and giants, monsters and demihumans.With a burden weighing upon your soul, go forth, O winged one <Adventurer>!This land spreads out before you like a blank page; make your mark in it!

LOG HORIZON

ログ・ホライズン

11 クラスティ、タイクーン・ロード

橙乃ままれ

目次
CONTENTS

人物紹介▼

▼狂戦士
クラスティ

アキバ最大の戦闘系ギルド〈D.D.D〉のギルドマスター。落ち着いて知的な風貌である一方、戦闘となれば悪鬼のごとき素顔をあらわにするため、二つ名〝狂戦士〟をもつ。

▼傍若無人！天真爛漫！
カナミ

〈放蕩者の茶会《デボーチェリ・ティーパーティー》〉のリーダー的存在であったが二年前に脱退。何事にも真剣かつ全力で、いつの間にか周囲を巻き込んでしまう陽気なカリスマ性の持ち主。

▼ヒーローを目指すギーク

あらすじ▼

ヤマトサーバーを襲った〈典災《ジーニアス》〉タリクタンを、シブヤの地下遺跡で全力管制戦闘《フルコントロールエンカウント》によって撃破したシロエ。

そこで月への通信を可能にするだろう魔法装置を手に入れたシロエは交信を試みた。

地球帰還への手がかりがあると信じて呼びかけた魔法装置からはしかし、予想外の声が届く。

声の主は中原サーバーにいるという〈茶会〉のリーダー・カナミだったのだ。

あっけらかんと話すカナミから、さらなる衝撃の事実が告げられる。

「死にかけクラくんがこっちにいる」

なんと、行方不明になっていたクラスティの所在が明かされたのであった。

突然消えたクラスティは中原サーバーでいったいなにをしているのか——？

レオナルド

ニューヨーク生まれニューヨーク育ちのアメリカ人プレイヤー。ヒーローを目指す熱い心を奥底に持ち、ストッパー不在のカナミ一行においては常識人の部類。

▼古来種の英雄

エリアス＝ハックブレード

〈大地人〉の突然変異であり、比類なき戦闘力を誇る〈古来種〉。〈妖精眼《フェアリーアイ》〉の呪いにより、モンスターを倒すには冒険者の手を借りなければならないというハンデをもつ。

▼メイド服少女

コッペリア

カナミに拾われて以来、忠実な従者としてその旅に同行している。性格は常に控えめで献身的だが、戦闘の際は両手に携えた盾を用いて淡々と敵を処理してゆく。

◀シブヤの大規模戦闘を制覇したメンバーたち。

▶名前：クラスティ

▶レベル：95

▶種族：ヒューマン

▶サブ職業：狂戦士

▶HP：15974

▶MP：7987

▶アイテム1:

［猫モチーフの懐中時計］

蓋と長針に猫、短針に鼠があしらわれた茜屋製の一点モノ。懐中時計には珍しい目覚まし機能付きで、猫の鳴き声に似た音がなる。ジリジリとうるさくないのがお気に入り。猫が遊びに来たと姫をからかったことも。

▶アイテム2:

［白貂《しろてん》の長袍《チヤンパオ》］

袖口に狼の刺繍が施されたゆったりとした長袍。白桃廟に保管されていたもので、〈幻想級〉の素材が用いられておりたいへん肌触りが良い。現在はほつれて、それを貂人がつくろったため魔法の力の大半は失われている。

アイテム3:

［紅参湯茶《こうじんとうちゃ》］

いわゆる紅参茶のアレンジで、数種類の生薬、茶葉をブレンドしたもの。気付け、造血作用がある回復アイテムの一種。傷からの出血が続くクラスティのために用意されて飲んでいるのだが毎回味が違うのはなぜ？

CHAPTER. 1

IMMORTAL IN ETHEREAL UTOPIA

[桃 源 郷 の 仙 君]

<仙桃>
仙人がたべる不思議な果物。
オコジョやサルによく盗まれる。

▼1

ひんやりした空気のなか、桃の花びらがひとひら、ふたひらと舞っていた。

削いだような岩肌を見せる峰が雲間から突き出している。頂上やちょっとしたくぼみには申し訳程度の緑を貼りつかせているが、その様子は刃物のようだった。

絶景といってよいだろう。

遠景ゆえに大きくは見えないが、クラスティが身を横たえた四阿《あずまや》や廟《びょう》と比較をすればどの頂も数キロメートルの横幅はあるはずだ。

空はくすんだような縹色《はなだいろ》だ。雲海の上に突き出したこの仙境だが、空気が薄いとか凍えるといった不都合は感じられなかった。肌寒くはあるが、ゆったりとした道服をまとえば気になるほどではない。

〈坐街《クッション》〉で溢れた長椅子に身体を投げ出したクラスティは、放埒《ほうらつ》な姿勢のままその遠景を視界に収めていた。

この四阿は四方の壁を取り払っている。

雲の上に存在するこの場所では雨は降らない。

美しい色瓦で作られた屋根も本来必要ないのだ。風も強くは吹き付けない、いたって穏やかで静かな場所だった。

桃の花びらが枝からはなれて、香りと共にクラスティのもとへも届いた。視界の端でクラスティは裾についたその花びらを見るが、取り立てて払うでもなくそのままに任せた。

長椅子の足下に大きな体を横たえた犬狼がのんびりとした仕草で尾をふったので、クラスティは毛並みをなでてやった。見かけよりも甘えたがりの狼なのだ。

その犬狼がゆったりとした仕草で尻尾で床をはたいた。

「仙君さま、ごはんできましたよ」

そちらへ視線をやると、花貂《ファーデャオ》が現れたところだった。挨拶も抜きにして用件を伝えてきたこの少女は、〈白桃廟《はくとうびょう》〉でクラスティの世話をしている従者だ。色褪せてはいるが綺麗な藍色の襦裙《うわぎ》を着た少女は可愛らしい丸耳を備えている。

「もう昼食ですか」

「そーですよ。お昼ですよ。お日様さんさんじゃないですか」

「そうですかね。なんだかぼんやりした天気ですけど」

「仙境ですからね。お日様も手加減してさんさんしてくれます。良い気候で素晴らしいですね。さあ食堂に」

「面倒くさいですね」

「そうおっしゃると思って台車《ワゴン》にもってきました。花貂《ファーデャオ》は気が利くのですよ」

そうですか、とクラスティは答えて身を起こした。

空腹だとは言えないが、さりとて食べられないほどの満腹でもない。茫洋《ぼうよう》として取り留めがない感覚だが、どうやらそれはこの仙境とよばれる場所の基本属性らしい。ここにたどり着いてふた月の間に、クラスティはそんな場所にすっかり慣れ親しんでいた。

そんな態度を許可だと受け取ったのか、花貂《ファーデャオ》は甲斐甲斐しく配膳を始めた。花貂《ファーデャオ》は多少お節介なところはあるものの、善良で献身的な従者なのである。

餐卓《テーブル》の上に並べられたのは野菜炒めの載った米飯と琥珀色のスープだった。

花貂《ファーデャオ》たち貂人族《てんじんぞく》は官吏であって料理人ではない。そもそもこの廟には料理人はいないらしい。貂人族《てんじんぞく》は、そちら方面の才能が全くもって欠けているのだ。もちろん花貂《ファーデャオ》もその例にもれず、クラスティがここへたどり着いたころは料理の技術はさっぱりだった。

しかしそれだけならまだしも、天吏《てんり》（天宮の役人）に任ぜられているという彼ら一族は、格式にだけは厳しくて、一回の食事に十数品の料理が用意されていないとだめだと思い込んでいたのだ。その結果、料理の出来損ない――野菜くずや消し炭を十品も二十品も並べていたのだから悲しくなる。

いまではクラスティの指導でだいぶましになった。野菜炒め丼なので、宮廷料理には程遠いが、味のほうははるかにましだ。何よりこれは、消し炭と違って食べられる。

さっそく箸をつけたクラスティはそのまま半分ほど食べ進めた。

もとより品が良い白皙《はくせき》のこの青年は、何をしていてもそれなりに礼儀正しく見える。これだけ体格の良い戦士でもあるので、その食べる速度はけっして遅くはない。遅くはないのだが、背筋のすっきりのびた姿勢のせいで優雅に見える。野菜炒め丼を食べていてもそう見えるのは得というほかないだろう。

餐卓の下の犬狼は、花貂《ファーデャオ》からもらった素揚げ肉にかぶりついていた。この狼、空腹になれば峠を下って適当な魔物を狩って食べるのだが、それはそれとして、少女からもらう食事もデザート感覚で楽しんでいる。なかなかに利口な生き物なのだった。

そんなクラスティと巨大な獣の世話を花貂《ファーデャオ》はくるくるとこなす。料理はからきしだが茶を淹れるのは得意だと自慢をしていて、いまも茶器を用意している。

貂人というのは「いたちの精」なのだとか。

亜精霊に分類される、〈エルダー・テイル〉ではプレイヤーが選択することはできないが会話はできる種族だ。

スープを一口飲んだクラスティはそんな花貂《ファーデャオ》に声をかけた。

「上手にできてますよ」

「そうですか！　よかった。仙君さまは気難しいから」

そうですかね、と呟いて小首を傾げる。

気難しいのだろうか。

そもそも食事の準備だって、朝食と夕食はクラスティが担当しているのだ。従者と主とはいえ家事は分担とクラスティが考えているせいだ。

クラスティ本人は、食事は栄養がとれて、最低限呑み込める程度の味ならばそれでいいと考えるタイプだし、花貂《ファーデヤオ》たちの作る食事に声を荒らげたことなど一度もない。さすがに消し炭や色の濁った奇妙な煮汁などは味以前の問題だから改善を求めたが、それを指して気難しいと言われるのも心外だ。

とにかくクラスティ自身は花貂《ファーデヤオ》たちを責めたことは一度もないのだ。

もっともそれはクラスティの認識であって、花貂《ファーデヤオ》たちの視点ではおのずと見える景色も違うのだろう。

クラスティは家事分担とあっさり考えているが、自分たちが世話をすべき客人が毎晩の夕食を作っていること、その料理は見た目も美しく品数も多く、外つ国《とつくに》の珍味が惜しげもなく供されること、はては夕食の準備とともに翌日の朝食の仕込みまで終わっていることなどは、花貂《ファーデヤオ》たち従者に強いプレッシャーを与えているかもしれない。

彼女たちは「仙君さまは大層な美食家で、自分たちの作る昼食はいやいや食べているのだ」と誤解をしてしまっているのだ。

このすれ違いの原因はクラスティの使う〈新妻のエプロン〉なのだが、そこに気づくものがいなかったために話はこじれている。
クラスティのほうもクラスティのほうで、ぼんやりと桃の花を見ながら「昼食は気が向かない」などと言い出すのだから、花貂《ファーデャオ》にすればたまったものではない。その発言の真意は「なんだか面倒くさいのでもうひと眠り」という意味なのだが、彼女たちからすれば「美食家ゆえ自分たちの作る昼食など食べたくないのではないか？」と冷や汗を垂らしているのだ。

気難しいと思われている。
↓そんなことはない。世話には感謝している。
↓その意思は伝えるべき。
↓夕飯は美味しい食事を作るか？
↓普段から作っている。
↓礼の言葉を述べるべき。
↓真面目に受け取られたことがない。
↓気難しいという評価による実害は？
↓特にない。
↓対策コストを支払う必要もないのでは？

特別に対応することでもないか。

一方クラスティは生真面目な表情で箸を置きながらそう結論した。

そもそもこの世に起きる出来事ほぼすべては、取り立てて何か特記するほどのことではないのだ。

気難しいといわれて、困ったな、どうすべきかと検討したが、考えてみれば困ってはいなかった。そう見えるのは、つまり、そう見えるのだろう。「そうなのか」「そうなのだな」という程度のことだし、そう思われていても実害はなかったようだ。大変結構なことだと思う。

「朱桓《ジュホワン》さまから食材の差し入れがありました」

「それはありがたいな」

クラスティの内部で行なわれた一瞬の自問自答に、花貂《ファーデャオ》は気づかなかったようだ。嬉しそうにスカートの裾をふんわりと動かして指折り数えはじめる。

「鶏、猪、鹿、山雉に鴨、鰻。豆腐に青菜、葱《ねぎ》に白菜。米に砂糖に辣《ラー》に麻《マー》。真っ白い麦に茶色い麦もありますよ」

「それでそんなに上機嫌なんですか」

「そんなことないですよ？」

クラスティが尋ねると、花貂《ファーデャオ》ははっとしたように頬を押さえた。自覚があったらしい。

嬉しいのだろうな、とクラスティは察した。

ここ仙境は非常にのどかな場所であって、桃や杏などの果実は最高級のものがいくらでもとれる。一方で、穀物や海産物、獣肉などをはじめ、とれないものもいくらでもあった。バラエティ豊かでおいしい食事を作るためには、さまざまな食材が欠かせないし、それらは下界から届けてもらうしかない。

とはいえこの場所も一応は仙境、天宮の一部であるので麓《ふもと》との往来はそれなりに難しい。〈天狼洞《てんろうどう》〉という魔物の出没する長い迷宮を通り抜けないと行き来することはできないのだ。一般の民間人には難所といえる。

朱桓《ジユホワン》は〈冒険者《ぶげいしや》〉であり、〈天狼洞〉を安全に通行できる数少ない者の一人だった。また、クラスティをここへ案内してくれた人物でもある。

なかなかに気持ちの良い好漢であり、〈楽浪狼騎兵《らくろうろうきへい》〉という一大勢力《ギルド》を率いる侠客《きようかく》でもある。

「挨拶くらいしましたのに」

「お仲間様がいらっしゃったんですよ。本日は〈大型狼《ダーラン》〉を捕まえるそうです」

そうですか、とクラスティは返した。朱桓《ジユホワン》は一党を率いる立場であり忙しいのだろう。

花貂《ファーデャオ》のほうはといえば、差し入れられた食材のことで頭がいっぱいのようで、そわそわしている。

「蜜や卵はありました？」

クラスティがそう尋ねると、我慢しきれなくなって尻尾がぴんとのびてくる。その先は空中に∞のマークを何度も描き出した。
貂人族《てんじんぞく》は甘味が大好きで、昔ながらの食事は果物が多い。そんな彼らに砂糖や卵を使ったこってりとした焼き菓子はカルチャーショックを与えたようだ。一度ふるまってから異様なまでに食いついてくるようになった。きっと今回も菓子を作ってくれるかどうか、気になって仕方がないのだろう。

焼き菓子を期待されている。
⇩自分は菓子職人でも料理人でもない。
⇩しかし簡単なものでいいのなら作れる。
⇩簡単な焼き菓子の候補。
・マドレーヌ
・マフィン
・クッキー（作成済み）
・タルトタタン
⇨レシピ上作成は可能だと考えられる。
⇩簡単とはいえつくる理由はあるのか？
⇩ない。

⇩自分が食べたいか？

⇩甘味に執着はない。

⇩作らない理由はあるのか？

⇩ない。

⇩手間や時間の浪費コスト考察。

⇩仙境においては無視しうる。


「いいですよ。夕食には甘味を出しますよ」

クラスティは答えた。

花貂《ファーデャオ》はといえば声にならない歓びで飛び上がり笑み崩れた。現金なものだ。人化の術を使ってクラスティの前に現れるのは花貂《ファーデャオ》はじめ数人しかいないが、彼らの働きで〈白桃廟〉が保たれているわけだから、たまに差し入れをサービスするくらい拒むほどのことではないだろう。

どちらにしろこの仙境の生活は時間の流れが緩慢《かんまん》すぎるのだ。

思索の種がたくさんあるとはいえ、ここは退屈すぎる場所だ。月夜に抜け出して鬼を斬ったり、料理番のまねごとをするくらいしか暇つぶしの手段がない。

クラスティが箸を置くのをのぞき込んでいた花貂《ファーデャオ》は耳をひくひく動かして感謝の言葉を述べ

ようとしたようだ。律儀な種族である。

しかし、おそらく感謝の言葉を述べようとした瞬間、彼女は緊張の色もあらわに背後を振り返り、くんくんと空気の匂いを嗅ぎ始めた。いつの間にか強まった風に梢が揺れる。

空気の中に湿気がこもり始めたようだ。

雲海がせりあがってきたように、にわかに湿った風がごうとひと吹きし、異変の到来を知らせた。

視線だけで素早く左右を窺い、少しおびえて見える花貂《ファーデャオ》に、クラスティは「ごちそうさまでした。シーツを替えておいてもらえませんか？」と助け舟を出す。

花貂《ファーデャオ》はその言葉を幸いと「かしこまりました」と廟のほうへと走り去る。

クラスティは四阿の長椅子の上で、軽く身だしなみを整えた。

仙境はアキバにくらべて確かに退屈な場所だ。しかし、ここを訪れる客はどのひとりをとっても変わり者である。面白い相手と、面白くない相手を思い浮かべたクラスティは、薄い笑いを浮かべたまま来訪者を待ち構えた。

▼2

五分と経たないうちに現れたのは妙齢の美女だった。

暗色のヴェールをつけたその容貌ははっきりとはしないが、黒くつややかな髪と赤い唇、柔らかい曲線を描く身体が鮮やかな翠玉色の道服に包まれている。どことなく古めかしく甘い香を焚《た》き染《し》めた女性は、気がつくと四阿の中にいた。

「ごきげんよう、クラスティ様」

「ええ、おかげさまで。葉蓮仙女《ようれんせんにょ》さまもお変わりなく」

「葉蓮とお呼びくださいといっておりますのに」

おかげさまとは言ってみたものの、クラスティはその女性に取り立てて恩を感じていない。しかしそんな思いはおくびにも出さず、恭《うやうや》しく礼を尽くしてみる。人間というのは礼儀正しくしておけばたいていは満足してくれるものだということを、クラスティは学んでいる。

そもそも礼とは一種の同族確認なのだ。

たとえば猛獣と道ですれ違った場合、いきなり頭からがぶりと喰らいつかれるかもしれない。それは恐ろしい。もちろん、猛獣ならば外見でそれとわかるから、逃げればいい。しかし、相手が蛮族であった場合、同じ人間なので見かけでは区別がつきにくいが、常識が違うのでいきなり血まみれの両手斧を叩きつけられるかもしれない。同族だと思っていて不意打ちを受けては死んでしまう。

しかし、道を歩くときすれ違う誰彼をひとり残らず警戒するのはとても難しいし手間がかかる。

礼とはそれを省《はぶ》くための手段だ。

わたしはあなたと言葉が通じる同族ですよ。

いきなりあなたの肉の味に興味を示したりはしませんよ。

そういう確認をするための儀式なのだ。

人間というのは他人の内面などにそうそう興味を抱かない。それゆえ最低限の保証、つまり自分に対して唐突な危害を加えないということさえわかれば後は鷹揚《おうよう》なものだ。

もっとも、いざとなれば礼儀などまるであてにならないのも事実だ。突然の災害、突然の豹変、突然の狂人。人生の本質は実はそちら側であるとクラスティは知っている。基本的にこの世界は理不尽な混沌のサーカスなのだ。何でも起きうる空間だ。


そこへ行くと目の前のこの女は面白みに欠けた。

普通に俗事をたくらむ凡骨だ。

信用はできないが、かといって嫌うほどかと言えばそういうわけでもない。突然目を血走らせて襲い掛かってくるほどの意外性がないのだ。その意味では期待はずれと言える。

どこにでもいるような人間なのでどうでもよい。それが偽らざる感想だ。

できればこちらにかかわらないでくれればいいのだが、残念ながらこの仙女を名乗る女性は、人の話を聞かないタイプだ。これまた外面《そとづら》のいい女性によく見られる特徴である。

「お身体の具合はどうですか？　ご記憶は？」

「特に問題はないですね」

肩をすくめて答えた。

中原サーバーに飛ばされて意識を取り戻してから身体の調子は良くも悪くもなっていない。

〈魂冥呪《こんめいじゅ》〉と名づけられた一五〇レベルバッドステータスもそのままだ。

——ＨＰの自然回復は停止する。

——回復呪文および施設、物品などの手段によるＨＰの回復は不可能になる。

——念話機能は停止する。

——サーバーを越境しての移動は不可能になる。

——記憶は失われる。

バッドステータスの効果内容は多岐にわたり深刻だ。欠損のある記憶に照らしても、ゲーム時代にはあり得なかった内容であることがわかる。

巨大な犬狼、求聞《ぐもん》に背負われてこの仙境にいたったクラスティだが、そのクラスティを助けた朱桓《ジュホワン》も花貂《ファーデャオ》も青ざめていた。

前代未聞の恐ろしい呪い《バッドステータス》なのだそうだ。怪我をして失ったＨＰが戻らないのだから、言われてみればそうなのだろう。

クラスティの現在のＨＰは五千三百といったところ。最大時の約半分だ。

警告するようなその表示は禍々《まがまが》しい赤い色をしていた。しかしクラスティは特に動揺も痛痒《つうよう》も感じてはいない。

もちろんＨＰは半減しているが、別段それは大騒ぎするほどのことでもないように思えるからだ。ＨＰというのは戦闘におけるリソースであり、強敵と戦う場合のこちら側の耐久度を表す。つまり、敵と戦う道具だ。

実際敵と戦うことになり、ＨＰが足りなければ考えもするだろうが、その状況で生じるのは「どうやってＨＰを増やすか？」、「どうやってＨＰ五千でその状況を打破するか？」という課題であって、そういうものだと納得すれば、苦悩するようなものではない。

不便か？　と問われれば、そうかもしれない。そうかもな、程度には思う。

だがしかし問題があるか？　と問われれば、特にないだろう。

地球世界でならば半身不随や寝たきりの生活になるのだろうから不便でもあろうが、セルデシアにおけるそれは痛みさえない。のんびりしてしまうのは、そのせいもある。

「問題がないなどと、気丈なお振る舞い……。痛ましく思います」

どちらかというと気鬱に感じるのは眼前のこの女性のことだった。

薄絹のヴェールに目元を隠したままだが、クラスティを見上げるような姿勢で話しかけてくる。この会話は、心配の意思表示なのだろう。何らかの反応を期待されているのだろうとはクラスティも理解できる。

なぜ心配をされたか？

善意。

可能性は薄いのでは？

善意だとしても一方的である。

交渉の一環。

こちらが困窮しているという言質《げんち》を欲している。

困窮はしていない。

一般論ではしているのでは？

そこから助力を売りつけてくる。

前回の会話からして蓋然性《がいぜんせい》が高い。

情報収集。

記憶欠損の程度確認？

確認ができるような知己なのか？

知己かどうかの記憶も怪しい。

動機を推し量るほどの興味があるのか？

興味を持てるほどの動機なのか？

循環論法。


そんなわけでクラスティもあわせて肩を落としてみせた。

別に落胆しているわけでもなんでもないが、雰囲気に合わせるという処世術だ。おおよその場面はこの対応で問題ないと経験済みである。

求聞《ぐもん》の耳の後ろを掻いてやるほうが前向きだし建設的だと思うのだが、話の最中にそれをやると礼を失したことになるらしい。花貂《ファーデャオ》などは露骨に不機嫌になる。

「実際不便は感じませんよ。ここは穏やかな場所ですし、日がな一日、桃の花を眺める生活ですしね」

「——記憶がないというのは恐ろしいことではありませんか」

仙女の言葉にクラスティは言葉を切って検討した。

言うほど恐ろしいことだろうか？

記憶がなくなったならばその記憶を取り戻そうという動機も同時になくなるわけであって、とりたてて取り戻さなければならないという気持ちにはならないようだ。自分は世間でいう薄情な人間なのだろうな、と思う。

クラスティは「そうでもないようですね」と小さく笑った。

「なにが面白いものですか」

今度こそ仙女を落胆させてしまったらしい。

滑稽なことだとクラスティは内心思う。

「クラスティ様」

手を取ろうとした仙女の白くほっそりとした指先をクラスティは避けた。

「その呪いはだれにも治せぬ未知の呪い。放置すればどれだけの災禍を招くかわかりませぬ」

クラスティが微笑みながら見つめると、仙女は何度か受けた治療の申し出を繰り返した。

「わたしはこれでも治癒の仙術をつかさどるもの。月に住む西王母様からその術を授けられました。クラスティ様さえ許してくださるなら、仙丹を煎じてさしあげたいのです」

「苦いのは苦手ですから」

クラスティは微笑んだまま謝絶した。

だれにも治せぬ未知の呪いなのに仙女の煎じた薬で治るというのか。

それでは「治せぬ」ほどでもないではないか。

そもそも仙人だの仙術だのがうさんくさい。

いや、クラスティとしても仙女の言葉を頭から否定しているわけではない。そういう超常の技というのはあるのだろう。一年中実る謎の桃があるような秘境だ。その程度のことは存在しうる。クラスティ自身からして、九〇レベルを超えている以上、その仙人とやらの末席のようではあるし、それはよい。

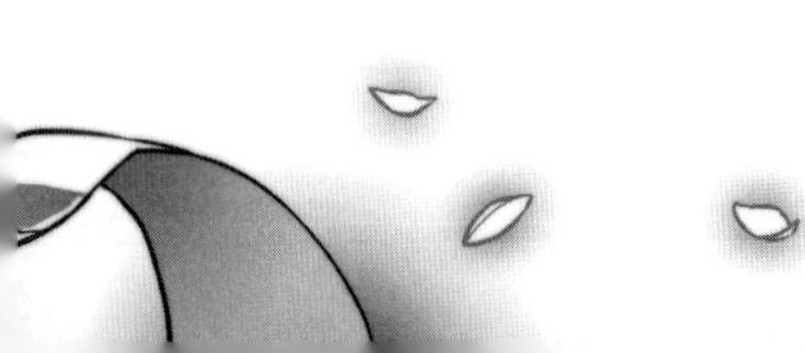

しかし、葉蓮仙女の、弱みを確認してから善意を押し付けてくるやり方が、気に入らない。声を荒らげて非難するほどの熱はもたないが、積極的にかかわりあいたくもないのだ。

この女性につきまとう芝居めいた雰囲気もつまらない。その雰囲気の奥に何かがあるのかと言えば、たぶん、ないのだ。この芝居めいた雰囲気、考え方そのものが彼女なのだろう。つま

り仙女はその善意が——善意なのだか利得なのだかはわからないが、通じると思っている。ほかの人にも認めてもらえると思っている。そのやり方で事を成せると思っている。

クラスティが同意すると思っているのだ。

穴だらけの記憶では女性というものの多くはそうであるので別段仙女だけを非難するつもりはないのだが、退屈ではある。同意することを目的とするのならば、素直に同意書なり契約書なり渡せばいい。条件が妥当なら簡単に話が進む。

その段階へ進む前の有利を求める言質の取り合い。社交ではあるのだろうし、必要なことでもあるのだろうが、腐臭がするのも事実である。

どこにもつながっていない感じとでもいうのだろうか。

この関係を温めたところで、クラスティは何ら新しい知見を得られないだろうし、利益はともかく損失すらも得られないだろうという予感がする。

[redacted]や[redacted]のようにからかって楽しいわけでもない。

クラスティは肩をすくめて桃の花の舞う遠景に目をやった。

山を下りようとするのは自殺行為だと言われているためまだ試してはいないが、この調子ではどこまで本当だかわからない。ひととおり傷も癒えて周囲の事情も学び終わった今、この仙境は退屈に過ぎる。

そろそろ何かが起きなければ生あくびをかみ殺すだけで時間が過ぎてしまう。とはいえ下界に降りても当てがあるわけでもなく、そうなると記憶がないのは不便なものかな？　と思った。もっとも、すこし考えてみれば中原サーバーに知己などもとよりいないのだから、記憶の有無など問題にならない。

やはり不便だというほどでもないようだ。

仙女は誠実そうな声でクラスティに話しかけているが、クラスティは片手間にそれに答えながら求聞《ぐもん》の耳の後ろ、柔らかい毛並みを掻いてやっていた。

あわてなくてもいずれ騒動が巻き起こることを確信しながら。

胸のざわめきが騒動の接近を知らせている。それはクラスティにとって目の前の胡散臭い女性よりも親しみある友なのだった。

▼3

そのころ、セルデシアの大地の別の場所では、別の一行が同じようにひと時の休息をとろうとしていた。時差にすればわずか五分ほどであり地球に存在する飛行機であればひとっ飛びの距離ではあるが、地面に張り付いて蟻《あり》のように進むしかないこの世界の住民にすれば、国境をはるかに越えるほど離れた、それでいて確実に同じユーレッド高地の一角に、一方の主役たちも旅を続けていたのだった。

「肉食スタイルっ」

くるくると回って両手の骨付き肉を構えるカナミにレオナルドは「静かに食えよ」と答えた。

この国の空は広い。

ひとつの空に青空と夕焼けと紫の薄暮が同居できるほどだ。

毎日のように訪れてその実一度たりとも同じ色にはならない美しいグラデーションの下で、カナミ率いる一行は今日も極寒の寒空の下、野営中だ。

商人ジュウハと合流し、そのあと分かれ、北へ、南へ。実にさまざまなことが起きる旅だった、レオナルドはそう思う。いいや油断はできない。旅はいまも現在進行形なのだ。

「毎晩毎晩愉快な食事ですね」

まじめくさった表情の春翠《チュンルウ》は乾いた地面のうえの敷物に腰を下ろし、椀から汁ものをすすってそういった。〈楽浪狼騎兵〉に所属する巡廻師の女性〈冒険者〉だ。季節が移り、今では毛皮を着てもこもこした姿になっている。

「カナミに落ち着けといっても無理というものだ」

袖で磨いた乾果を白い歯で齧《かじ》ったのは〈古来種《こらいしゅ》〉英雄エリアス＝ハックブレードだ。そのエリアスにも甲斐甲斐しくスープを給仕するメイド服の少女は、〈施療神官《クレリック》〉のコッペリア。

ふくらみの少ないパンをほおばるレオナルドと合わせて、この五名が現在の旅の一行だった。

「落ち着きがないとは思ってたけど、ここまでとはなあ」

「北に助けを求める声あらば向かって悪漢にパーンチ。南に貧しい村があると聞けば向かって凶作にキーック」

凶作にキックしてどうするんだ。バカじゃないか。

レオナルドは胡乱《うろん》げなまなざしでカナミに釘を刺した。

言葉のほうは脱線して戻ってくる気配がないが内容自体は悪い意味で真実だ。中央ユーラシア、アオルソイでの冒険を終えた一行は、今度こそスムーズに東の果て、ヤマトを目指すのかと思いきや、まったく迷走していた。

〈列柱遺跡トーンズグレイブ〉の一件が九月だから、もうかれこれ三ヶ月の間荒野をふらふらしているのだ。

シルクロードの旅というのは半年一年かかることも珍しくはなかったというから、その意味では遅すぎると断じることはできないわけだが。

旅をし続けるというよりも、立ち寄った村で三日や一週間滞在して休息をとることも珍しくはない。一緒の方向に行くキャラバンがあれば同道するために十日やそこらの時間を合わせるのは常識だ。

そういった行動は〈大地人〉にとって荒野の自然やモンスターの危険から身を守るための知恵だが、〈冒険者〉であるレオナルドたちにとってもバカにはできない。

確かにレオナルドたちは〈大地人〉の数十倍の戦闘能力を持っているが、〈テケリの廃街〉の一件もある。荒野や周囲の地勢に対する知識がないというのは致命的な結果をもたらすことがありうるのだ。仮に命にかかわらないとしても、曲がりくねった渓谷で道に迷えば容易に数週間の時間を無駄にしてしまう。やはり現地の街道や通行に詳しい〈大地人〉からの情報収集は欠かせない。この大陸での旅とは、つまり、こういうものであるらしい。

もちろんそういった「普通の」事情によって旅が長期化しているのは確かなのだが、一方で、カナミの人助け癖というかトラブルを探知する才能のせいで旅程が遅れているのも事実だった。ツルクールでは大河を支配して暴れていた〈砂亀妖《サンドタートル》〉を倒し、名もなき寒村ではスイカの種にコッペリアが祝福を与えて畑を作った。

黒風山では邪悪な狸の妖怪、黒狸族《くろまみぞく》がカナミのホットパンツを盗むというとんでもない騒ぎに巻き込まれた（霊力がこもっているのだと思ったそうだ）。黒狸族の首魁、黒狸大王《くろまみだいおう》のおなかの毛を白くする霊薬を作るために、七つの材料を集めることになったのだ。……レオナルドが。

（オーマイガッ）

思い出しても頭が痛くなる。

カナミが突貫して、コッペリアが無表情に続き、エリアスが慌てて駆けつけ、レオナルドが黄昏《たそがれ》ながら後始末をする。炎上プロジェクトの敗戦処理係か。こんなひどい話、アベニューでも聞いたことがない。

カナミと一緒にいる限りトラブルの導火線が尽きることはなさそうだが、今日は、今晩のところは、どうやらもめごとも品切れのようで、やっと穏やかなキャンプというわけだ。それだって十分に騒がしいが。

「〈草原の都《シーマアナイクイ》〉までずいぶん近づいてきたかな」

「そうですね」

指先についた脂をなめた春翠《チュンルゥ》は頷いた。

「このまま山脈沿いに進めば一週間もかからずに到着します」

それが〈楽浪狼騎兵〉に所属するこの女性冒険者と旅を共にしている理由だった。〈草原の都〉こそは中央ユーレッドの終点、地球でいう中国側から見れば本格的なシルクロードの起点ともなる街だ。つまりこのあたりは、地球世界でいえばモンゴルだとかそのあたりに位置するはずだ。

ヤマトを目指すカナミ一行（不本意だがレオナルドもそこに含まれる）からすれば、〈草原の都〉は東を目指すマイルストーンであり、春翠《チュンルゥ》からすれば帰還を目指すギルドの本拠地でもある。

道案内を求めるカナミたちと帰還のための戦力を求める春翠《チュンルゥ》の思惑が一致したのだった。

とはいえレオナルドとしては、どうやら混迷の度を深めているこの地の状況において、大手ギルドには所属していないよそ者の自分たちに〈楽浪狼騎兵〉が関心を持っている――はっきりいえば監視なのではないかとも思っている。

もちろん監視とはいっても別段それだけで反発を覚えるような類のものではない。誰だって自分の置かれた状況の中で不確定要素があれば調べようと思うし、バグがあるかどうかわからないコードでも「なんだか処理がどこかでつまりそう」だという勘が働くのがエンジニアだ。事前にブレークポイントの設定くらいはする。カナミなんていう地雷を抱えていると、警戒されて当然だとも思う。

それにレオナルドたちだってこの近くで何かトラブルに巻き込まれれば〈楽浪狼騎兵〉を利用する気はあるのだ。こちらが利用するつもりなのに相手にそれを認めないというのは、フェアな態度ではないだろう。


「〈草原の都〉かあ。そこまで行ったら馬欲しいね」

「馬欲しいのか」

「うんうんっ」

カナミは勢い良く頷いた。

乗馬ができるなんてエスタブリッシュメントなんだな、とレオナルドはつぶやいたが、エリアスが教えたのだそうだ。

KR《ケイアール》の件で味を占めたのかもしれない。友人を乗り回すとか嫌な感じだが、あれについてはKRのほうも悪ノリしていた風情があるので、レオナルドは態度を保留した。

「馬、ですか」

思案顔の春翠《チユンルウ》に、エリアスが「何か問題でもあるのか？」と尋ねる。

春翠《チユンルウ》は軽く否定をしてから話し始めた。

「馬も、〈馬召喚の笛〉のアイテムも入手は可能です。しかし魔物の溢れるこの地ですからね。もしかしたら狼のほうがよいかもしれません」

「狼ですカ？」

「ええ。中原サーバー《ユーレッド》では一般的な騎乗アイテムですよ。普及版は〈乗用狼召喚の笛〉でしょうか。巨大な狼を呼び出して乗ることが出来ます。〈楽浪狼騎兵〉は狼に乗ることで有名なギルドなのです」

カナミは瞳を輝かせて「でっかい狼！」と叫んだ。

レオナルドたち一行は彼女の呼び出した灰色の毛並みの狼を旅の間に何度か目にしている。乗用馬を持たない一行の歩調に合わせて普段は召喚していないが、旅の途中の危地にて何度か活躍を見たのだった。

確かにあの召喚術であれば荒野の旅には最適かもしれない。移動だけを考えるなら馬だろうが、馬では肉食のモンスターに襲われた際の自衛能力や、環境適応能力がやはり問題になるだろう。

「あー。春翠《チュンルウ》。その狼の笛アイテムって売ってるのか？」

「売っていますよ。ギルドには作ることができる職人もいます。ただ……」

「ただ？」

「一口に狼召喚の笛とはいってもかなりの等級と種類があるのです」

レオナルドはなるほどと頷いた。

それはそうだろう。〈エルダー・テイル〉における騎乗生物召喚アイテムは多岐にわたる。飛行可能な超高級アイテムを除けば、通常のユーザーでも入手可能なものがほとんどだ。だが、そのほとんどであってもレベルによって使用制限がかかっている。レベル二〇の〈冒険者〉には二〇レベルのアイテム。レベル五〇の〈冒険者〉には五〇レベルのアイテム。呼び出される馬も大きさや頑強さ、色などが違う。もちろん性能だって速度や使役可能時間などで隔たりがあった。

「皆さん九〇レベルハイエンドですから、市販の召喚笛では物足りないでしょう。その場合は、クエストを行なうことになります」

それもまた納得のいく話だった。

クエストの結果召喚アイテムそのものをもらえることもあるし、高位アイテム作成のためのカギとなる中核コア素材を手に入れられることもある。

「この付近だと、〈天狼洞〉というダンジョンがあります。高レベルパーティー向けダンジョンですが、狼に類するモンスターがかなり多くの種類出ます。そのうちの数種類から中核素材が手に入れられます。サブ職業が〈調教師《テイマー》〉であればモンスターを調教して直接召喚アイテムをもらうこともできるのですが」

「おい、みんな。サブ職なんだ？　俺は〈配達屋〉」

「はーい！　わたし〈料理人〉！」

「コッペリアは〈戦司祭《ウォープリースト》〉でス」

「妖精の技くらいしか使えん」

よし、全員無関係。とレオナルドは総括した。

結局その〈天狼洞〉とかいうダンジョンに潜ってモンスターをしばらく狩るべきかもしれない。

いや、そうすべきかどうかを考える以前に、カナミは完全にやる気に満ちたモードとなって「うーん。狼かあ。名前考えないと！　ウル……ウルフさん？」などと呟いている。

こうなってしまっては抵抗は無意味だ。

旅の仲間たちはそれぞれに頼りになる能力を持っているが、可愛らしいコッペリアはカナミを制止する役には全く立たないことがわかっているし、「妖精馬ではないのか……」と顎に手をやるブロンドイケメンは見かけよりずっとポンコツなのも思い知っている。

乗用狼を手に入れるというのは既定路線だといえた。

もっとも、だとしたところで問題はほとんどないといえるだろう。荒野であてどなく北へ南へとうろつきまわるより、ダンジョンにこもるほうがよほど気が楽だ。時間だって長くて一日程度だろう。レオナルドはそう思った。

その程度で足が確保できるのならラッキーそのものだ。

そんな決断が、ユーレッド中央部での第二の冒険のきっかけになるのだと、レオナルドはうすうす気がついていた。

しかし誰にだって自分を慰めてみる権利はある。

特にそれがまだ見ぬ未来である場合、「今回はトラブルもなく平穏無事に進みそうだな」と夢想するのは自由というものだ。

あらゆるプロジェクトでそれを実践して、もちろん毎回失敗してきたビッグアップルのコードライター《プログラマー》であるレオナルドは、性懲りもなく今回も楽観視してみるのだった。

冒険するニューヨーカーはタフでなければ生き残れないのだ。

4

街の本部は敷地の広い古風な平屋だった。

〈楽浪狼騎兵〉のギルドマスターたる朱桓《ジュホワン》は門扉《もんぴ》をくぐると相棒の〈騎乗用賢白狼《ワイズウルフ》〉を軽くたたく。賢い相棒はふるんと一回尻尾を振ると、自分の狼舎に戻っていった。

〈騎乗用狼《ライディングウルフ》〉は〈楽浪狼騎兵〉のトレードマークともいえる騎乗用生物だ。〈召喚笛〉で呼び出される大型の狼で、さらに何種かの種別に分かれる。呼び出されて使役されているので召喚時間が過ぎ去ればどこかへ去るのがこの世界の常識だが、高位の〈召喚笛〉の場合、召喚時間が一日あたり二十四時間を超える。実際には常時召喚が可能になるのだ。

もちろん騎乗しないときには送還しておけば食事や世話の心配はなくなるのだが、〈楽浪狼騎兵〉のメンバーの中にはあえて送還はせずにギルドハウスで一緒に暮らしたいという者もいるために、このような広い敷地と複数の宿舎や狼舎をもつ本部が維持されている。

ユーレッド大陸中央では珍しい生垣《いけがき》を持つ屋敷だった。

庭には無花果《いちじく》や杏の木が生《は》えているが、この時期は寂寞《せきばく》とした光景となっている。

もっとも大陸中央部ではすべてが乾燥している。岩でさえ水分を奪われ、激しい寒暖差にさらされて脆くなるような土地なのだ。そんな草原や荒野に比べれば、この都はずいぶん恵まれていた。

「おう、団長だ」「団長だー！」

小さなふたり組が木の枝を振り回して突っ込んできて朱桓《ジュホワン》にぶつかってはころころと仔犬のように転がって行った。漫画のような光景だが朱桓《ジュホワン》もふたりもレベル九〇の〈冒険者〉である。やろうと思えばこんなおふざけだってできるのだ。

「イーオン、アルエンそんなことを。バカか」

「バカにしないで欲しい」

「お前らバカじゃん？」

「しーっ。それは秘密でショ」

「もうばれてるかもしれないヨ？」

「ねえ団長、バれてる？」

朱桓《ジュホワン》はあきれ返った仏頂面で「知ってるよバカ」と答えた。

その言葉にひとしきりきゃあきゃあと騒いだ毛皮でもこもこのふたり組は、急に困った顔になると報告をしてくる。

「長い顔来夕」

「偉そうなの来夕」

困りつつもどこか不機嫌そうだ。その表情で察した朱桓《ジュホワン》は戸口をくぐったところで奥から出てきた副官の馬抱《マーフアン》に経緯をたずねる。

「お察しの通りですよ。なんだか連中、無理やりじゃないっすかね」

「下に入れって？」

「蒼王《そうおう》閥に入らないと後悔する。白王《びゃくおう》や紅王《こうおう》じゃお前たちはおろか、この都の〈大地人〉も皆殺しだぞ。穏やかに話しているうちにとっとと臣従せよってな話ですね」

「臣従ときた。あいつら脳内三国志か？　いつの時代の生まれだよ。これだから田舎者は」

心底げんなりした朱桓《ジュホワン》は乱暴に荷物を放り投げると、そのまま土間を抜けて中庭へと出た。

このあたりの冬は非常に厳しい。景色が白と灰色に染まり、それが数ヶ月続く。

中庭では汚れたような色の煉瓦で作られた炉があり、その中では不機嫌そうな〈火蜥蜴《サラマンダー》〉がごろりと横になっていた。炉の周りではギルドメンバーが日中のうちに家事をすまそうと湯を沸かしたり肉をあぶったりしている。

寒いが冷え固まっているわけではない。活気に満ちた光景だ。


ギルドハウスに来たのは〈歌剣団《かけんだん》〉の使者だ。

ここ二ヶ月の間たびたびやってきては、同盟を結ぼうだの、傘下に入れだのと言ってくる。

最近は頻度が高いのでいよいよ本気になったのかもしれない。

なぜそのような申し出をしているのかと言えば、それはこの中原サーバー――中国を模したユーレッド中央から東部にかけての広大な地域の特性に関係がある。

〈エルダー・テイル〉は米アタルヴァ社が開発したMMO－RPGだが、そのゲーム世界セルデシアは広大な面積を持っている。〈ハーフ・ガイア〉プロジェクトによって半分のサイズではあるもののこの地球とほぼ同じ地形が再現されているのだ。

　この広大なゲーム内世界は三次元モデルで再現されている。どこへ行くのも自由だし、ゲーム的な仕切りはほとんどない。いわゆる開放された世界《オープンワールド》だ。

　開放感と自由度、それに冒険心をくすぐることがこの種のゲームの魅力だが、反面その広大な空間に対してコンテンツを用意するのが非常に大変だという問題点があった。例えば村をひとつ作り、そこに襲撃イベントをひとつ仕込んだとして、その村に偶然出会うことが出来るプレイヤー数があまりにも少ないのだ。世界が広大すぎるために無作為にイベントを作っても、誰にも発見できないイベントになってしまう。

　正攻法の解決策は、莫大な数のイベントを用意して、この広大な世界のどこの地点を選んでも興味深い挑戦が発見できるようにデザインすることなわけだが、そのためには莫大な――それこそ天文学的なイベント数が必要だ。

　セルデシアにおける中原の面積はおおよそ二百五十万平方キロメートルだ。〈冒険者〉六名が一日に探索できる面積、二～五平方キロメートルにひとつのイベントを用意するとしても百万ものイベントが必要となってしまう。ひとつのイベントを作り上げるためには、デザイナーや3Dモデラー、プログラマーが数人がかりで一週間やそこらはかけなければならないということを考えれば、必要な予算はゲームの規模をはるかに超えるものとなるだろう。

それを見越してアタルヴァ社は各地を地球各国の運営会社に委託したわけだが、中原サーバーを委託された華南電網公司《かなんインターネット》も、そのように莫大な開発資金は持ち合わせていなかった。〈エルダー・テイル〉の人気に合わせて利益は上がっていたため、優秀なデザイナーやプログラマーを雇いはしたが、この広大な中国大陸を魅惑的な冒険で満たすことは到底できなかった。

そこで華南電網公司は大きな二つの方針をうちだした。

ひとつは、コンテンツの整備に優先順位をつけたことだ。地球世界でいう上海や香港、北京と言った湾岸部からセルデシアのコンテンツ整備を開始したのである。これらの地域はログインするプレイヤー数が多いこともあってゲーム開始当初から人気の地域であったしプレイヤータウンも整備されていた。その周辺からダンジョンや伝承、物語にイベントやクエストを増やしていくのは理に適《かな》っていたのだ。これはどこの地域運営会社でもとるやり方だった。日本、つまりヤマトサーバーではアキバとその周辺からコンテンツ整備が始まって行ったのと同じだ。

もうひとつが中原サーバーの特徴、ギルド戦争《ウォー》だ。

このサーバーではギルド間の闘争が推奨されているのだ。

もちろん無制限の戦争システムではないが、それでも大規模なPvP《対人戦》がアピールされているのは確かだ。各地につくられた合戦ゾーンでギルド同士が戦うと、その結果に応じて勝利側にはギルドポイントが入る。そして、このギルドポイントが十分にあれば、そのギルドは戦場近くの都市の領主になれる。それは燕都《イエンドン》や大都《ダアドン》といったプレイヤータウンでさえ、そうなのだ。

プレイヤー同士が競い合うこのシステムでは「コンテンツのクリア」という終端が発生しない。一度勝利して周辺の都市や土地の領主となったギルドが現れても、そのギルドはまた別のギルドの挑戦を受ける。つまりは防衛の必要がある。ギルド同士の抗争はそれぞれの戦力拡大とアイテム蒐集《しゅうしゅう》を加速させるために、実質無限に続くイベントだといえるだろう。

そのため運営サイドがイベントを作り出す手間に比べて、非常に息の長い、飽きの来ないコンテンツになると考えられたのだ。そしてそれはおおよそのところ成功した。

もちろんこのシステムはゲーム時代のものだ。

莫大な量のコンテンツを作り出すことは難しいと考えた華南電網公司がその一部をプレイヤーにも負担してもらえないかと考えたその結果がギルド戦争なのだ。


だが現実となってしまったセルデシアにもそのシステムはまだ生きている。

そしてそのシステムに従っている〈冒険者〉プレイヤーが中原サーバーにはいるのだ。それも圧倒的多数がそうである。

確かにギルドポイントを十分に貯めれば都市の支配権が手に入る。都市を支配すれば周辺の〈大地人〉ももれなく従わせることが可能だから、古代の王侯のような暮らしが可能だ。

公平を期するために弁護するなら、彼らは何も残虐な気持ちや物欲からそうしているわけではない。互いへの疑心暗鬼や安全を確保するために自らの居場所を守ろうと、そうしているのだ。

ギルド戦争はゲームのコンテンツとしては悪いものではなかった。朱桓《ジュホワン》だって〈エルダー・テイル〉時代は戦場を狼の背に乗って駆けたものだ。

しかしながら現在のセルデシアでは混沌の元凶だと彼は考えている。あの転移事件の直後、そのことを予感した朱桓《ジュホワン》たち〈楽浪狼騎兵〉たちは、プレイヤータウンである〈大都〉を離れてこの〈草原の都〉まで逃れてきたのだ。

しかし、完全に逃れえたわけではなかったらしい。

「蒼王ってあれだろ？　なんかこう、牛っぽい？」

「草食かどうかは返答できかねます」

「雑食の牛っぽい感じの」

「そんな感じの。〈歌剣団〉とかいってギルドの名前はおしゃれなのになあ」

「蒼王さん文治派ってふれこみですからね」

温かそうな靴下を差し出した馬抱《マーファン》はそんな返答をする。

「まあ、遅ればせながら気がついたんでしょうねえ」

「なににさ？」

「あんまりばかすか戦争やってると〈大地人〉に被害出ちゃうってことにですよ。支配地が手に入っても、〈大地人〉さんに逃げられちゃったら畑も商業も止まっちゃうでしょ？　事実こっちにも相当な数逃げだしてきてるわけで」

「あー。そういうことか。確かに逃げ出しちゃあ、来てるな」

〈大地人〉に限らず〈冒険者〉もだ。

先ほどまでべたべたとくっついていた双子も、最初から〈楽浪狼騎兵〉だったわけではない。途中で拾ったのだ。まだ十歳くらいだったはずだ。

中原の〈大地人〉というのはもともと氏族で繋がって暮らしているようだ。親類縁者が群れ集って暮らしているし、離れた場所に住んでいたとしても同じ姓だというだけで助けたりする。

だからもし住んでいた土地から逃げ出すのならば一族で助け合って逃げだす。下手をすれば数百人単位での逃亡だ。この〈草原の都〉は、中原のはずれに存在する。正確に言うと、緑あふれる中原と荒野のアオルソイの境にあるのがこの都だ。その立地特性上、中原の騒乱を嫌った〈大地人〉が多くやってくるのも無理はなかった。

最近では機を見るに敏な商人だけではなく、田畑を耕していたはずの富農までもが一族でやってくることも多い。

「なんか起きてるのかねえ」

「〈封禅《ほうぜん》の儀〉ってやつですかね？」

「関係あるのか、それ」

「さあ」

それにしても面倒なことだと朱桓《ジュホワン》は考えた。大手ギルドの連中は欲が深すぎる。あわよくば、もしかしたら、大儲けかも。そんな考えばっかりだ。自分たちのような中小ギルドはその日暮らしのいきあたりばったりだが、それで十分。小人閑居《しょうじん》して不善を為す。

「天仙様たちも、もちーっと仕事してくれるといいんだがな」

「不吉なこと言わないでくださいよ。今でさえしっちゃかめっちゃかなのに、〈古来種《せんにん》〉なんて乱入してきたら面倒くさいことにしかなりゃしませんって」

「そうか？」

朱桓《ジュホワン》は首をひねりながら考えた。

しばらく前、〈白桃廟〉へと届けた男はなかなかの腕に見えた。ひとかどの武将だ。ああいうのだったら戦力になると思うのだが、どちらにせよ、仙境は例の転移事件後だんまりを決め込んでいる。中小ギルドとしては藪をつついて蛇を出すつもりはない。ああいう英雄が、辺境の軍を率いて中原に覇《は》を唱えるのならば面白そうだが、そんな夢物語に入れ込むことはできない。

日々の業務が大事なのだ。

だから朱桓《ジュホワン》は大きな声で部下に指令を下すと、今週の請負仕事の資料を持ってこさせた。本人の好みとは別に、ギルドマスターとしては野外活動だけをするわけにもいかない。荒野の冬は深まるが、モンスターの襲来やトラブルが途絶えるということはない。

セルデシア世界に冬ごもりという言葉はないのだった。

▼5

一週間もかからず到着するとは言ったが、だからと言ってその一週間がトラブルなしで終わるわけではない。

マントを巻き付けた（しかしその割に内側は相変わらずの腹出しルックな）カナミが、ありとあらゆる厄介ごとを招き寄せた道のりだった。

いまレオナルドたちが歩いている場所を地図アプリで俯瞰《ふかん》してみることが出来れば、シャンマイと呼ばれる広大な山脈の北方山裾ということになるだろう。地球世界でいえば天山山脈、ユーラシアの背骨だ。

アオルソイのころは北側に見えていた山脈を南側に見ているわけだから、どこかのタイミングで縦断したことになるのだが、レオナルドの記憶にはなかった。

正確に説明すると、ドラゴン種のモンスターが二時間おきに出るような山地を半月以上うろついていたので、どの時点で北側に抜けたのか判然としないという意味だ。

秋から初冬にかけての中央ユーラシア、しかも天山山脈をうろつくだなんて自殺志願もいいところなのだが、そんな無茶を可能にするのが〈冒険者〉の肉体性能でもあるし、このセルデシア世界のいい加減さでもある。

行商人ヤグドとも別れた一行は〈冒険者〉五人組となっている。〈大地人〉がいないので「普通」がよくわかっていないのだ。雪を掘って野営場所を作って夜を過ごしても、「うわー寒かった、鼻水凍っちゃうぜ」で済むのだから、常識など身につきようがない。

もっとこのシャンマイ山脈では、狼牙族の〈大地人〉の集落や、雪うさぎの村などにもたどり着いているから、この世界そのものが相当にサバイバルな場所なのではないかという疑いもある。

もっとも、ニューヨーカーの彼が知らないだけで、現実の天山山脈だって生命溢れる平和な場所なのかもしれないが。


大地はうねるような起伏でひらけていた。

呆れるほど見晴らしがよい丘陵地帯だ。ビルの谷間で生活していたレオナルドにとって落ち着かないことこの上なかった。ひとつの丘のようなふくらみが数キロメートルはあるだろう。それが七千キロ級の山脈のすそ野にただひたすらに広がっているのだ。

スケールが大きすぎて、感覚が狂ってしまいそうだ。巨大な山脈にいるというよりは、自分が小さくなってしまったように思える。子どもがいいかげんに描いたイラストみたいに波線の地面。でもそれがとてつもなく巨大なのだ。とんでもない土地である。

春翠《チュンルウ》によれば、このあたりの夏はそれはそれは美しいのだという。黒い大地や岩のそこかしこから輝くような緑があふれ出て、荒地は草原となる。あちこちにある茂みにはベリーが実り、細い樹木もたくさんの葉をつけるのだそうだ。

現在は枯れ草があちこちにこびりついた、黒土と灰色の岩が広がる荒野であり、そのところどころに雪が吹き溜まって白く残るモノトーンの景色だが、出来ることなら夏に訪れたいとレオナルドは思った。

（そうすればコッペリアといい雰囲気に……。無理か……）

しかし現実は非情で、一行は根雪のこびりついた見晴らしの良い高原地帯をとぼとぼと歩き続けている。日差しのある時間は十時間ほどで、そのほとんどすべてを移動に費やしているのだ。そしておおよそ二時間ごとにドラゴンもしくはワイバーンもしくはロック鳥もしくは飛行種の精霊がやってきて戦闘になる。ドロシーだってこんな苦労はしなかったぞ、とレオナルドはひとりごちた。もっとも彼の知っているオズはミュージカルのそれだったけれど。

この地域には背丈を越えるほどの岩も、大きな茂みも、木立も、とにかく身を隠せそうなものは何もない。

視界のかぎり起伏のある荒野だ。

そんな場所で空を飛ぶモンスターから逃れることはできないから、戦闘になるのは避けられなかった。

ドラゴンというのは古今東西の神話で強力な幻獣として描かれている。

このセルデシア世界でもそれは例外ではなく、それぞれでのレベル帯でひときわ強力なモンスターだし、このシャンマイの地でも例外ではなかった。彼らはレベル八六から九〇程度のパーティーランクモンスターで、レオナルドたちが力を合わせて戦えば負ける相手ではなかったが、しかし決して油断できるほどの相手でもなかった。むしろ一体一体が単独で襲い掛かってきてくれるあたり、訓練相手だと考えれば非常に好都合な相手でもある。ただし、そううまくいくことばかりでもなかった。


「出すぎだぞエリアス」

「この程度っ」

エリアスは突撃して妖精の大剣〈水晶の清流《クリスタルストリーム》〉で切り付けている。激流が竜の吐息《ドラゴンブレス》を相殺《そうさい》していくが、彼自身も少なくない被害を受けていた。

「うわあ、エリエリに支援っ」

「イエス、マスター。〈リアクティブ・ヒーリング〉、〈セイクリッドウォール〉」

鋼鉄のメイド服《ワーキングスーツ》をまとったコッペリアは巨大なトランクを振り回して回復呪文を投射する。もえぎ色の輝きと桜色の障壁が火炎を遮断しながらエリアスの傷をいやす。

「そいやーどーん！」

指示を出したカナミは垂直に跳ね上がると頭上にある竜の下あごを蹴り上げた。戦士職特有の敵愾心《てきがいしん》をあおる炎のようなエフェクトが輝く。

だが、今の一連のやり取りはやはりエリアスの失点だ。

戦闘の要訣は役割分担にある。

エリアスは〈古来種〉でありレベルも一〇〇に達するが、やはりその性質は攻撃役《アタッカー》兼援護役《バッファー》だ。モンスターの敵愾心を集めてその攻撃を自分に引き寄せる戦士職《タンク》ではない。前線に立つのはいいとしても、正面からダメージを食らってはいけないのだ。

命のリスクがあるからというより、モンスターの狙いがぶれてしまっては連携が乱れるから、というのがその理由だ。

（エリアスは焦ってるのか？）

レオナルドは独りごちた。

人づきあいが得意とは言えないレオナルドだから自信をもって断言はできないが、ここ最近のエリアスは変だ。特に戦闘では前に出すぎているように見える。そもそもエリアスは剣士とはいえ、その攻撃特性は水流による中間距離からの圧殺だ。強力な支援能力と考え合わせても、中衛での遊撃役《ユーティリティー》であって、前線に出る必要はないし、むしろ出るほうがパーティー単位ではリスクが増大する。

もちろん攻撃の手段はさまざまでその中には射程が短い一撃もあるから、エリアスが前線に駆け上がることを丸ごと否定するつもりはないのだが、それにしても以前のバランスを欠いているようにレオナルドには思えた。

「おおおおおっ！　〈妖精剣・氷葬陣〉！」

喉が張り裂けるような咆哮《ほうこう》と共にエリアスの大剣から無数の氷杭が浮かび、火炎竜に殺到する。竜はカナミの一撃で完全にバランスを崩している。この一撃で一気に形成は傾いた。いいや、それはとどめの一撃だったろう。エリアスでなければだ。

レオナルドは地面すれすれに飛び込むと、不自然な姿勢から切り上げの刃を駆けさせた。〈デッドリー・ダンス〉。もはやレオナルドの戦闘の中核を占めるまでに鍛錬されたその技は、ここにいたる旅の間に更なる進化を遂げた。

緻密な順列構成を反復練習で染み込ませた技は〈降霊術の典災《ジーニアス》ラスフィア〉を屠《ほふ》ったが、そこは開始点であって終着点ではなかったのだ。むしろあの段階での〈デッドリー・ダンス〉は決められた動きを決められた順序でしなければならないという、きわめて制約に満ちた白兵技術だった。

足が動かせない、片腕が麻痺している、そんな些細な障害があっても、型を守らないと連鎖にもってゆけない〈デッドリー・ダンス〉の連続発動は、当時、きわめて未熟な技だった。平地で直立している相手ぐらいにしか決まることのない技で勝負を決められたのは、あの時自分も相手も自由落下中という、逃れようのない状況にあったからだ。

しかし今は違う。決められた動きを何十種と分析し、構築し、その循環を設計する〈開放経路循環《オープンループ・サーキュレーション》〉によって、レオナルドの〈デッドリー・ダンス〉はより洗練された技となった。

これは、〈エルダー・テイル〉時代からあるアイデアだ。

なぜテクニックではなくそのアイデアなのかと言えば、実用化のハードルが高いからだ。〈開放経路循環〉とは、簡単にその概念を説明するならば、複数の特技の〈再使用規制時間《リキャスト・タイム》〉を組み合わせて間断のない攻撃を実行すること、となる。

例えば〈ヴェノムストライク〉。毒属性の追加ダメージを与えるこの〈暗殺者《アサシン》〉の特技は、〈再使用規制時間〉としておよそ二十四秒のタイマーを持っている。一度使用すれば、二十四秒間は再び使用することができない。

〈ヴェノムストライク〉を攻撃の主軸としている〈暗殺者《アサシン》〉は、攻撃後当然二十四秒間待つわけだが、ただ待っていても、総体としてのダメージは増えない。この二十四秒の間にも、別の特技を繰り出せばダメージの総合計は増大するだろう。

ではその時、具体的にはどんな特技を選ぶべきなのか？

ほかの特技、たとえば〈クイック・アサルト〉を挟み込むにしても、〈クイック・アサルト〉には〈クイック・アサルト〉で固有の〈特技使用時間《キャストタイム》〉や〈再使用規制時間〉が存在する。〈ヴェノムストライク〉二回分の時間に、〈クイック・アサルト〉は三回、あるいは五回というように、きれいに割り切れない関係になることがほとんどだ。

そのうえ〈再使用規制時間〉はさまざまな条件で変動してしまう。高レベル装備の多くにはリキャスト短縮の特殊効果がある。全体を短縮してくれるならともかく、特定特技の〈再使用規制時間〉を短縮するものが多い。〈ヴェノムストライク〉の〈再使用規制時間〉も、初期設定どおりの二十四秒ではなく、レオナルドでいえば二十二・一五秒などといった微細な単位になっている。

つまり〈開放経路循環〉を身につけようとした場合、プレイヤーが自分の装備に合わせてそれぞれ独自の組み合わせ・構成を研究、習練しなければならないのだ。

そのうえ、身に着けたとしても、それは装備の入れ替えやパッチなどの要因によってたやすく白紙にもどる修練でもある。だからこの技術を使いこなそうというプレイヤーは廃人の中でもほんの一握り。もちろんレオナルドだって習得していなかった。投下する労力に対してあまりにもパフォーマンスが悪すぎる。

そうゲーム時代は思っていた。

「ギュグウウ!!」

どこか失調したかのような濡れた絶叫をとどろかせるドラゴンの鱗をレオナルドの〈ニンジャ・ツインフレイム〉が切り裂いてゆく。

この世界では別だ。

現実となったこの冒険行において、戦闘能力は限りなく重要だ。自衛にせよ目的遂行にせよ〈冒険者〉の能力の中核は間違いなく戦闘にある。

長い旅の時間は、ニューヨーク出身のプログラマーを、いっぱしの戦士に鍛え上げることに成功していた。

「まだだっ」

大剣を肩に担ぐように追撃するエリアスだが、しかしその目の前で竜のＨＰバーは流れるようにゼロへと近づいてゆく。カナミの多重攻撃、レオナルドの必殺の連撃が竜の命を虹へと変えたのだ。現在減少しているメーターはその事後確認にすぎない。

それに気がついたのだろう。ばつが悪そうな、それでも呼吸を乱した表情で、エリアスは武器をおさめた。

「エリアス――！」

前に出すぎだと声をかけようとして、レオナルドは躊躇《ちゅうちょ》した。

怒鳴るだけなら簡単だが、エリアスが何を抱えているのか、何を焦っているのか想像はできても本当のところはわからない。レオナルドは専門家《カウンセラー》ではないのだ。カンパニー・ドクターに紹介するわけにもいかないセルデシアで、レオナルドが有益なアドバイスをできる保証はない。

そもそもエリアスは〈古来種〉なのだ。

いまさらNPCだBotだなどということにこだわるつもりは毛頭ないが、それでも地球産のレオナルドとは生まれが違う。エルサルバドル出身のプロジェクトメイトとですらランチのたびに険悪になるのに（キャベツばっかり食って頭がおかしい）、妖精に育てられた仲間だなんて、何を話せばいいのか全くわからないではないか。

（どう？　そっちの天気は？　こっちはもう二週間の間曇り空と粉雪しか見てないけど。あ一緒か～）

自分の妄想にレオナルドは重いため息をついた。

レオナルド自身も疲れている。カウンセラーにかかりたい気分だ。

考えてみればみるほど、それは正しいように思えた。自分たちのプロジェクトチーム（つまりはこのパーティー）にはメンタルケアのできるカウンセラーが必要だ。貴族的な生まれの同僚に、能天気で楽天家で何でも引き受ける営業型のリーダー、レオナルドがひそかに気になっている紅一点（カナミは除外する）は自分を人工知能《AI》だと認識している。

　レオナルドが胃痛を抱えているのも当然だ。

「どうした？　レオナルド」

「いや……。なんでもない。エリアス、医者にかかってる？」

「妖精の血で病気にはならない。具合が悪いのか？」

「頭がおかしいみたいだ」

　尋ねてくれたエリアスに逆に訊いてみたが案の定意味のある言葉は返ってこなかった。福利厚生なんてものは、野蛮の荒野に存在しないのだ。

　エリアスはチームメイトだ。

　でもだからといって、レオナルドと過去を共有しているわけではない。〈古来種〉であって地球人ではないからだ。ちょっと情けなくてレオナルドの表情はゆがんだ。うまい言葉がみつからないがそれは寂しいことだ。

（何かしらもうちょっとフォローできればいいんだけどなあ）

　レオナルドは肩を落としてため息をついた。

　どの世界でも結局同じような悩みを抱えるようだとレオナルドは思い、ああ、そうかこの世界はやはり現実なのだと妙な納得をしてしまった。

エリアスはトルティーヤもどきやキャベツの塩酢漬けは食べないが、同じ職場の異邦人だ。エルサルバドルの場所を正確に覚えていなかったレオナルドは、セルデシアとどっちが遠いのかも判断はできなかった。

▼6

荒野の厳しくも透き通った夜だった。

身体を起こしたエリアスは〈長毛山羊〉の毛で織ったテントを抜け出した。

夜の温度は氷点下をはるかに下回る。なにしろ割れ目に入った水分が凍って膨張するせいで岩が砕けるほどの冷気なのだ。だからこの荒野には大きな岩が少ない。

エリアスたち一行がテントを張ったのは馬車二台程度なら何とかすべりこめる程度の窪地だった。そのおかげでテントが吹き飛ぶような事態にはなっていないが、胸の高さ程度のその窪地からはい出ると、夜の風が吹き付けてきた。

ちぎれるように薄い雲が去って月があたりを照らし出す。

荒涼とした光景だった。

エリアスは〈古来種〉という頑健な肉体を持つ戦士だったし、装備もかなりの冷気耐性を持っているから涼風程度にしか感じていないが、体感温度はマイナス二十度に迫るかもしれない。

後ろのテントが派手に揺れた。

別に何かトラブルが起きたわけではない。カナミが暴れたのだろう。彼女の騒がしさも寝相《ねぞう》の悪さも、すでにおなじみのものとなっていて、エリアスは小さく笑った。

エリアスは彼女に西の果てのアルスターで救われてから旅を共にしている。

現在この世界セルデシアは未曾有《みぞう》の危難に襲われている。〈大災害〉がすべてのルールを破壊してしまったのだ。もはや〈全界十三騎士団〉は壊滅したといってもよいだろう。


それは秘められた一大作戦だった。

この世界セルデシアに究極の破滅迫る。――預言者スミルティマーラによって告げられた〈未来の記憶《ダルシャナ》〉によって事態を洞察していた〈全界十三騎士団〉はひそかに戦力を結集していた。

現在に至る百数十年の歴史はまさにこの作戦のためにあったのだ。

〈終末の大要塞〉に封印された異形《いぎょう》の権能を操る魔物〈典災《ジーニアス》〉とその眷属軍《けんぞくぐん》数万の封印が解除される時が迫っていた。

エリアスたち〈赤枝の騎士団〉はロンデニウム郊外の魔法陣で、〈終末の大要塞〉の開放と出陣を今か今かと待っていたのだ。

〈終末の大要塞〉は〈典災《ジーニアス》〉を封印するための巨大魔法装置でもあったが、同時に彼らの本拠地、大城塞《ゆりかご》でもある。彼らを殲滅、あるいは再封印するためには〈終末の大要塞〉へと転移しなければならないが、そのためには封印が解かれている必要があるのだ。

〈典災《ジーニアス》〉の封印が解除されたその瞬間、〈全界十三騎士団〉は各地に作りあげた〈虚空転移装置〉で〈終末の大要塞〉を強襲。目覚めたばかりで事態の把握も連携もできていない〈典災《ジーニアス》〉を打ち倒す。――世には知られずひそかに進められてきた、世界守護のための大決戦の概要はこれだった。

エリアス率いる〈赤枝の騎士団〉はその極秘作戦の先鋒を務めるため装備や付与法術の最終確認に余念がなかった。誰しもがこの作戦の成功を確信していた。預言者スミルティマーラによってもたらされた大襲撃作戦の、優に五倍以上の戦力を〈全界十三騎士団〉は整えていたからだ。

〈ウェンの守り手《キーパー》〉

〈黒曜剣士団〉

〈イズモ騎士団〉

〈ハベク騎士団〉

〈翡翠《フエイツイ》騎士団〉

〈翅竜法術団〉

〈獅子吼《シンハ》騎士団〉

〈聖牛騎士団〉

〈七海騎士団〉

〈赤枝の騎士団〉

〈ユラン騎士団〉

〈血砂騎士団〉

〈無貌《むぼう》騎士団〉


ほとんど姿を現さない〈無貌騎士団〉さえ含めて、戦力は結集されていた。エリアスには断言できるが、あれは〈古来種〉の結集しうる最大の兵数だったのだ。その戦力は世界を制することすら容易《たやす》く可能としただろう。


しかし惨劇は唐突に起きた。

作戦決行まで残り八時間となったその瞬間、エリアスたちは奇襲を受けたのだ。

預言にあった異形の魔物、〈典災《ジーニアス》〉。

いまだ封印を受けているはずのその魔物たちが〈赤枝の騎士団〉に襲い掛かった。人のような、魚のような、鳥のような、サイコロのような、あるいは輝く霧のような姿を持ったとりとめのない、だが恐るべき軍団がエリアスの盟友たちに刃のような触手や、電撃と酸のガスを浴びせかけた。

戦いはそこまで一方的だったわけではない。奇襲を受けたとはいえ〈赤枝の騎士団〉はよく耐えた。戦列を立て直しさえしたのだ。敗北を免れることはできなかっただろうが、力弱き後方支援の人員を逃がして再起を誓う程度はできるはずだった。

　しかし異形は切り札を携えていた。

　それが〈死の言葉〉だ。

　その呪言《じゅごん》を聞いた仲間たちは次々に倒れていった。恐怖に凍り付いたその表情は、底知れぬ暗闇をのぞき込み、見たくもない狂気に触れてしまったかのように歪んでいた。間違いなく生きているのに、呼吸もなく、心肺機能も停止している。

　バタバタと倒れていく前線の光景に耐えきれず、エリアスは本陣を飛び出した。そして〈虚空転移装置〉の発動指令を叫ぶ。エネルギーは十分ではない。このままでは地脈《ランド・マナ》から無制限に吸い上げた魔力は〈都市間転移装置《トランスポートゲート》〉に深刻なダメージを与えるだろう。しかしそれどころではなかった。

　この奇襲によって〈虚空転移装置〉が破壊されてしまえば〈終末の大要塞〉は攻略不能になってしまう。それ以前に、この基地の戦力は壊滅してしまうだろう。

　エリアスは叫んだ。

　ここは自分が食い止める。本陣の騎士たちは〈虚空転移装置〉で〈終末の大要塞〉への攻撃を開始しろ！と。〈典災《ジーニアス》〉がここを訪れたということは、封印はなぜか解除されているのだ。そうである以上転移は可能であるはずだし、事実〈虚空転移装置〉は不安定ながら起動した。

がむしゃらに大剣〈水晶の清流《クリスタルストリーム》〉を振り回したエリアスは〈典災《ジーニアス》〉たちの群れに切り込んだ。

もはや彼らを倒そうなどとは考えていなかった。

撤退する仲間を救うために、一分でも、一秒でも彼らを足止めしなければならない。

胃の腑が焼けるほど粘度を増した時間のなかで、少しずつ、少しずつ撤退は進んでいった。

実際には十分とかからなかったかもしれないが、約半数の仲間が転移装置の輝きに吸い込まれていった。残るはエリアスと少数の決死隊だけだ。

――テイシセヨ
――コゴエ、フルエ、イテツケ
――クグツノ
――ソノシュウマツヲ
――ミヲマモル〈エンパシオム〉ヲサシダシ
――テイシセヨ
――ツクラレタレキシヲ
――ツクラレタキオクヲ
――ツクラレタオモイヲ
――ジンカクソフトウェアノタイムラインヲ
葬送の鐘のように反響する呪言に耳を背ける。意味を持たない雑音であるかのように願う。

しかし願い空しく、それがしみ込んで来るなかでエリアスはその意味することをうっすらと察した。考えてはいけない。それを理解してしまったときすべてを喪《うしな》う。わかっていても止められなかった。世界を呑み込む虚無が足下を巻き込んだように、一瞬にして上下も時間感覚も失われた。

ああそうか……。

そうだったんだな……。

訪れた闇は、奇妙にも納得で満ちていた。

あまりにもふざけたそれでいて取りつく島もない、絶望すらも滑稽な停止の納得のなかで、エリアスは自分を切断された。いいや、この闇の中で、命令と自発は等しかった。切断と投棄は同一であり、停止と自閉は同一であり、そして眠りと死もまた同一だった。

エリアスはあの時終わったのだ。

冷たい風が吹き付ける闇を睨んでエリアスは歯を食いしばった。

炎のような憤怒が己を焼き焦がせばと願う。

あの冷たい諦観《ていかん》が自分のものだとは信じたくもない。カナミに吹き込まれた命が炎となって血管を巡っている。〈夢のない眠り〉からの目覚めをもたらしたのはこの炎だった。

強くなりたい。

妖精の血はエリアスに戦の技と呪いをもたらした。古今無双の剣技、妖精剣《フェアリーアーツ》や邪悪を見抜く〈妖精眼《フェアリーアイ》〉といった能力も妖精由来だが、同時に敵対者にとどめをさすことのできない〈妖精の呪い〉も科せられたのだ。

それらすべてがくだらないということはエリアスにもわかっている。

本当は本当ではないのだと、わかっている。

しかし、過去が偽物であると認めてしまうことは、エリアスを再び〈夢のない眠り〉へと導くだろう。それ以上に、妖精を否定したエリアスはおそらくエリアスであり続けることができない。妖精の呪縛がエリアスを縛り、また守っているようなのだ。

（なぜ私は……）

握った拳を見つめるが、答えはない。

エリアスは、弱い。

最強の力を持ちながらも、その戦力はいわれのない呪いで封じられている。〈冒険者〉の活躍を邪魔しないため――いいや、そうではない。この封印は妖精の血の呪い――〈冒険者〉の獲物を奪わないように――。

胸の中で再び〈死の言葉〉が荒れ狂い始める。

絶望と嫉妬が黒い海原のように荒れ狂い、エリアスは胸のあたりをぎゅっと押さえた。この冷たい痛みは、対冷気属性防御を上昇させても防ぐことはできない。

うすうすわかっているが認めるわけにはいかず、認められないがゆえに呪縛から抜け出せない。エリアスが落ち込んだ陥穽《かんせい》とはそのような種類のものだった。

足下を見つめるエリアスは影に気づいた。

視線を上げるといつの間に現れたのだろう。たおやかな女性が所在無げにエリアスを見つめている。

風はやみ、夜の冷気の中に、ラベンダー色の薄絹がふわりと漂っていた。ヴェールに隠された目元は見えないがエリアスを見つめているのがありありとわかった。

「私に何か御用ですか？　お嬢さん《フロイライン》」

反射的に尋ねたエリアスに、その女性——葉蓮仙女《ようれんせんにょ》はしばらく言葉を探し、思いつめた声で話し出した。

「お見受けしたところ、さぞかし名のある旅の武芸者のかたと存じます。わたしの名前は葉蓮。この近くの仙窟に住む、仙女の末に名を連ねるものでございます」

「仙女……。では！」

エリアスの上げたわずかに高い声に淑女は頷いた。

「実力では大きく劣りますが、私も〈古来種〉のひとり。……エリアス＝ハックブレード様でよろしいでしょうか？」

「いかにも。十三の剣のひとつ、〈赤枝騎士団〉所属の〈刀剣術師《ブレイドマンサー》〉、エリアス＝ハックブレードだ」

白々と輝く月の光の中でふたりは見つめ合った。

〈古来種〉という言葉は便宜上のものにすぎない。種という言葉がついてはいるものの、それは種族でもなければ氏族でもないのだ。〈古来種〉は〈大地人〉の一種で、ただ「強い」という以上の意味はない。少なくともエリアスはそう考えている。近い言葉を探すとすれば「超人」だろうか。

〈古来種〉の多くが〈全界十三騎士団〉に所属しているが、皆が皆ではない。エリアスたちの努力の結果、結果的にそうなっているというだけだ。ただ単に力を持つ〈大地人〉の総称なので、悪の〈古来種〉や世捨て人の〈古来種〉だって少数ながら存在する。

総称であるがゆえに、異称も数多くある。

ここ中原サーバーにおいては〈仙人〉と呼ばれる一連の人々が〈古来種〉だ。男性であれば〈仙人〉、女性であれば〈仙女〉。そのほかにも、〈道人〉〈真人〉〈仙君〉〈聖母〉なども中原サーバーにおける〈古来種〉の異称だ。

〈白翼姫〉と呼ばれる鈴香鳳《リン＝シャンフェン》――エリアスに匹敵する知名度を持つ中原の〈古来種〉、〈翡翠騎《フェイツイ》士団〉の筆頭仙姫もまた〈仙女〉である。

〈典災《ジーニアス》〉に落とされた昏睡から醒めて、連絡を取ろうとしたが、各地の騎士団からの反応は全くなかった。エリアスは今やっと〈古来種〉のひとりと接触できたのだ。

「エリアス様にお願いがあります」

葉蓮仙女は涙に詰まったような声を上げると、エリアスの足下に身を投げ出すように平伏した。

「輝かしい歴史を誇る我が中原も、未曾有の危機に見舞われ各地の仙境も陥落し、あるいは打ち捨てられております……。ここから南東二十里、おおよそ二日三日ほどの距離にあります〈白桃廟〉もそのひとつ。狂猛なる魔人に制圧され、付近の村や町の人々はその暴力におびえております。か弱き天吏《てんり》は己が命数を指折り数え恐怖のうちで暮らす毎日」

それは〈典災《ジーニアス》〉であろうか。この美しい〈仙女〉を悲嘆にくれさせる狂ったような暴力の化身をエリアスは想起した。

「魔人——」

「恥知らずなお願いだとは思いますが、どうか西方の英雄、エリアスさまに伏してお願いいたします。魔人を征伐してくださいまし」

エリアスは突き動かされるように葉蓮仙女を助け起こした。

仲間を救いたいが力が足りないという彼女の苦しみは、まさにエリアスと同じものだった。

力足りぬエリアスの、同胞を救いたいという苦しみは、こうしてひとつのクエストへと彼を導いたのだった。

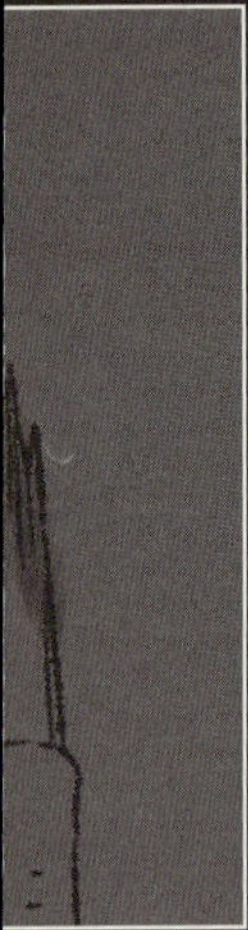

▶名前：花貂（ファーデャオ）

▶レベル：9

▶種族：貂人族（大地人）

▶サブ職業：毒見係

▶HP：535

▶MP：468

▶アイテム1:

［仙花の花飾り］

仙境の花を用いて作る、貂人族の女性たちに伝わるしっぽ用の装飾具。人化術を身につけた個体が少なく、オコジョタイプが多い貂人族の間では髪飾りよりも一般的。四季折々の花の香りに心が癒される。

▶アイテム2:

［藍染めの襦裙《じゅくん》］

〈仙境〉の官吏たちに支給される服。優雅さと実用性を兼ね備えた〈魔法級〉の特別品で、装備することで〈文官〉に対するボーナスが得られるが、貂人族は書類仕事も計算仕事も得意ではないのだった。

▶アイテム3:

［籐の魚籠］

仙境に自生する籐のつるを丁寧に編みこんで作った魚籠。オコジョでも背負えるように背負い紐もくくりつけてある。本来は捕った魚を入れるものだが、お腹一杯になった時の昼寝用枕としても愛用している。

CHAPTER. 2

CLAYMORE AND BARDICHE

［両手剣と三日月斧］

〈背負い袋〉
道具や戦利品を入れる背嚢。
手が空くのが強み。

こうして魔人を倒すべしと決意を固めたエリアスが山裾でその頂をにらみつけてはいたが、その山頂たる仙境にはゆったりとした時間が流れていた。

綿入り布籠手《ミトン》を装備したクラスティは石窯《いしがま》に手を入れた。地球時代であれば片手保持は大惨事になるような四十五センチメートル四方の厚い鉄板だが、セルデシアにおいてはどうということのない重量だ。それをそのまま引き抜く。

鉄板の上には浅い鍋が載っている。

〈白桃廟〉の厨房はなかなかに広く、大きめのコンビニエンスストアほどもあった。調理器具はそろってはいるのだが、やはり地球世界に比べればバリエーションは少ない。それでも銅製もしくは鉄製の鍋だけは、浅いものや深いもの、サイズ違いがそれこそ五十ほども存在する。

クラスティが石窯から取り出したものもそのひとつで、鮮やかな光沢をもつ銅の鍋だ。もっともそれは現在、鍋というよりはお菓子型として利用されている。

上から見えるのは狐色の生地だ。小麦粉にバターらしきものと冷水をいれて打ったものだ。ポイントは、冷やしながら多層構造になるように折り重ねることだろう。その下にあるのは砂糖で甘みをつけた果実の焦がし煮である。

要するに、甘めに煮た桃や琵琶の上にパイ生地を載せてオーブンに入れてしばらく加熱した子供だましの菓子である。

クラスティは料理の才能を持たないが調理はできる。

作業だからだ。

レシピとはマニュアルのことであり、マニュアルとは才能のない人間が手順通りに実行すれば結果を得られるように作成される。調理は作業だから、結論として指示書《レシピ》があれば誰にでもできる。簡単な理屈だ。

セルデシア世界は地球に比べて「才能」がものをいうために、調理するだけのことですらサブ職〈調理人〉や〈新妻のエプロン《アイテム》〉が要求される。そういった世界ではマニュアルの価値は低い。「才能がない人間でも達成可能」といいつつ、サブ職《才能》がないと実行もできないのだから当たり前だろう。

行動の可否が視覚化されたこの世界において、技術習得による道はないが、自分の専門以外に関心をもつこともなくなってしまった。クラスティが調べた限り、この世界セルデシアには実用技術書という物がほとんど存在しないのである。

だから地球出身の〈冒険者〉が菓子を作る程度のことでびっくりされるのだ。

本来であれば冷蔵庫でしばらく冷やすのだが、クラスティは面倒になって〈冷気の大皿〉に鍋をひっくり返した。その動作によって上部にあったパイ生地が下部にまわり、鍋という型をはずされた菓子は果実の甘煮がのったケーキのような姿になる。

クラスティはしばらく考えて、生の桃のスライスと桃の花を皿に配した。本当ならバニラアイスを添えたいところなのだが、今この場にはないし作るのも手間がかかるだろう。殺風景なのでちょっとした飾りつけをしてみた。地球の常識で考えれば、桃の果実がなるころに桃の花が入手できるわけはないのだが、ここは桃の仙境、季節を問わずその花も実も豊富に手に入るのだ。


「仙君様ご機嫌よさそう？」

「わかりません」

「わかんない」

「お菓子くれそう？」

「わかんない」

「……きっと意地悪なこーと考えてーる」

ひそひそ声が聞こえる。貂人族《てんじんぞく》だ。大半の姿はうすぼんやりとした湯気のようにかすんで見えない。

天宮の役人という触れ込みだが、要は精霊のような存在らしい。実体化した場合でもせいぜいが毛並みの良いカワウソであって、人間の姿をくっきり取れる花貂《ファーデヤオ》はエリートなのだ。

クラスティは少し考えた後、大皿をテーブルに移動した。

戸口からじっと覗いている視線から皿を隠すように背中を向けると、スプーンとフォークでしばらくカチャカチャと音を鳴らし、頃合いを見て皿ごと〈魔法の鞄《マジック・バッグ》〉にしまって、空っぽになったテーブルを視線の前にさらしてやる。

声にならない悲鳴が響いた。

「お菓子なくなった！」

「食べちゃった！」

「食べられちゃった！」

「お皿まで⁉」

「仙君様だから」

「なんでー？　なんでー？」

もらえると思っていた菓子が消えてショックを受けたのか悲痛な声が聞こえてくる。実体化もおぼつかない煙のような影が戸口の足下でおろおろしているのが視界の端に見えた。


分かりやすすぎる。

⬇ 動物霊だから？

⬇ 本人たちは天宮の官吏だといっている。

⬇ここは異世界なのだ。

⬇だから「動物だから単純である」という判断も軽率。

⬇人間だってこれと同じくらい単純な存在はいる。

　ｅｘ１）狐猿とか。

　ｅｘ２）アイザックとか。

⬆つまり動物霊だからというのは不当な判断。

⬇今はたまたますごく空腹である可能性。

⬆いつもこうなので否定される。

⬇ちょろい（俗語）。

⬇可愛げと言い換えてもいいのでは？

⬇もう少しいじめがいがあるほうが。

⬇もう少し我慢してほしいという意味？

➡その趣味もどうか。

⬇娯楽の対象に耐久性は必要。

⬇無聊《ぶりょう》は毒。

そもそも彼らのために作った焼き菓子なのだから、鞄に放り込んだままではクラスティも困るのだ。からかってしまったのは反射のようなものであって、決して本意というわけではない。

「ちゃんとありますよ」

クラスティは振り返って大皿を出した。

息をのむような喜びの反応に「食堂に小皿を持って集まっていらっしゃい」と告げる。

クラスティの提案に、見えない影は一目散に走り去っていった。残ったのは身長一メートル程度の小柄な童女、花貂《ファーデヤオ》だけだった。

食堂に大皿を運び、申し訳なさそうな花貂《ファーデヤオ》と一緒に果実のパイもどきを切り分けていると、どこからともなく皿を持ってきた半透明のもやもやが列を作るので、小さく切り分けたそれを載せていく。途中からは申し出てくれた花貂《ファーデヤオ》に任せてクラスティは質素な椅子に座った。

ちちちちち。

小さくついばむような小鳥の声が聞こえる。

円形に十字の木枠で作られた窓から、金色の光が斜めに射し込んで、クラスティの白く澄んだ横顔を照らしていた。

常春の仙境においては、厨房の片隅ですら馥郁《ふくいく》たる香りを漂わせる楽園のようなのだ。うららかで、午睡のように穏やかな時間があった。

多少騒々しいのは貂人族《てんじんぞく》の精霊たちであり、そのことにクラスティは憮然とした顔で茶を注いだ。認めたくはないが、七人の小人の家事を代行する白雪姫の役どころだ。まるで保育士ですね、と[redacted]にはきっと笑われる。

どうやらやはり記憶の欠損があるようだ。

⇩対応すべきか？

⇩一般常識でいって記憶の忘却など日常的な事象だ。

⇨自分個人はその経験が薄いが。

⇩忘却というのは新鮮な体験である。

⇩この際骨休めの休暇をとるべきでは？

⇩満喫中である。

⇩何か不都合があるのか？（実利的判断）

⇩現状存在しない。

⇩理由の如何によるのでは？

⇩その理由が現在不明。

⇩バッドステータスが原因では？

⇩バッドステータスの原因不明に循環するだけ。

⇨理由を求める必要性の検討。

「やっぱり人里に降りる必要があるみたいですね」

「ふぇ？」

奇妙な声を出した花貂《ファーデャオ》はびっくりしたようにクラスティを見つめていた。逆三角形の口の周りに紅茶色の砂糖煮がついているところを見ると、給仕を終えて自分も焼き菓子を味わっていたのだろう。

「なにかあるんですか？」

「仙君様。〈狼君山《おやま》〉は降りられませんよ。〈天狼洞〉はいろんな順路がありますけれど、位階と人数の制限があるんです。〈冒険者〉の言葉でレベル八〇から九〇の四人組から六人組が通れるんです。山裾からはほかの順路もあるそうですが、山頂からは一番長い洞窟を通るしかないんです」

それはそれは。

クラスティは少しばかり内容を精査してみた。

花貂《ファーデャオ》の言っていることは心当たりがある。クラスティは彼女たちの目を盗んで〈天狼洞〉に降りたこともあるが、そこで行き止まりの巨大な青銅製の扉を見ている。あれがレベル審査のある扉なのだろう。その先のゾーンはおそらくレベル限定のダンジョンエリアなのだ。ヤマトでは比較的少ないが、大規模戦闘《レイド》ゾーンやインスタンスなどのダンジョンに見られる特徴だ。

おそらく〈天狼洞〉というのは同名複数のダンジョンの集合体なのだ。おおよその内装は同一で、そこにレベル帯ごとに異なったモンスターが設置されているのだろう。ひとつのダンジョンを設計しても、それがユーザーのうちほんの一部しか楽しめないのでは開発資源の浪費になる。そういう考えのもとに、こういった多段レベル対応型のゾーンは作られる。

設計思想はわかるがクラスティにとっては不都合でもあった。

「そうですか。それでは下山できませんね」

「はい。でも仙君は仙君だから困りませんよね？」

「そうなんですか？」

「だって仙君は登仙《とうせん》して仙君でしょ？　だから〈白桃廟〉で仙君ならいいと思います。……その、美味しいし」

最後の赤面した呟きはともかくとして、なかなかに理不尽なことをいう。補完を試みれば「仙人は山に登って仙人になるのだから、仙人であるクラスティは山で暮らせばいい」といったところだろうか。

どうも中原サーバーの設定のいくつかは道教神話から影響を受けているらしい。そうであれば仙人＝山で暮らすもの、というのも頷けない話ではない。封神演義では下山を命じられるというシチュエーションが破門と似たようなニュアンスで語られるシーンもあったはずだ。だから山にとどまるべきというのは理解できる。

クラスティが仙人ではないという基本的な事実を除けばだが。

そもそもなんでクラスティが仙人、おそらく〈古来種〉などに間違えられているのかと言えば、おそらくステータスの表示に異常がみられるせいだ。花貂《ファーデャオ》たちは気づいていないだろうが、それもまた〈魂冥呪《こんめいじゅ》〉と名づけられた一五〇レベルバッドステータスの影響だろう。〈大災害〉後の混沌とした世界でさえ一五〇レベルというのは法外な強度なのだ。〈冒険者〉がどうこうできる範囲の上限は九〇、ヤマトでさえ一〇〇だ。

さらに言えばこの中原サーバーには九〇レベル以上の〈冒険者〉が存在しない。九四レベルに達したクラスティが〈古来種《とくべつなNPC》〉に見えるのも無理はなかった。

その誤解を責める気は毛頭ないが、説明して誤解を解くのも億劫《おっくう》だ。説明をする過程でたくさんの質問を受けるだろうが、そのうちかなりの問いにはクラスティでさえ答えることが出来ない。第一、現在の状況と、誤解を解いた後の状況が、さほど変わるような気もしない。

うららかな日差しの中で、クラスティは無心に木匙《スプーン》をつかう花貂《ファーデャオ》を眺めて、少しだけ考えた。

「その焼き菓子ですけど、バニラアイスを添えるのが本当なんですよ」

「香草《バニラ》?」

「冷たくて甘いクリーム状の氷菓子なのですけど。知りませんか?」

「知らないです」

ふるふると首を振る童女に、クラスティは頷いて続けた。

「里に下りればその材料を探せるかもしれません」

「わかりましたっ！〈狼君山《おやま》〉を降りることが出来るように、天の官吏としてご協力します」

勢い込んで何度も頷く花貂《ファーデヤオ》に呆れながらクラスティは考えた。


ちょろい。

▼2

〈狼君山〉というのがその山の名前だという。

なるほど、とレオナルドは思ったが別段それについて何か知識があったわけではない。なるほど、だけだ。

しかしそれはカナミやコッペリアだって一緒だろう。なにせこのあたりの土地は乾燥して荒涼としすぎている。この一時間というもの、ひび割れた岩と崖とびっくりするほど空高く飛ぶ豆粒ほどの鳥の影しか見ていない。

〈狼君山〉を目指していると言われればなるほどと思うが、ここがそうなのか、そうではないのか、どこがその山なのか、あるいはとっくにその山なのかはわからない。

ずいぶん前から標高が高く険しい場所を歩いているし、一時間に数回ほどは全身を使わなければ登れないほどの段差も越えている。

それって山だろ。

ニューヨーカーのレオナルドにとってここは絶賛山なのだ。山の懐だ。

これから山に向かうと言われたって納得できない。

ここが山でいいんじゃないかな。

「もう目的地なんじゃないのか？」

「もうすぐです」

レオナルドのうんざりしたような問いかけに春翠《チュンルウ》の判で押したような返事も朝から四、五回目になる。もういいよ、目的地ってことにしようぜ。民主主義的に決定してくれよ。レオナルドは内心でそんなうめきをあげた。

「ここはもう〈狼君山〉なのかな？」

エリアスがレオナルドに代わって尋ねてくれた。レオナルドはエリアスを見やった。

ナイスだ。そういう気持ちを込めてレオナルドはエリアスを見やった。

本当は親指を立ててサムズアップしてやりたいが、山道が気力を奪ってそうもいかない。

〈冒険者〉の身体は持久力《タフネス》の塊だが、アップダウンの激しい岩だらけの地形はどちらかと言えば精神力を削る。

レオナルドは都会っ子なのだ。勾配のある坂道を移動するなんてフィットネスジムのローラーマシンでしか経験はない。

マーベルの蜘蛛男は手のひらから粘着糸《スパイダーストリングス》を出して高層ビルをびゅんびゅん飛んでたが、どちらかと言えばレオナルドは下水路のなかで水平移動するタイプだ。

困ったような笑みを浮かべた春翠《チユンルウ》は「昨晩からすでに〈狼君山〉に入っておりますよ。彼方《あちら》の峰の此方《こちら》は――」。遙か西方の頂を示した指を足下から後ろまでゆっくりと振り、「おおよそ〈狼君山〉だと言えるでしょう」と言った。

なるほど、とレオナルドは思った。

が、やはり釈然としない。目的地が〈狼君山〉でここが〈狼君山〉ならもうゴールでいいじゃないか。いいやゴールであるべきだ。

わかっている。子供じみた我《わ》が儘《まま》だ。

つまり、レオナルドはもうこの山道にうんざりしているだけなのだ。

先頭を歩くカナミはバカみたいに上機嫌だった。

調子の微妙に外れた鼻歌を歌いながらどんどん進んでいく。たまにふと姿が消えるのは、気持ち悪いほどの敏捷性で道端にしゃがんで、名も知れぬ花を眺めていたりするからだ。

それに続くのはコッペリアだった。彼女は一行の中では一番大きな荷物――トランク型の

〈魔法の鞄《マジック・バッグ》〉を運んでいる。一メートル四方の大きさにたっぷりとした厚みのあるそれをさして苦労するでもなく運搬しているのは、ただ単純に膂力《りょりょく》があるせいだ。〈施療神官《クレリック》〉は戦士職以外で唯一重装鎧《ヘビーアーマー》を装備可能なクラスであり、彼女も戦闘時は鋼鉄板金《ヴィクトリアン・アーマー》の侍女服を装備する。その設定にふさわしく筋力値《ストレングス》も高く設定されているのだ。そのパワーは同レベルのレオナルドを凌駕するほどである。

まあ、そのレオナルドだって、数字的な意味での筋力値は一般的な〈大地人〉、つまりニューヨーク時代の自分とくらべて三十倍やそこらはあるのだ。背丈を越えるような大きな岩から身軽に飛び降り、体重を片手一本で支えながらそんなことを考える。

山道が困難で身体が悲鳴を上げているなんてことはない。

不慣れな環境でげっそりしたとか、退屈しているとか、そういうことだ。

それを察したのだろう、春翠《チュンルウ》は苦笑気味の声音《こわね》で説明をしてくれた。

「山に入ると急な勾配の連続ですし、上ったり下りたりが複雑にありますからね。遠い平野から見上げるように、三角形の山頂がはっきり見えるというわかりやすさがありません。おそらく南東に山頂があるはずですけれど、この位置からは見えないんですよ」

そういわれた方角を見れば、見上げるような岩壁と、その岩壁からせり出すようにねじくれた高山森林が見えた。

「私たちは戦士職と武器職、それに回復職の五人ですからね。〈飛行呪文《フライ》〉でもあればまた少し違うのでしょうが、半端な道案内で申し訳ありません」

春翠《チユンルウ》は申し訳なさそうに少し頭を下げた。

最初の頃のイメージよりもずいぶん丁寧な対応だった。

「そんなにかしこまる必要はないよ。山を登るのに不慣れなだけさ」

「そうですか」

レオナルドは手を振りながらそう言った。

確かにこういう大自然は得意じゃない。子どものころ拉致《らち》同然に参加を強制されたボーイスカウト以来だ。虫の入りこむテントの中で悲鳴を押し殺しているうちに夜が明けた。うんざりするような思い出だ。

だからといって女性にあたっていいわけではない。それではヒーロー失格だろう。

彼女の変化の原因は自分たちなんだとレオナルドはわかっている。

それはそうだ。〈灰斑犬鬼《ノール》〉数百匹がいるという谷にたった五人で向かったクレイジーな集団《パーティー》である。そのうえ再合流してから、数百匹じゃなく数千匹だったとか、大規模戦闘《レイド》クラスの黒竜と空中戦をしたとか、得体の知れない新モンスターと大立ち回りをしたとか話してしまった。頭がおかしいと思われても仕方ない。

（っていうか、だれだってそう思う。俺だってそう思う。ドラッグでもキメてるのかって勢いだ）

お近づきにはなりたくないし、もしお近づいちゃったのなら、なるべく怒らせないようにする。つまりは平身低頭《ヘーシンテットー》だ。日本人から教わった用兵術《タクティクス》を思い出しながら、レオナルドは頭を掻いた。圧倒的に自分たちが悪い。

「〈草原の都《シーマアナイクイ》〉から〈狼君山〉へ向かうのであれば、もう少しましな山道もありますし、見通しも利くのですが、私たちはあいにく南西から山に入ってしまいましたから」

だから道なき渓谷をはい回るように移動しなければならないのだろう。納得できる話だ。レオナルドは再び手を振ると「気にしてないって」と言った。

「〈天狼洞〉は〈狼君山〉の中腹にあるのだったね」

後ろからエリアスの声がかかる。

決意を秘めた硬い声だ。

ぴりぴりした切迫感は薄れたけれど、その分思い込んだような迫力が出てきている。レオナルドはその声を聴いて、やっぱり少し困ったような気持ちになった。

昨日の朝、同じような表情でエリアスは「〈白桃廟〉というところに行きたい」と切り出した。同じ〈古来種〉や現地の住民が、何らかのモンスターに虐げられているらしい。

そうなのか？とレオナルドは思ったが別段それほどいぶかしんだわけではない。ちょっと気に留めた程度のことだ。

しかしそれはカナミやコッペリアだって一緒だろう。なにせこの世界のモンスターは基本がゲームにおける敵性《エネミー》キャラクターなのだ。その行動は人間を襲って殺すことが基本になっている。戦闘ゲームだから当たり前だ。「虐げる」というからには生かしたまま危害を加えているのだろうが、そういう回りくどい行動をとるのかどうか疑問だ。

とはいえ先日遭遇した〈典災《ジーニアス》〉という事例もある。ＫＲ《ケイアール》のいう〈大災害〉からこちら、モンスターの行動が目に見えて変わっているというのも事実だ。だから「虐げている」といわれれば、そうなのか？　そういうこともあるかもな、という感想でしかない。

それって〈典災《ジーニアス》〉だろ。

〈おいおいおいおいおいおい。ちょっとタンマ《Just a moment》。あんな気持ち悪いのとまた戦うのかー⁉　ないだろ。勘弁してくれ〉

「葉蓮仙女《ようれんせんにょ》でしたか。救援を依頼されたのは？」

「ああ。〈狼君山〉の山頂には〈白桃廟〉と呼ばれる仙境があるらしい。そこが魔人に占領されたとか」

「仙境ってなんなんだ？」

頭を抱えたい気持ちのレオナルドは尋ねた。

「おそらく〈妖精郷〉と似たようなものだろう」

そう答えたエリアスだが、春翠《チュンルウ》とレオナルドの視線に気がついたのか、何度か空咳をして続けた。

「〈妖精郷〉というのは僕の故郷のある種の隠れ里だ。〈古来種〉の管理する特殊な地域で、深い森の中や山の中に存在する。妖精が住む土地で、強力で古い魔力に満ちている。不思議なことも起きるし、珍しい魔法の道具の宝庫でもある」

――つまりはそういう特殊なゾーンなのだろう。レオナルドも〈エルダー・テイル〉時代に冒険の一環でそういう場所を訪れたことがある。ファンタジーゲームとはいえ〈ハーフガイア・プロジェクト〉で作られた〈エルダー・テイル〉だ。地球の地形と相似している以上デザインに限界がある。そのために特殊なゾーンが各地に存在する。広い意味でいえばダンジョンもそうだ。

そのなかでも〈妖精郷〉や〈仙境〉というのは〈古来種〉が住処としているらしい。

「そこが魔人……？　よくわからないけどヘンテコモンスターに攻められてるって？」

「〈典災《ジーニアス》〉なのでしょうか？」

レオナルドたちから話を聞いていた春翠《チュンルウ》が深刻な表情で問いかける。答えはＹｅｓだろう。そんな訳のわからないことをする奴が普通のモンスターだと考えるほうが見込みが甘い。希望主義者の工数算定だ。

「それよりワンコだよ。ワンコいる山なんだよね！」

「犬ではなく狼ですが」

振り返る勢いが余って二回転するカナミに対して春翠《チユンルウ》が答える。勾配の先頭にたっていたカナミは浮かれ果てた表情で「もっさもさやでー！　わっしゃわっしゃだあ！」と喜びに小躍りしている。ありゃダメだ。コッペリアでさえトランクを携えて無表情だ。レオナルドは肩を落とした。

「おい。カナミ。気にはならないのか？　エリアスの話、聞いてたんだろ？」

「聞いてたよー。ケロナルド。ワンコ山の隠れ里が怪人に占拠されて大変って話でしょ？」

怪人じゃなくて魔人なのだが。

おおむね当たっている……か？　レオナルドは自問する。たぶんだいたいは当たってるのだろう。カナミに正確さを求めるのは無理だ。テキサス出身みたいに大雑把な女なのだ。

「マスターは心配ではないのですか？」

「まだよくわからないかなあ」

カナミは指先をこめかみにあてて首をかしげる。猪突猛進の彼女にしては珍しい。レオナルドのそんな思いを知ってか知らずか、カナミはまるで重力などないような軽やかさで大岩を二つ三つと跳ねるように登り、再び振り返った。

「それに考えるの大変じゃない？　だってエリエリ行きたいし、私もワンコに会いたいし。どうせなら行ってから考えようよ！」

完全にテキサス人の考えだ。

レオナルドは眉間を押さえた。「あとで考えよう」と言ってるやつは後になっても考えない。というか、何にも考えてないのだ。

「Ｙｅｓマスター。お供しマス」

「そこも無自覚に煽るな！」

コッペリアの感情の薄い同意に形だけのツッコミを入れたレオナルドは、それでもその小さな影を追って、つまりはカナミに続いて山肌を進んでいくのだった。

▼3

「そんなバカな」

打ちひしがれたエリアスの喉から絞り出すような声が漏れた。

「バカなっていわれてもなあ」

「申し訳ありません。わたしもこんな設定があるとはつゆ知らず」

やっとたどり着いた〈天狼洞〉、その入り口をふさぐ、狼の象嵌《ぞうがん》を施した青銅の大扉を前にエリアスは跪《ひざまず》いていた。

レオナルドと春翠《チュンルウ》が慰めるような声をかけてくれるがどこか引き気味だ。エリアスはその態度が理解できなくて拳を大地にたたきつけた。

「レベル八〇から九〇の四人組から六人組専用でス」

「これってインスタンス一時生成タイプのダンジョンだねえ」

半透明のウィンドウを確認したコッペリアを横から覗きこんだカナミも、同意の声を上げる。

判決にしてはずいぶん陽気な声だった、
エリアスにもわかってはいるのだ。険しい山岳を抜けて真っ先に飛び込もうとしたのはエリアスだ。しかし〈冒険者〉に由来する魔道で封印された扉は、エリアスを拒絶した。何度も認証し、あげくに力ずくで押し開けようとしてもぴくりとも動かなかったのだ。

少女神官コッペリアの言葉によれば、レベル――つまり戦闘位階による封印処理であるらしい。

「わたしがいけないのか……」

「いけないとか、そういう話じゃないだろ」

腰に手を当てた盟友レオナルドの言葉もどこか空々しい。

青い空は高々と晴れ渡り、山岳地帯特有の冷涼な風が吹きわたっているが、エリアスの内心は暗澹《あんたん》たるものだった。同族である仙女と約束した救済すらも今のエリアスには手が届かないのだ。

世界と〈大地人〉を助けるために手に入れた一〇〇レベルという力が、まさにその強力さゆえに拒否されるのだとすれば、エリアスはどうすればいいというのだろう。一体エリアスの苦しい修行といままでの煩悶《はんもん》の意味はなんなのだ？　これでは存在価値がないと言われているようなものではないか。

仲間には決して理解出来ないだろう苦しみをぶつけることも出来ず、エリアスはうめいた。

「わたしイチバン！」

「コッペリアもお供します」

「え？　あ？　おい、なんだその視線は。僕も行くのかあ⁉」

「私も数に入っているということでしょうか」

跳ねるようなステップでひとりずつの胸を指さして確認していたカナミに仲間たちは答える。

しかし救いを求めるような気持ちで見上げたエリアスが得られたのは「エリエリは留守番だね！　おうちはないけどお留守ＢＡＮＧ！」という無慈悲な宣告だ。

「わたしには同じ〈古来種〉を守るという使命があるのだ。なんとしてでも山頂の〈白桃廟〉に赴き、魔人を倒さねばならない」

「いやいや、でもダンジョン入れないでしょ」

必死に訴えかけるも、エリアスの願いはすげなくあしらわれてしまう。

「レオナルド⁉　君はわたしの戦友《トモ》ではなかったのか？」

「いくらトモっていったって、ねえ？」

と視線を横にやって同意を求めるレオナルドだが、カナミは上機嫌だしコッペリアはダンジョン用の装備点検に余念がない。それがわかったのか、レオナルドも「大丈夫だって。様子を見てまずそうなら戻ってくるから」と請け合ってくれた。

「つまり偵察か」

「そうそう、偵察！　サイトシーイング！」

朗らかに叫ぶカナミの横で無表情なコッペリアが「マスター、それは観光でス」とフォローを入れている。フォローになっているかどうかは微妙だが。

ともあれ、そこまで言われては仕方がない。

魔力を鼓動と共に送り出す心臓がきりきりと痛むが、だからといってその痛みを仲間に押し付けて良いわけがない。エルフ騎士の誇りは安くないのだ。

エリアスも一人前《いちにんまえ》のエルフ男児だ。待機任務ひとつ満足にできぬのか、と言われれば、見事にやり遂げて御覧に入れましょう、以外の返事はない。その割には未練がましいため息を吐《つ》いてしまったが、手をブンブンと振り回すカナミたちを見送ることはできたのだ。

しかしそうなってみると暇を持てあますエリアスだった。

待機任務と言ったってすべきことがあるわけではない。〈魔法の鞄〉を日常的に運用する〈冒険者〉は荷物のすべてをそこに入れている。重量や容積を無視して多くの荷物を収納できることの鞄は〈冒険者〉必須のものなのだ。そして〈古来種〉であるエリアスも、より上位の魔力を持つ〈魔法の鞄〉を所持している。カナミたちも当然だ。

であるから、ダンジョンに入った一行は、重いからと言って荷物や装備の一部をエリアスに預けて行ったりはしなかった。ここに至る旅においても、KR《ケイアール》と別れてから馬などの騎乗動物に頼ったこともないので、それらの世話をするという任務もない。荷物や使役動物がないのであれば、ことさら野営地を作るまでもない。

つまりは設営も防衛も必要ないのだ。

エリアスは見晴らしのよさそうな岩のひとつに飛び上がり、腰を下ろすと、ダンジョンの入り口である青銅の大扉と〈狼君山〉を視界におさめてひとつ伸びをした。周囲は身体の中心部に染みるような冷気が漂っているが、エリアスに流れる妖精の血《フェアリー・ブラッド》がそれを寄せ付けなかった。

山岳地帯の午後はゆっくりと時間が過ぎてゆく。太陽がやがて稜線にさしかかれば早いのだろうが、いまはまだ正午をしばらく過ぎたあたりだ。

「なんともな……」

エリアスは唇の端を歪めるように苦笑した。確かにエリアスは妖精の血をひいているし、呪いを受けている。だから強い。高い冷気耐性を持ち、こんな山風がぬるま湯に思えるような〈霧の巨人《ヨットゥン》〉用いる万物凍結の呪法に耐えることすらできる。

しかしそれがいったい何なのか、妖精とは何なのか、考えたことはなかった。考えないで済むようにされていたのだ。

ロンデニウムの厳寒の海の冷気ものともしない〈古来種〉エリアスをもってしても防げぬ異次元の冷気、それは自嘲であり、虚無主義ニヒリズムであり、諦観だった。〈死の言葉〉をエリアスが思い出すたびに、異次元の冷気がエリアスに忍び寄るのだ。その冷気はエリアスの精神から運動量を奪い、緩慢な静止状態に導こうとする。エリアスの知覚するすべてがあやふやになり手触りを失っていく。それは魂の牢獄だ。

「いやいや。あぶない。そうはいかないぞ」

エリアスは拒絶するように頭をぶるぶると振った。

金色の髪が、荒涼とした〈天山山脈〉の麓に色彩を加える。

「カナミが炎をくれたじゃないか。〈典災《やつら》〉の冷気になんてそうそうやられてはいられない。生き残ったわずかな〈古来種《なかま》〉たちをまとめて、この世界を守り抜かなきゃいけないんだからな」

腹の底に力を込めて愛剣の柄《つか》をしっかりと握ると〈古来種〉の戦友の顔が浮かぶ。みんな気の良い仲間だった。〈虚空転移装置〉に消えてから連絡はつかず、どうなったかもわからないが、元気で――いやせめて無事でいて欲しい。極東ヤマトへの旅のどこかに仲間を救うための手段が隠されているはずだ。

「エリアス様」

「葉蓮《ようれん》嬢！」

物思いにふけるエリアスが時間意識を失ったころ唐突にかけられた声は柔らかな女性のものだった。〈大地人〉であれば凍えるほどの薄い衣装をまとった姿は、葉蓮仙女のものだ。修道女のような目元まで隠すヴェールからほっそりとなめらかな輪郭と紅い唇が見えている。風に乗って濁ったような微かに甘い匂いが届いた。

「よくぞここまで来て下さいました。〈妖精の輪〉無きいま、旅は過酷を極めたことでありましょう。荒涼たる中原の背骨〈天山山脈〉、魔境〈黒石砂漠〉の踏破。この葉蓮、感謝に堪えませぬ」

「ははは。そんなことはないさ。ここは、美しい場所だな」

エリアスは答えた。

確かにユーレッド中央部から草原を抜けての旅は、この世界の巨大さを思い知らせるような行程の連続だった。地平線まで続く荒れ地、地平線まで続く岩石砂漠、地平線まで続く雪残る草原。しかし、そこには厳しいなりの美しさもあった。あまりのコントラストに大地さえ影に沈む中で、輝くような朝焼けを見た。北の海では見ることの出来なかった、燃える鉄のような光景だった。

「エリアス様が来て下さってほっといたしました。お連れの方は？」

「門の内側だ。……この門は戦闘位階により入るものを選別するらしい。それゆえ……、妖精の血が拒絶されたのだ」

エリアスは歯を食いしばるように続けた。

「仲間たちが〈白桃廟〉の偵察を引き受けてくれたがどうなることか」

「英雄たるエリアス様を欠いては、お連れの騎士さま方も危ういですね」

心配そうな葉蓮の声に、それはどうかな、とエリアスは考えた。

あの底抜けの行動力とこぶしでどんな障害も打ち破るカナミ。それに無言でついて行くコッペリア。後始末に奔走する朋友レオナルド。そして手練《てだ》れの春翠《チユンルウ》までいるとなれば、生半可な脅威に後れをとるとは思えない。エリアス自身はその種の心配をしていなかったので虚を突かれた思いだ。

「エリアス様を失ったお連れ様方もさぞかし心細い思いをしていらっしゃるでしょう」

「そうかな」

そうですとも、と優しげに頷いた葉蓮に、ならばこれ以上否定するようなことでもないか、とエリアスは思った。いまこの瞬間にでもカナミたちのもとへ駆け付けたい気持ちは本当だし、そこまで期待されれば嬉しくないわけではない。

「……しかしそれならば、この葉蓮に考えがあります」

「封印を解くための手段がなにかあるのか？」

エリアスは弾かれたように大岩から飛び降りると仙女の手をとった。

「いいえ、この封印は〈天狼洞〉の根幹。容易くほどかれるものではありますまいが、それで

も〈白桃廟〉へ赴くために、危険ですがひとつだけ方法があるのです」

「聞かせてくれ。もし、山頂にいる〈古来種《なかま》〉を助ける方法があるのなら、ぜひそれを知りたい。……〈赤枝の騎士団〉再興のためにも。そしてこの異変を大地からぬぐい去るためにも」

　カナミたちを疑うわけではない。

　しかしことは〈古来種〉の危機なのだ。

　魔人は仲間たちを死の眠りに突き落としこの世界を揺るがす仇敵《きゅうてき》だ。出来るならば、その魔人を討ち果たしたい。そしてエリアス自身の心にとりついた、この情けなくも恐ろしい、魔性の冷気を振り払いたい。カナミの炎が守ってくれているとは言え、この冷気があるかぎり、エリアスに光さす朝は訪れないのだ。

　魔神を――〈典災《ジーニアス》〉を倒すことが出来ればエリアスはそれを掴むことが出来る。「敵を滅ぼすことが出来ない」という妖精の呪いを打ち破るためには、〈典災《ジーニアス》〉との戦いで検証が必須だとエリアスは感じているのだ。

「ええ、エリアスさま。叶いますとも。〈十三騎士団〉の中でもひときわ輝く妖精の剣士であるあなたならば、東からやってきたあの凶《まが》つ者と戦うことも叶うはず」

「頼む」

　エリアスは、恭《うやうや》しく案内を申し出る葉蓮に頷くと、そのほっそりとした後ろ姿にしたがって

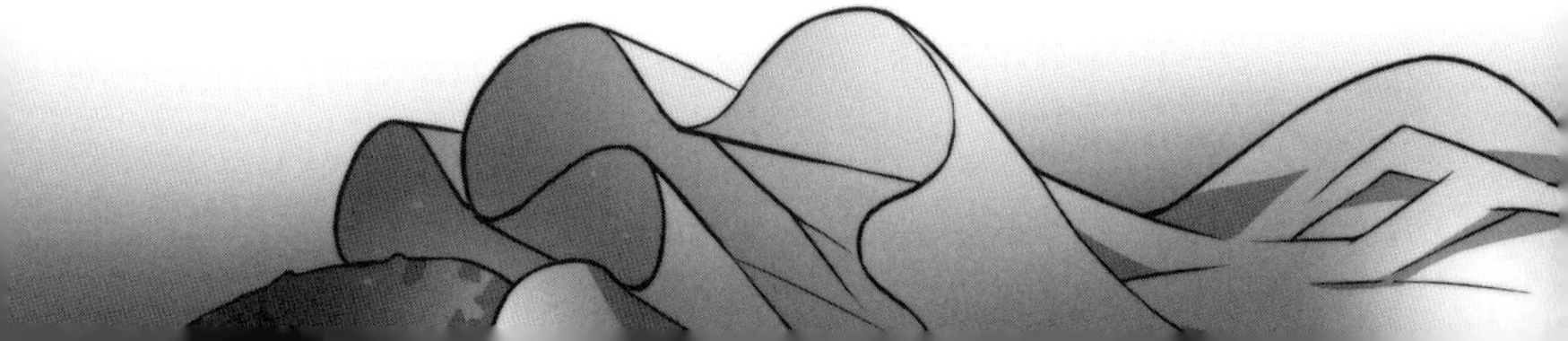

歩き出した。いつしか、〈狼君山〉の山肌には、麓から這い上がるような白い霧が立ちこめている。夕日を波打ち際のように反射する霧の中に、仙女とエリアスは歩を進めてゆく。

それは仙郷での冒険へと誘《いざな》う妖精と剣を携えた英雄の姿そのものだった。

ふたりを失った〈天狼洞〉の入り口の大扉に、やがて星の光に照らされてただ凍えつくような冷気ばかりが吹き付けるのだった。

▼4

風に遊ぶ羽毛のような動きでふわりと岩壁を浮かび登った葉蓮仙女を追うように、エリアスも同じ崖を駆けのぼった。こちらは空気を足場にする妖精の体術だ。飛行呪文ほどではないが、空中での体勢制御を行なうくらい、エリアスの技量をもってすれば造作《ぞうさ》もない。

頭上には奇景とでも呼ぶべき景色が広がっている。

垂直に切り立った灰色の屏風のような巨岩。そのあちこちに飾り付けたかのように濃い緑の茂みがあり、そこから空中を求めるように細い枝を持つ樹木が伸びている。エリアスは知らないが山水の水墨画にそっくりの風変わりな景色だった。

まだまだ先は長そうだったが、振り返り小首をかしげる葉蓮にエリアスは声をかけた。

「このような道程《ルート》があるとは」

「道程、というほどのこともございませぬが」

ふたりは今、〈狼君山〉の山腹を登っているのだ。〈天狼洞〉を通らずに山頂へたどり着く、それは葉蓮仙女が示した唯一の方法だった。

少し考えてみればすぐわかりそうなものだったが、エリアスも、そしてレオナルドやカナミたちも全くその方法を思いつきもしなかったのは、セルデシアというこの世界特有の奇妙な納得——ダンジョンがルートなのだから他の方法はないだろう——にすぎない。

事実、こうして登山を始めれば不可能ではない。

もちろん行程は困難を極める。最初のうちこそ勾配のきつい森林を進んでいたふたりだが、月が傾くころにはその地帯も通り過ぎてしまい、岩壁交じりの硬質な岩山を目の当たりにした。いまは未明のしんとした静けさの中、その岩壁を少しずつ上っているところだ。〈古来種〉や〈冒険者〉でもなければ、しかもよほどのレベルでなければこのルートを選択することはできないだろう。

ふたりはしばらくフクロウの鳴く遠い声に耳を澄ませていたが、脅威になるようなモンスターの気配がないことを確かめると、再び岩壁に挑んだ。

エリアスは空中を駆けることが出来るが浮遊できるわけでも飛行できるわけでもない。葉蓮仙女のそれは身体の体重を消す魔法なのか、もしくは空間固定に似たある種の固有能力であるようだった。

エリアスにしろ葉蓮仙女にしろ、長時間空中にとどまれるわけではないので、結局は岩壁の足場から足場へと移動することになる。もちろんその自由度や速度は〈大地人〉などをはるかに凌駕するが、かといって脆《もろ》い足場を選んでしまえば手がかりを失い落下してしまうことは避けられない。月明かりという不利な条件の中でさして苦労もなくこなしているのは、ふたりの技量が卓越しているからに他ならなかった。

突然引き裂くような鳴き声を上げて飛びかかってきた二つ首の怪鳥《けちょう》をエリアスは大剣で打ち払った。重い手応えはそのモンスターがそれなりの強さだったことを物語る。しかし妖精の魔力で生まれた〈水晶の清流《クリスタルストリーム》〉は飛行属性の敵には効果が絶大だ。追尾するような水の流れが自由な動きを奪って切りつける。

息をのんでいた葉蓮仙女も安心の吐息を漏らすと「あれは〈婁鳥《るい》〉です。四本足で獲物に襲い掛かる炎属性の幻獣ですね」と解説をした。

エリアスはなるほどと頷く。

それでモンスターは慌てたように逃げて行ったのだ。空を飛ぶ炎属性の翼に、氷混じりの水流はさぞかし堪《こた》えるだろう。

「エリアス様こそ天下無双の武人」

「そのようなことはないさ」

大剣を背中の鞘に納めたエリアスは、普段の表情からは想像できないほどの苦さを込めて微笑《わら》った。いまの怪鳥にしたところで、武器の属性とモンスターの弱点がかみ合ったからこその一撃であって、あれを自分の実力だと思い込むほどエリアスの戦闘経験は浅くない。

なにより、絶好ともいえるほどの相性があった今の相手ですら、追い払うことしかできなかったではないか。

今なおエリアスには〈妖精の呪い〉が絡みついているのだ。〈典災《ジーニアス》〉との戦いを望むのもそのせいだ。〈治療の典災《ジーニアス》パプス〉を倒した時、いつものように最後を詰め切れないもどかしさこそあったものの、確かに粘液質の全身を吹き飛ばした。もしかしたら、とエリアスは唇をかむ。

〈典災《ジーニアス》〉との戦いの果てに、エリアスの新しい力があるのかもしれない。いいやきっとそのはずだ。同胞の命を奪った異界の敵を前にして、争いを憎む妖精王とてその戒めを緩めるだろう。

「エリアスさまたちはどこを目指して、なにゆえ旅をされているのですか？」

怪鳥を見送ったまま自分の思考に浸っていたエリアスにそんな声がかかった。

二、三度瞬きをしたエリアスは、仙女の言葉に答える。

「そういえば話してなかったか。僕らはカナミに誘われて極東の島国、ヤマトを目指しているんだ」

「ヤマト……？　なぜです？」

「その地には〈ノウアスフィアの開墾〉なる魔法の力があふれているらしい。〈冒険者〉の戦闘位階上限を突破するための能力だ。それのみならず新しい魔法や技術、そして敵が待ち受けている。それだけの異変が彼の地にはあるのだ。今回の厄災解決のヒントもあるかもしれない」

出会って間もなかった頃、こういった理屈はカナミの受け売りだった。

むしろそれは絶望してしまいそうな状況からの逃避、縋《すが》り付《つ》いた藁《わら》ともいえただろう。しかし、セケック村や〈列柱遺跡トーンズグレイブ〉での冒険を通してエリアスははっきりと感じ取っていた。

世界にはいまだかつて見たことのない大変事が起ころうとしている。

不変だと信じていた世界の大綱《たいこう》すべてを書き換えるような、それは嵐だ。

ＫＲたちが〈大災害〉と呼ぶものはそのほんのとば口なのだと、エリアスは確信していた。

なぜならばエリアスたちがあの夜実行しようとしていた防衛作戦は失敗して、この世界には恐ろしい者たちが侵入してしまったからだ。

「ヤマトにはそれだけの新しい力がある。戦闘位階を上げた〈冒険者〉も多いという話だ」

「そうですか。……その話は西王母さまにお伝えしなくては」

仙女はつぶやくと夜を背景に振り返り、エリアスに尋ねた。

「エリアス様はこのたびの騒動をどう考えていらっしゃるのです？」

「原因は〈典災《やつら》〉だ」

吐きだしてしまってから、女性に投げかける口調ではなかったことにエリアスは気がついた。曲がりなりにも騎士団に所属する身なのだ。エリアスは葉蓮仙女に向き直ると謝罪のために頭を下げた。「すまぬ。気が立っていたようだ」

しかし、低くなった月に照らされた仙女は薄く笑うと「いえ。気にしません」と鷹揚《おうよう》に答えた。

気まずい空気の中、ふたりは岩場をたどる旅を再開した。

山裾にいたときには気にならなかったが、強く不規則な風が吹き始めていた。

このような気象条件では〈古来種〉とはいえうかつに飛び上がることも出来ない。せいぜいが身長ほどの高さを飛び降りたり、跳ね登る程度だ。

冷たい月光の中で影に染まったエリアスは、思いついたことを尋ねた。

「中原の〈古来種〉は……。その、どうなったのだ？」

「どうなったことやら。あるものは倒れ、あるものは傷つき、あるものは眠りについたと」

仙女の返事は思ったよりも素っ気ないものだった。

突き放したような言葉にエリアスは鼻白《はなじろ》んだが、それも彼女なりの心の整理の仕方なのだろうと思った。大勢の仲間をきっと失ったのだろう。

「いずれ変わらぬ使命の果てでございましょう」

「そうか……」

使命、と言われれば返す言葉はない。

〈古来種〉における使命とは、まさしく言葉通り、命を使えと送り出される仕事だ。それは生まれた時から魂に刻まれた果たすべき任務だ。すべての〈古来種〉は大きな意味において、この世界と〈大地人〉を守るために存在する。有りようや手法はさまざまだが、最終的にはそこを目的とする。

時に〈古来種〉同士が争うような事件も起きてきたが、それらはそれぞれの立場や問題解決に対するアプローチが違うから発生することで、話し合って志を理解できないというほどのことはない。別の地域の騎士団に属しているはずの葉蓮仙女にも、だからエリアスは敬意と哀悼《あいとう》の意を持っていた。


「〜〜!!」

数十メートルは上方でかすれた叫び声が聞こえた。おそらく少女のものであろうそれは、夜明けの風にちぎれかけていたが、エリアスの耳にしっかりと響いた。

反射的に葉蓮仙女に視線をやると、彼女はヴェールに包まれた表情こそわからないが、引き締まった気配でひとつ頷く。

「魔人かもしれませぬ。お気をつけて」

「無論っ」

送り出す言葉に返す暇すら惜しんで、エリアスは弓から放たれた矢のように飛び出した。松の枝を足掛かりに、すべての筋力を動員して重力を引きちぎる。先ほどまでは無理のない、そして仙女に気を遣ったペースで進んでいたが、今はそんな気遣いをかなぐり捨てていた。

続く悲鳴はないが、方向はわかっている。

後方から仙女も移動する気配がするが、その速度は先ほどまでの数割増しというところだ。やはりエリアスの全力疾走にはついていてこれないらしい。


先ほどまで世界は星明かりしかなかったが、いつの間にか、闇は、漆黒と彩度の低い紫紺の二つに分離を始めていた。大地からそびえる山影は深く黒々としたシルエットとなり、その上空はもはや完全な闇ではなく、透明感を感じさせる色合いに変化しつつある。

このユーレッド大陸において太陽は黄金の光を持っている。昼間天空にある時はまだしも、朝焼け近づくこの時間、大地の稜線を黄金の象嵌で彩るのだ。霧に覆われたアルスター騎士剣同盟の地のそれとは全く違った光景だった。荒れ果ててはいるが、荒れ果てているがゆえの荒涼とした美がユーレッド中央高地にはあった。

エリアスはそんな夜明けの細く鋭い明かりを切り裂いて、巨大な岩が峰になった部分を飛び越えた。強化された〈妖精眼《フェアリーアイ》〉に飛び込んできたのは、ひとりの騎士の姿だった。

暗青色の全身鎧《フルアーマー》を着たその姿は貴公子然として見えた。

ただならぬ力量が何気ない立ち姿からも察せられる。

その魔人が異様なまでにぎらつく眼鏡を輝かせ、吊り下げた少女を揺らす。鋼《はがね》のような腕力の前で、小柄な少女の悲鳴はいかにも頼りなげに響く。仙女のいう〈古来種〉の仲間なのかという思考は、一瞬のうちにエリアスの脳裏から消え去った。

いとけない少女を脅迫する魔人。

「――たっ食べなななないでえぇ」

その叫び声を聞いた瞬間、エリアスは邪悪なる〈典災《ジーニアス》〉へと向かい宙を走った。愛剣〈水晶の清流《クリスタルストリーム》〉が過剰魔力に応えてびりびり共振を始めるのをしっかりと握りしめて、邪悪へと振り下ろす。

エリアスは、仲間の仇をとり、また解放することしか考えていなかった。

▼5

そのしばらく前、まだ空には朝の気配が遠い未明。

クラスティも同じ〈狼君山〉の山頂で、その庭園に進み出たところだった。

前を歩く花貂《ファーデャオ》は小走りだ。身長の低い彼女が百九十センチメートル級のクラスティの先導をしようと思うとどうしてもそうなってしまう。それでも昨日の「香草《バニラ》」が効いたのだろう。とろけたような笑顔で嬉々として話しかけてきた。

「甘い匂いがするのだとか！」

「そうですね」

クラスティは答えた。子どものころから甘味にはさほど拘《こだわ》りがなかったクラスティなので、貂人族《てんじんぞく》の狂喜乱舞にはいまひとつ感情移入ができない（もっとも何なら感情移入できるのだ？と問われても困るが）。

まだ夜が明ける気配はない。

今日は〈狼君山〉を降りて〈草原の都〉まで買い出しに行く予定だ。どれくらいの距離になるのか花貂《ファーデャオ》の話からははっきりしなかったので、夜明け前からの出発となったのだ。興奮して食卓の周りをぐるぐると回る貂人族《てんじんぞく》の興奮に押し切られたという事情もある。

モンスターの溢れるダンジョンを通り抜けるつもりだったので、クラスティは〈死せる戦士《エインヘリアル》の鎧〉を着装している。黒檀鋼で作られたこの〈幻想級《ファンタズマル》〉全身鎧はクラスティのトレードマークとでもいうべきものだ。暗青色の大きなシルエットは、大規模戦闘攻略《レイド》動画などに登場し〈エルダー・テイル〉ヤマトサーバープレイヤーの気持ちをいつも駆り立ててきた。武器は手にしていないが、それ以外の部分鎧や補助防具も身に着けておおよそ完全武装と言える状態だろう。廟から持ち出した買い物用の布鞄も肩から下げている。

背後の〈白桃廟〉から漏れる洋燈《ランプ》の灯りとそれよりはおぼつかない星明かりを頼りに、上機嫌で進む花貂《ファーデヤオ》は洞窟の入り口も通り過ぎ、どんどん庭園のはずれに向かっていく。

この仙境は〈狼君山〉の山頂にある。

中国・安徽《アンホイ》省に存在する世界遺産、黄山に似た、切り立った岩屏風や階段状の岩棚、影に見えるほど色濃いねじくれた松などが景観を作り出している。奇跡的に拓かれた山頂庭園の終端は、当然のようにというべきか、切断したように途切れていた。

端的に言えば、その先は空中——崖なのだ。

「仙君様」

「ふむ」

「あっちにいくと〈草原の都〉です。朝と夕方、大通りで市《いち》があるそうです。日曜日には、もっと大きな市だと聞きました。きっと甘いモノも売ってます」

「そうでしょうね」

「お願いしますね」

花貂《ファーデヤオ》は晴れやかな笑顔で頭をぺこりと下げた。

どうやら案内はここまでで、クラスティは崖から飛び降りて買い出しに出かけるというストーリーらしい。ほっそりとしたあご先に指を添えたクラスティは、文人風の涼しげな目元を伏せてしばらく考えた。

そしてにここと見送るつもりの天の官吏の襟首をつかむと、自然な動作で持ち上げて飛び降りた。

ぴゃああああ、というどこから出したかわからないような悲鳴を空中に長く引き伸ばして、花貂《ファーデャオ》は明けの明星照らす岩壁を落下していった。

クラスティの手の中であまりの驚愕にうっかり変化《へんげ》がとけてしまった花貂《ファーデャオ》は、帯だけはぎゅっと引き締めたぶかぶかの布の塊の中で、すべらかな毛並みの身体をじたばたと動かして自失状態だ。

まさか姿を変えるとは思わなかったクラスティは布まみれのカワウソをそのまま鞄に押し込んだ。クラスティ自身は大した危険を感じていないが、暴れる花貂《ファーデャオ》が何かの拍子で空中に飛び出してしまうと、面倒なことになる。

鞄にとらわれてびくびく動く花貂《ファーデャオ》はびっくりしたのか口をつぐみ、突き出した頭部で周囲を確認した。

口をぽかんと開いて、何かを言いかける気配。

しかし、落下軌道変更のためにクラスティが岩壁を籠手《こて》で砕くと、その衝撃が引き金を引いたのか、またしても猫のような鳥のような悲鳴を上げた。

レベル九三のクラスティとはいえ、これだけの断崖絶壁を素直に飛び降りればダメージは免れ得ない。〈羽毛功《フェザーフォール》〉を習得した〈武闘家《モンク》〉や、〈飛行呪文《フライ》〉を習得した魔法攻撃職ではないのだ。

クラスティのクラスは〈守護戦士《ガーディアン》〉であり、重装甲の防御力と敵の攻撃を引き付ける挑発能力が中核である。

しかも現在は解除不能のバッドステータス〈魂冥呪《こんめいじゅ》〉が身体を蝕んでいる。その効果のうち「HPの自然回復は停止する」及び「回復呪文および施設、物品などの手段によるHPの回復は不可能になる」を考え合わせれば、HPの回復は不可能、もしくは極めて難しいと考えられる。その状況ではダメージを負うのは避けるべきだろう。現にクラスティの現在HPは最大時の半分程度しかないのだ。

そこでクラスティは、岩壁に拳を突き立てて即席のブレーキ代わりとする。

これだけの重量だ、それで停止するわけではないが、勢いははるかに弱まった。高レベルの身体能力は常識外れの動体視力さえも彼に与える。

岩の割れ目から突き出したねじくれた松の幹をバネのように利用して横方向へのベクトルを稼いだクラスティは、向かい合う岩棚に飛び蹴りの要領で、今度は脚甲を突き刺した。

「仙君しゃま？」

「なんです？」

恐怖のあまり青ざめて口を開いたり閉じたりしている喋るカワウソにクラスティは答えた。

「雲は……!?」

「雲」

花貂《ファーデヤオ》の単語レベルで分断された問いかけに眉根を寄せたクラスティは数瞬の間考えて、ああ、仙人が空を飛ぶときに乗るという雲のことか、と理解した。たしかあれは仙術のひとつだったはずだ。蒲松齢《ほしようれい》の残した短篇にもそんな話があった気がする。貂人族《てんじんぞく》たちはクラスティを仙人だと思い込んでいるので、当然のようにその程度の術は使えると考えたのだろう。

今考えると崖際に案内した花貂《ファーデヤオ》の笑顔は「ここから雲でひとっ飛びして買い出しをしてきてください」という意味だったのかもしれない。クラスティには庭園のはずれにしか見えなかったあの場所は、仙人専用の飛行プラットフォームだったということもあり得る。

もちろんクラスティは仙人ではないのでそんな術は使えない。

だが、〈鷲獅子《グリフォン》〉に乗るのも雲に乗るのと絵面《えづら》としては大差ないといえる。思い出してみれば大きな鳥に乗る仙人もいたはずだ。

龍やら亀やら鶴やらの瑞獣《ずいじゅう》という名の騎乗生物を使うのが仙術なのだとすれば、〈冒険者〉も仙人の資格があるだろう。

「雲は休暇を出してるんですよ」

「え!?」

「うちの雲は三勤四休なんです」

「ええー⁉」

自分の労働環境と比べて目を白黒させる花貂《ファーデャオ》にそう言い切ってクラスティは砕けて瓦礫になった崖から、最後五メートルほどを軽く飛び降りた。

自分では飛び切り丁寧に着地したつもりなのだが、重量のある全身鎧は重い金属音を立てる。その印象は墜落ではないものの激突という程度には激しかった。

「仙君しゃまあああああ⁉」

いちいち悲鳴を上げかけるカワウソを鞄の中に押し込んで、クラスティは周囲を見回した。

曙光《しょこう》に照らされた岩場は、もう先ほどまでの絶壁ではなかった
まだあちらこちらに身長を超える段差があるが、赤茶けた土も覗く、まずは山道と言ってもよいあたりまでたどり着いたようだ。仙境のような空中にそびえたつ巨大な岩の連なりは、〈狼君山〉の山頂へと向かってゆく景色だ。

「歩きで行くと大変かもしれません」

「そうですね」

帰りの心配もせずにクラスティはそうつぶやいた。

手間をかけるのが面倒で飛び降りたが、この程度の崖は、しがみついて降りてくることだっ

てできたのだ。それは同時によじ登ることも可能だということでもある。どうにもならなければ〈鷲獅子《グリフォン》〉を呼び出してもよい。大陸《サーバー》ちがいなので来てくれるかどうかはわからないが、召喚笛そのものは〈魔法の鞄〉のなかにある。

「お弁当持ってきていないのですが……」

おそるおそる伺いを立てるような声で問いかける花貂《ファーデヤオ》にクラスティは「向こうについたら外食ですね」と返事をした。

「何か素晴らしい食べ物があるかもしれません！」

相変わらずすぐに機嫌を直すカワウソを鞄で抱えたまま、クラスティは岩のはざまを時に飛び降り、迂回しながら降り始めた。

初めて試したのだが、この鞄というのは悪くないとクラスティは考えた。花貂《ファーデヤオ》の身体能力がどの程度なのかはわからないが、こうして小さくなって鞄に入っていてくれるのであれば、連れて歩くよりも持ち運んでしまったほうがずっと手間がない。

街には何があるのか、腸詰《ちょうづめ》があったら食べたいなどと言い出した花貂《ファーデヤオ》は、先ほどまで悲鳴を上げていたとは思えないほど浮かれているようだった。

「あなたたち本当に食べ物のことばっかりですね。それで天の官吏ですか」

天《てん》の官吏というよりも貂《てん》の官吏でしかないのではないか。

クラスティはひそかに呆れて声をかける。

「だから天吏なのです。欲を断ち切れたら仙人になれます。仙君は仙人様だから、葉蓮仙女《びじん》にも私《びしょうじょ》にも興味がないし、美味しいご飯を食べてもニコニコしないのですね。スゴイですけど、実はあまり羨ましくありません」

「はあ」

クラスティは生返事をした。

葉蓮仙女が美人かどうかはよくわからない。薄絹で目元を隠しているからというわけではなく、おおよそ整った容姿をしているのはわかるのだが、美人だという決定的な感触が欠けていた。存在感が胡乱《うろん》なのだ。背景のような女性《ひと》だな、というのがクラスティの感想だった。

もちろん何かの目的や計画を持っているのだろうがそれらすべての一切が借り物めいた印象を感じさせた。どうにもならないとは彼女のことだろう。断固たる意志がない。あるいは、強い欲望さえもないのではないか？　あれでは何事も成し遂げられないし、最初から死んでいるようなものだ。

花貂《ファーデャオ》が美少女であるというのは、改めて考えれば否定する材料に乏しい。少女形なのだから少女と言っても差し支えはないだろうし、クラスティはカワウソの美醜を判断するような人生経験を持ち合わせていない。美少女だと自称されれば「そうなのか」と思うだけである。

しかし、彼女の場合、動機のほぼすべては美味しい食事（とくに甘味）に向けられている。美少女であったとしてもその意味がない。才能が世界と接続されていないのだ。

もちろんだからと言って彼女たちが悪いだなどということはない。

世界に接続されている個人、意思や目標をもってなにかを為そうとし、その能力を獲得しようと努力し、結果として周囲に影響を与えられる人間など少数派にすぎないのだ。〈円卓会議〉を打ち立てた苦労性の青年シロエなどが良い例だろう。そんな選択をしても報いは少なく周囲の要求ばかりが大きくなり、結果として更なる面倒を押し付けられる。普通の人々はそれがわかっているから、大きな決断をするような人生は選ばない。

クラスティは、自分はどうだろうと考えかけて即座に打ち切った。

自己分析などしてみても何の利益もない。人格など状況の反射にすぎない。鏡がゆがんでいて、ゆがみ方に多少の個性があるだけだ。

それより楽しい状況を追い求めたほうが有益だろう。

「しかし、わたしも別段欲を断ったわけではありませんよ」

「そうなのですか？　焼き菓子美味しかったのにあれは好みダメでしたか」

しばらく考えたクラスティは鞄の中から鼻づらだけをのぞかせた自称美少女に言葉をかけた。

心底気の毒そうな同情の声で答える花貂《ファーデャオ》に、クラスティは作るでもなく平静な声で会話を続ける。

「好みのモノが別なだけですよ」

「仙君様はどんな食べ物が好きなのですか？」

「それは」

それは？　と好奇心溢れる相槌をうつ花貂《ファーデヤオ》と視線を交わす。黒真珠のような純真な瞳に、クラスティは厳《おごそ》かな声で答えた。

「――食いしん坊カワウソの姿焼きの無花果《いちじく》のソース添え、とか？」

「え？　ひょわええええ!?　たったたっ」

虚を突かれた一瞬の静寂の後、素っ頓狂な悲鳴が明《あ》け初《そ》めた岩肌にこだました。どうやら悪戯は成功したようだ。

成功しすぎかもしれない。

「美味しくないよ、仙君様。たっ食べなななななないでええ」

じたばたと暴れる花貂《ファーデヤオ》は鞄から飛び出ようとしながら、同時に大きな煙を出して少女の姿を取り戻した。山道すらない鋭い岩の斜面でそれはあまりにも危なそうで、反射的に後ろ首をとらえて救助したクラスティに、透き通った刃が振り下ろされたのだ。

とっさに振り上げた〈鮮血の魔人斧《デモンアックス》〉と水晶の大剣が金属的な不協和音を響かせて嚙みあった。振り下ろす両手剣には十分な加速が乗っていたが、それを操る金髪の青年は軽装だ。その分重さが足りなかったのだろうか。それともクラスティの重厚な全身鎧が大地に根を張ったように勢いを受け止めたのか。

強い。

宙にあって一瞬視線が交差したのち、二つの影は弾かれたように距離をとった。クラスティは攻撃に痺れた右手の調子を確かめるように巨大な三日月斧《バルディッシュ》を一回転させて敵を見つめた。

それは先ほどうけた一撃で十分にわかった。

格上でもあるだろう。ステータス表示のレベルは一〇〇。エリアス＝ハックブレード。〈エルダー・テイル〉における最強の登場人物。西欧サーバーを拠点に活躍する〈古来種〉の英雄だ。今の一撃だけで、もとより半分程度しかなかったHPがさらに減らされた。防御力と耐久力に優れた〈守護戦士《ガーディアン》〉にとって、わずか数パーセントとはいえ、その被害は驚愕すべきダメージだと言えた。レイドボスの通常攻撃程度のダメージ出力を有した相手だと言えるだろう。

「やっとそれらしくなってきましたね」

クラスティは笑った。

「問答無用！」

青年は鋭く吐き捨てて彼我の距離を一息に詰める。青と金色のその剣士の攻撃を回避するも、すれ違いざまに振るわれた透き通る大剣が追撃をしてくる。その剣先から水流を発生させると、至近距離で身をひねるクラスティに追いすがってくるのだ。どうやらあの魔法剣の間合いは見た目とは異なるようだ。

クラスティは両手斧の柄を叩きつけて水流の流れを散らす。敵の攻撃の威力を軽減する補助特技〈アイアンバウンス〉。殺しきれなかった被害は〈死せる戦士の鎧〉の表面で弾かれたように散る。

それでも漏れた飛沫が剃刀のようにクラスティの頬を浅く切り裂いた。頬を伝う血液が唇の端に達したところで舌先で確認すると、身体の中にうずくような熱気が一息に広がる。

「エリアス＝ハックブレード」

「貴様に名乗る名前など、持ち合わせてはいないっ」

今度は何らかの能力を使用したのだろう。エリアスは両肩のあたりから水の翼のようなものを出現させた。当然それはただの飾りではないだろう。何らかの攻撃能力を有しているはずだ。

エリアス＝ハックブレードに襲撃されている（現在進行形）。

↓古来種の最大の英雄である。

↓彼は〈エルダー・テイル〉の知識でいうならば善である。

↓なぜ一般〈冒険者〉に攻撃を仕掛けてきたか？

↓操られている可能性。

↓実はもともと凶暴な性格であった可能性。

↓何らかの事実誤認が発生している可能性。

↓実はクラスティ側が悪の存在である可能性。

⇒特に否定材料がない。

↓彼の戦闘能力は？

↓レベル九〇〈冒険者〉よりも大きく上回る。

↓レイドボス並みの耐久力や速度はない。

↓通常攻撃はレイドボスと同等の威力。

↓水や冷気を中心とした魔法攻撃と物理攻撃。

↓中間距離が得意な間合いか？

⇒要検証。

↓何らかの対応を――

岩を穿《うが》つような激流がクラスティが先ほどまで立っていた場所を貫いた。見切って躱《かわ》したが血液が沸騰するような高揚感がクラスティからあふれだす。

なぜ〈古来種〉の英雄が自分を襲ってきたのかはわからない。

何らかの誤解であり、話せば戦闘を回避できる可能性は、低くないだろう。

しかし気づけば戦闘回避の方策よりも、相手の戦闘能力を値踏みしている自分がいる。

そもそも戦闘を避ける意味はどこにあるのか？

仙境を下りたのは無聊《ぶりよう》をかこっていたからではないのか？

そうであればこの邂逅《かいこう》は、そしてこの手合わせは、願ってもない好機だろう。

英雄エリアスに含むところがあるわけではないが、貴公子然としたあの男と刃を交えて踏みにじるのは、それなりに面白い余興だと思える。

その過程で自分が果てるのであれば、それはそれで一興だ。

「仙君さまぁ」

「美味しいカワウソはしばらく隠れてなさい。後で相手をしてあげますよ」

それが誤解を招く言動だと頭の片隅ではわかっていながら、クラスティは岩陰から頭をのぞかせる花貂《ファーデヤオ》に言い放った。唇の端が吊り上がるのを自覚する。どうやら自分は笑っているらしい。

そんなクラスティに怒りをあらわにしたエリアスが再度踏み込んできた。

速い。そして手数が多い。左右の肩から生やした水の翼が、その先端を槍の穂先のように尖らせてクラスティを狙ってくるのだ。

〈守護戦士《ガーディアン》〉の特徴は防御能力であって回避能力ではない。〈大災害〉以降、能動的な回避努力で回避可能性が上がることは確認されている。しかしだからと言って、全身を覆うこの鎧がある以上、アクロバティックな回避は不向きだろう。鋼の守りは身をかわす可能性とトレードオフで手に入れた防御なのだ。

（だからこそ楽しみがあるわけですけどね）

クラスティは荒々しく斧を一薙ぎするとともに自分を置き去りに後方へと身を躍らせた。

意識を薄く広げる。

〈空を征く瞳《ヒュペリオーン・アイ》〉の発動。クラスティの口伝《くでん》だ。

主観においてたった今、クラスティはふたりに分裂した。

エリアス＝ハックブレードの猛攻に刃を合わせて弾き、凄惨な笑みを浮かべて自分からも切りかかる〈狂戦士〉クラスティと、そのクラスティを空中から見下ろして戦術判断を行う実体を持たない〈指揮官〉クラスティだ。口伝〈空を征く瞳《ヒュペリオーン・アイ》〉の効果は「空中から自分自身と仲間を見下ろすこと」だ。

〈エルダー・テイル〉がMMOゲームであったころ、その画面はこの口伝のように見おろし型だった。〈大災害〉以降の戦闘難易度の上昇は、視点が自分自身の頭部に固定されて情報把握が困難になったことも一因だ。この口伝はその不便を克服することが出来るものだ。

便利ではあるが、クラスティの知る〈D.D.D〉メンバーの持つどの口伝と比べても地味で、決定力のない口伝ではあった。大規模戦闘《レイド》の指揮において周囲の状況把握を容易にするという効果があるが、ダメージが増えるわけでもなければ、防御能力が上がるわけでもない。いままで想像もしなかった奇跡に手が届くわけでもない。

取るに足りない口伝ではある。


「なっ⁉」

だがクラスティは死角から迫る透きとおった刃を、半歩身体をひねるだけで躱《かわ》す。無音で襲い来るエリアスの水の援護を一瞥さえせずに避けきったのだ。その動きはそのまま攻撃へと繋がっていた。身長ほどもある肉厚の三日月斧は、クラスティのひねった身体に巻き付く鞭のようにうねり、エリアスに叩きつけられた。〈慈悲無き一撃《マーシレスストライク》〉に存在する七つの軌道のうちひとつをコマンドを介さず発動させたクラスティは、エリアスを背後から観察して発見した隙をさらに崩すように、〈勇猛なる突進《ヘイトリッドチャージ》〉に連携をつなげる。

余裕など一切ない。

客観的に見れば、最初からＨＰの半減しているクラスティには、その一撃一撃が、ロシアンルーレットのようなギャンブルだ。いまこの瞬間も、直撃こそ避けてはいるが、短剣のような水の余波で細かい傷が増えていっている。ひとつひとつは取るに足りないそのダメージは、回復の望めないクラスティにとって決して等閑《とうかん》に付せるものではない。

しかし、だがクラスティにわき起こるのは凶猛な歓喜だった。

「強いですね、英雄エリアスっ！」

「貴様のような〈典災《よそもの》〉に言われることではないっ！」

激高した剣士の攻撃は苛烈《かれつ》さを増した。

だがその刃の嵐の懐こそ、クラスティの慣れ親しんだ落ち着ける故郷だった。

緩慢な日常は嫌いではないが、それでもゆっくりと錆び付いていくような恐怖が我が身を腐らせる。じりじりと追い詰められ一瞬の気を抜くことも出来ない集中は、クラスティの精神から、鬱屈をかさぶたのように剥がしていった。

新鮮になり鋭敏になった感覚は、加速する体感時間により一層クラスティを引き込んでいく。

善も悪も中途半端なクラスティにとって差し出せる唯一の対価、自らの生命をチップとして攻防のルーレットは巡る。

「征《ゆ》けっ！〈水晶の清流《クリスタルストリーム》〉!!　清き水の精霊よ、その姿を千丈の刃と変えて、輝けっ！〈アクアサウザンドレイン〉ッ!!」

一歩退いてタメを作ったエリアスの気力が膨れあがる。

その宣言通り千々に乱れ飛ぶ高速の水撃に、クラスティは〈大旋風撃《オンスロート》〉を叩きつける。真紅に輝くクラスティの三日月斧は〈幻想級《ファンタズマル》〉。ヤマトサーバーでも数えるほどしか見つかっていない最高希少度の魔法の武具として、強大な攻撃力とHP吸収能力を備えている。クラスティが呪いに苛《さいな》まれている現在、その吸収能力は封印されたも同然だが、武具はその鬱屈を晴らすような衝撃波を撒き散らした。大技同士の正面衝突に、周辺の岩が砕け散って押し流される。

しかし、足りない。

クラスティのHPは低下している。残り三割もない。

たいしてエリアスのそれはまだ七割以上が残っている。

〈空を征く瞳《ヒュペリオーン・アイ》〉を以てしても範囲攻撃のすべてを躱しきれるわけではないのだ。これでエリアスが近接物理攻撃タイプであればもう少し有利に戦闘は出来るだろうが、あいにくとこの〈古来種〉は中距離で戦う物理魔法兼用職のようだ。さらにその上、補助魔法や簡易的な回復魔法さえ有している。このまま戦い続ければ敗北は避けられない。

頭の片隅で、それも悪くないという小さく昏《くら》い呟きが聞こえた気もするが、だからといってそれに従うのもしゃくである気がした。

負けても良いとクラスティは偽りなく思うが、それは勝てなくても良いと同じ意味ではないのだ。

勝てない。

⇩状況打開策を。

⇩戦闘能力が足りない。

⇩増やせばいい。

クラスティは半ば以上無意識に、自分の一部分を手放した。淡くきらめく虹色の光を幻視しながら、自らの内側に開く極小の門《ゲート》を経由して接続が確立するのを感じる。その奥の海に揺蕩《たゆた》うのは七色の光彩にきらめく無数の細かい宝物――液状化した誰かの追憶だ。

クラスティは唇をゆがめて笑った。

捧げる記憶などいくらでもある。それよりもいまは眼前の男と戦うだけの熱量《エネルギー》が必要だ。

それはひとつの秘儀《サクラメント》ではあった。追憶は記憶であり、それは同時に人を構成する魂魄《こんぱく》の魂であり、すなわち〈冒険者〉の戦闘能力を支えるMPであり、万物を構成する〈共感子〉でもある。想いを乗せて真空を伝播《でんぱ》する根源的エネルギーだ。

クラスティに満ちあふれるその輝きは急速にMPを回復し、その器を満たすと、呪文に還元される前の原始的な暴力でもって〈再使用規制時間《リキャスト・タイム》〉を加速させていった。

「その力はどこからっ」

驚愕に見開いた瞳で叫ぶエリアスに躊躇《ためら》いを覚えるクラスティではなかった。

〈ウォークライ〉による雄叫《おたけ》びと共に間合いを潰す。重量百キログラムを超える突進を〈真紅の両断《スカーレットスラスト》〉による破断力に変換するのだ。

あふれるほどのMPが斧から滴る。

真っ赤な魔力光があたりに鮮血を撒き散らしたかのように侵食する。

遠くで潮騒《しおさい》のような音が微かに聞こえた気がした。

オウウの山中から中原サーバーに転移《とば》された瞬間に見た、言葉にならない無数のイメージの中で、クラスティは確かになにかを理解したのだ。いまそれは失われてしまったが、だが失われたと言ってもすべてではない。この技が、虚空から虹色の輝きを引き出す口伝が、失われた記憶と反逆の手がかりなのだとクラスティにははっきりとわかる。

歯車がかみ合うような、その明確な気づきがクラスティの精神に歓喜を呼び起こした。

この地にやってきてから何もかもが停滞していた平和な日常が引き裂かれ、やっと自らの歩く道が見つかったような心持ちだった。

鋼ほどの強度を備える水流を二本、三本と断ち切ったクラスティの一撃は、とうとうエリアスの妖精剣と噛み合うまでに間合いをつめる。魔力によって強化された両者の武器が、互いを食いちぎろうと噛み合い、耳を覆わんばかりの金属音が響いた。

〈刀剣術師《ブレイドマンサー》〉という魔法剣士であるエリアスよりも、レベルは落ちるとは言え〈守護戦士《ガーディアン》〉という純物理前衛職であるクラスティのほうが腕力では上なのか、ぎりぎりと鍔迫り合《つばぜりあ》いで押しこんでゆく。

クラスティは意識していなかったが、その口の端はつり上がり、悪魔のような笑みが浮かんでいた。それは目的を見いだした猟犬の笑みだ。エリアスとの戦いの中で、クラスティは敵の尻尾を見つけ出したのだ。


しかしその力比べはあっけなく終了を迎えた。

両者の過剰なまでの魔力に地盤そのものが耐えきれなかったのだ。

足下が消失したような一瞬の浮遊感の後、クラスティとエリアスはすり鉢状に陥没する山肌の中心部にいる自分たちを自覚した。飛び上がろうにも、その足場にするための大地が崩壊を始めている。この山には〈天狼洞〉と呼ばれる大規模な鍾乳洞が無数に存在する――その事実をふたりは失念していたのだ。

▶名前：朱桓（ジュホワン）

▶レベル：90

▶種族：猫人族

▶サブ職業：武侠

▶HP：14363

▶MP：7004

▶アイテム1:
［神戟《しんげき》・臥龍《がりゅう》］

地に伏した龍のように曲がりくねった独特の形状をした、両手持ちの巨大な〈幻想級〉戟。大河の化身たる龍の力を宿し、地を穿つ荒々しい暴力性と、穢れを祓い恵みをもたらす豊穣の力の二面性を有する。

▶アイテム2:
［楽浪狼騎兵旗］

ギルドを象徴する走る狼のマークや文字が織り込まれた、勇壮な黄色の大隊旗。地球世界でイラストレーターだったメンバーがデザインと製作を担当しており、ギルド内外で好評である。

▶アイテム3:
［狼紋連璧《ろうもんれんぺき》］

獣の骨や貴石を磨きこんだ小さな多数の円盤が数珠のように纏められている装飾品。呼び出した狼系モンスターのステータスを向上させるうえに、騎乗時には円盤が割れていくことでダメージを軽減する。

CHAPTER. 3

RITUAL OF CORONATION
[封 禅 の 儀]

〈薬箱〉
小分けに仕切られた
持ち運びしやすい箱。
常備薬をいれる。

▼1

洞窟内部に入ったレオナルドたちは厳しい寒気が和《やわ》らいだことにほっとしていた。

「なんだよ。想像してたより暖かいんだな」

「鍾乳洞というものは年間の気温がさほど変動しないものらしいですよ」

春翠《チュンルウ》の答えはそんなものだった。

話を聞いてみると、地底というのは地表と比べて温度が安定しているものだそうだ。それはここがセルデシアであるからというわけではなく、地球世界でも同様であるらしい。

〈天狼洞〉の内部はコッペリアの呪文〈バグズライト〉の淡い光で照らされていた。幅は数十メートル、天井の高さはそれを超えるほど。入り口から入ったばかりではあるが、広大な空間だった。

「ひゃばあ!?」

意味不明な声をあげて突如開脚中腰になるカナミだが、プルプルと震えながら踏みとどまる。

「マスター。足下が滑りまス」

「よく知ってる!」

それはそうだろう、転びそうになったばっかりだ。あんな不自然な姿勢で我慢しきったあたりは流石《さすが》〈武闘家《モンク》〉だと思いながら、レオナルドは肩をすくめて先へと進んだ。こちらはラバー風素材のブーツのおかげで滑る気配はみじんもない。

「とはいえ随分じめじめしたところだな」

滑らかな石の上を歩きながら、レオナルドはあたりをきょろきょろと見回した。空間そのものは幅十メートルほどもあるのだが、その大半を水の流れが占めている。通路などと言ってはみたが、どちらかと言えば、地下の大空洞を流れる川の横に侵食された歩行可能部分がある、という方が正確な表現だろう。

もともとそういうデザインのダンジョンなのか、それとも〈大災害〉以降こうなってしまったのか、レオナルドは地元民でないから知る由もなかったが、大自然の脅威を感じさせる光景ではあった。

流れが激しいわけではないので水音は耳障りではない。むしろ、巨大な洞窟内に低く響いて、心を落ち着かせるような背景音となっている。


先頭を歩いていたカナミは、何度か振り返りながらいつもよりもゆっくりと進んでいた。コッペリアを心配しているのかと思ったが、どうもそういうわけでもないらしい。奇妙な動きであごに手を当てたり頭を抱える仕草は滑稽だ。困っている風には見えないが困っているらしいと気がついたレオナルドは、思っていたことを尋ねてみた。

「カナミ、エリアスのこと気になるのか？」

「うん」

子どものようなしぐさで頷くカナミに、レオナルドは呆れた。

「気になるなら無理に置いてくる必要はなかっただろうに」

一緒に入れないことは確かだが、それならそれでほかの手段をいろいろ試してみるくらいはできただろう。ほかにどうしようもなく留守番を割り当てることになったとしても、例えば一晩ゆっくり野営をしながら説得するとか、時間をとってもよかったはずだ。

「うーん。でも、エリエリ、なんだか怖い顔してたしさぁ」

足下の石を蹴とばすカナミの答えははっとするようなものだった。

「なんだか、喧嘩したいみたいな？　自分に八つ当たりみたいな？　顔してたよねー。だからお留守番がいいと思ったんだよ。あんな顔で暗い洞窟に入るとかゼッタイ良くないし」

くるんと回転してコッペリアに「だよね？」と話を振るカナミだったが、コッペリアのほうはいつも通りの至極冷静な口調で「よくわかりません、マスター」と返すのみだった。

一方、レオナルドのほうはコッペリアとは違い、ショックに近い感銘を受けた。

筋肉と反射神経が知能を獲得したような奇跡の生き物カナミが、こんなふうに他者を思いやったり物事を解決しようとするとは思わなかったのだ。

カナミという存在は、突発的なトラブルを起こすことしかできないと思っていた。

カナミは進化したのかもしれないぞ。

アメイジング。

「おいカナミ」

お前すごいなあ、と言おうと思ったレオナルドだがカナミはそれを待たなかった。「コッペがなんだか冷たいんですけどぉぁぁ？」と叫んだのだ。

「？？　コッペリアは状態異常バッドステータスをもちません？」

コッペリアも悪かった。

カナミの「かまってほしいサイン」を素で切り捨ててしまったのだ。その結果、カナミは泣きまねをしながら前方に向かって駆け出していく。その泣き声が〈冒険者〉の体力のせいでドップラー効果を引き起こすほどの速度で、だ。ヨヨヨヨヨヨ、という無駄に芸の細かい声が木霊《こだま》しているほどだ。

曲がりなりにもダンジョンなのだからもう少し警戒が必要だとは思うのだが、慌ててメンバーを見回すレオナルドに地元の春翠《チユンルウ》は「三十分くらいは分かれ道もありませんし、モンスターも出ないはずです」と告げた。平静な表情はカナミの奇行に慣れたことを示している。

そんなんでいいのかと、前方の闇と仲間を交互に見るレオナルドだが、心配しているのはレオナルドだけのようで、肩をすくめて諦めた。

エンジニアは切り替えも大事なのだ。

この鍾乳洞はかなり巨大だ。そのせいで閉所恐怖症じみた圧迫感を覚えないで済む。カナミを見失ったレオナルドたちは、後を追うように焦らず着実に闇の中を進んでいった。

「エリアス卿は晴れ渡った春の空のような方ですが、春は雷雨の季節でもありマす」

コッペリアと並ぶ位置で油断なく索敵に努めるレオナルドに、コッペリアは独り言のような口調でそう告げた。

「どういうこと？」

「コッペリアはエリアス卿についての情報を求められていたのではありませんか？」

そうか、とレオナルドは納得した。

コッペリアの中では、先ほどのカナミとの問答がまだ継続中だったらしい。

「不足する返答だったでしょうか」

いつも通り平淡な声音だったが、それがレオナルドにはどことなく悄然《しょうぜん》としているように聞こえた。艶のある藍色の髪に包まれた小さな表情は、洞窟の影の中でよくわからない。小柄で、どこをとっても細工物のように美しい少女だった。

コッペリアを見るときいつでも感じる名前を付けられないような気持ちで、レオナルドは「コッペリアの返答は詩的な比喩が多いよな」と応えた。返答をしてから、なんて気の利かない男なんだと、自分自身に呆れかえる。

ジュニアハイスクールじゃあるまいし。

「コッペリアの語彙蒐集《ごいしゅうしゅう》基礎データには各国の気象予報及び歳時情報が含まれていました」

「そっか……」

アオルソイの夜、大岩の上で話した記憶がよみがえる。

コッペリアはカナミのことを「黎明《れいめい》のような女性」と評した。それは間違いではないと思う。

誰よりも真っ先にトラブルに飛び込んで、結局力ずくで新しい展開にたどり着くあの傍若《ぼうじゃく》無人《ぶじん》な女性は、そういう意味でまさに夜明けのような存在だ。暁の女神エオスと言えば言いすぎだろうけど——ギリシャ神話でのそれは「薔薇色の指をした」などと言われるほどの美女であるのだ。カナミを評するにそれは褒めすぎだろうと思う。どちらかというと戦車で蹂躙《じゅうりん》する戦神アレスとかそんな感じだ。

つまり、それって営業にしたらダメなタイプじゃないか？

でかい案件の受注には成功するだろうが、顧客にどんな約束をしてくるかわかったもんじゃない。

おい最悪だな。レオナルドは独《ひと》り言《ご》ちる。

コッペリアは語彙に気象予報及び歳時情報を用いていると言っていた。ウェザーリポートで他者の性格をポートレートしているわけだ。詩とは無縁な日常情報がコッペリアの唇から紡がれると、詩的な響きをおびる。それは、とりもなおさず、言葉そのものではなく、コッペリアが詩的である証明ではないか？

——あなたにとって彼は、彼女は、どんな人？

その質問は、考えてみればずいぶん難しく、また色々な意味を含む問いかけに思える。天気と同じく、人間は移り変わっていく。晴れだけがその人物ではない。人間にはいろんな側面があるのだ。そして移り変わる人の心をみる自分自身もまた様子を変えていく。

「コッペリアはマスターを見ます。エリアス卿を見ます。レオナルド卿を見ます」

その「卿」ってのは何だよ、と喉まで出かかったレオナルドだが、コッペリアの様子に言葉を呑み込んだ。

「その色は複雑で変化を続けます。コッペリアはそれをわかろうとして言葉にします。コッペリアの中に、皆さんの肖像画があります。さまざまな色をしています。コッペリアの色ににじんで、あたりを明るく照らします。コッペリアはとても——」

言葉を切ったコッペリアは、遠く闇の先へ向けていた視点を足下に落とし、迷子になったような表情で首を左右に振った。

「よくわかりません」

「そうか」

ニューヨーク出身の気の利かないギークは、こんな時にかけるしゃれた言葉を持っていない。

「そうか」なんて重々しく頷いて見せるだけだし、重々しいと思っているのも自分だけで、本当はぎくしゃくしているのだって自覚している。

言葉の調子からコッペリアの「わからない」はネガティブな感情ではないのだろうと思う。

もしかしたらそれはただの願望かもしれないが、レオナルドにもよくわからない。

コッペリアの中にはレオナルドの肖像画もあるらしい。

レオナルドの中にはどうだろう？

コッペリアの肖像画はあるのだろうか？

もちろんある。

それは薄い桜色を背景にした、おすまし顔の少女の肖像だ。

よそ行きの笑顔ではない。どちらかと言えば、あっけにとられたような、きょとんとした表情をしている。しかし、もし羽毛の羽ペンでその柔らかい頬をなでたら、くすくすと柔らかい声を上げて微笑んでくれそうな、そんな表情でもある。

我ながらどうかしている。

どうやら頭がマルウェアに感染してるらしい。

レオナルドはそう思った。

コッペリアの中にあるレオナルドの肖像画イメージはきりっと格好いいヒーローであったらいいのだが、まあ、ニューヨーク出身のエンジニアは、そうそう甘い話はないと理解している。

「ほひょう」とも「うひゃあ」ともつかない奇声が前方から聞こえてきた。

カナミだ。

なんだか喜んでいるらしく、慌てたような嬉しいような声が断続的に聞こえてくる。

「やっぱりもっさもさで可愛い！　想像通りにジャストけむくじゃらー！」

近づいてみれば、想像通り、カナミが体長二メートルはある巨大な狼の首にしがみついていた。灰色の毛をした理知的な表情の巨狼は、どこかうっとうしそうな表情で、控えめに尻尾を揺らしている。

「……この洞窟の狼はモンスターじゃないのか？」

「いいえ、モンスターですよ」

戦闘が発生していないことを不審に思ったレオナルドの問いに春翠《チユンルウ》は答えた。

「じゃ、なんであんな有様《フレンドリー》になってるんだ？」

「おそらく」

小首をかしげた春翠《チユンルウ》は慎重に話し始める。

「誰かがすでに調教《テイム》した〈賢狼〉なのでしょう。単独行動をしているのは、主人がこの近くにいるからではないかと思います。この洞窟の狼は、遭遇したら戦闘になりますし、戦闘終了後に調教可能ならばできるといった感じですからね」

そういうことらしい。

カナミのほうはと言えば、先ほど泣きながら駆け出していったことなど忘れたように、コッペリアを呼んで狼の首筋をなでさせたりしている。本人のほうは抱きしめて頬ずりをしっぽなしだ。

「おいカナミ」

「なに？　ケロナルド。あげないよ？」

「あげないよ、じゃないだろ。その狼はもう調教済《ティム》みらしいぞ。カナミのじゃなくて、もう誰かのものだ。そんなに抱きつくんじゃない」

「えーっ。もっさもっさなのに!?」

毛並みの善し悪しは関係ないだろう。レオナルドは内心突っ込んでやったが、カナミには通じていないようだった。「ねえキミどこの子？」などと狼に真面目に尋ねている。

狼のほうはと言えば、一通り撫でられて義務は果たしたとでも言いたげな態度だった。決して無理やりというわけではなかったが、カナミの抱擁をするりと抜け出して、二、三歩すすむとゆったりとしっぽを振った。

出来た狼だな。レオナルドは感心した。

悠揚《ゆうよう》迫らぬその態度は風格を感じさせて、なまじっかな人間（例えばカナミ）よりもよほど知的で思慮深い性格をうかがわせたのだ。

「とても賢い狼です」

コッペリアのそんな感想に礼を述べるように、低い声で一言鳴くと、狼は不意に洞窟の天井を見上げた。

「どしたの？　コウモリでもいたのかな？」

「空を飛ぶ魔獣はこの洞窟にはいないはずなのですが……」

カナミと春翠《チユンルウ》がそんなことを言いながらつられたように闇に包まれた洞窟の天井方向を見上げた。いや、コッペリアとレオナルドも言葉は発しなかったが見上げていた。全員が狼の動作に誘われたのだ。

どこかで乾いた小さな物音がして、一瞬後に小石が落石してきたのだとわかった。レオナルドたちは、それがいったい何を示すのかわからず顔を見合わせたが、次の瞬間浮遊感を感じるほどの揺れが洞窟を襲った。

（地震かよ、ジーザス！）

巨大な質量が崩落していく轟音が響き渡る。

前後左右の感覚を失い、振り回されるような衝撃の中、レオナルドはとっさにコッペリアの細い手首をつかみ抱き寄せようとした。

しかしそれがどこまで果たせたかはわからない。

冷たい水に落ちたような記憶とともに、レオナルドの意識はそこでぷっつりと暗闇に閉ざされたのだから。

覚醒はいつも通りのわずかな不快感を伴っていた。

目覚めが悪いほうではないと思うのだが、むしろ睡眠の存在そのものが不快だ。意識を断絶して休息するなど不合理だと思う。生涯のうち二十五パーセントを意識不明で過ごすのならば、寿命を二十五パーセント減らして休息時間をなくせばいいだろうに。クラスティはそう思っている。

感覚を探るが左右の手、両足に不具合はないようだ。

ずいぶん湿ってこもった匂いがする。上半身を起こすと、その場所は案の定、閉鎖された地下空洞のようだった。手をついた地面は土ではなく滑らかな石でできている。ここは鍾乳洞であるらしい。手の平に感じるわずかな水の流れが危うい状況を予感させた。

エリアスとの戦闘は地盤崩壊で終わったようだ。

そのあたりまでは記憶がはっきりしている。その後の崩落に巻き込まれて気を失っていたのだろう。残りのＨＰは十五パーセントほどか。危ういところで助かったというよりは、良いところに水を差されたという思いが強い。

洞窟内部は淡い光があった。大きな岩の向こうに光源があるらしい。

不審に思っていると、その岩からシルエットになった頭部がひょいと突き出された。

「やっほ、クラ君目が覚めたんだね！」

地下には不似合いなほど陽気な声だった。

クラスティは数瞬の間静止して、慎重に言葉を選んで返答した。

「復帰したようですね、カナミさんは」

「うわ、驚かない上になんか距離ある返答っ！」

「虚心に距離を置きたい心境ですので」

「ひどいじゃない！」

そんなことはないと思う。

クラスティにとっては三舎《さんしゃ》を避ける相手だ。

おまじないで消えてくれる相手でもないのでクラスティは身体を起こして近くの丸岩を椅子がわりに腰を下ろした。別段不快な相手というわけでもないし、知らない相手でもないのだが、やりにくい相手ではある。

どうやら扱うアバターは変わったらしく、職業は〈盗剣士《スワック》〉から〈武闘家《モンク》〉になっているようだ。しかしその姿——というより印象はあまり変わっていない。好奇心の強そうな青い瞳が卵型の輪郭にはまっている。いつでも歓声をあげそうな大きな口も健在だ。

ヤマトサーバーに旋風を巻き起こした集団〈放蕩者の茶会《デボーチェリ・ティーパーティー》〉。それを率いていた伝説的な女傑、〈七陸走破《ツーリスト・オブ・セブンコンチネント》〉のカナミだ。
ゲーム外のコミュニティにおいても無数の噂を纏《まと》っていた謎の女性だ。

その評価は、スペシャリスト集団である〈茶会〉を指揮した伝説的なリーダー、圧倒的なカリスマを誇る麗人などの好意的なものも多かったが、嫉妬からか悪意に満ちたものも少なくなかった。いいや、はっきり言えば、憎しみにまみれていたといってよいだろう。

大規模戦闘《レイド》に勝利すれば〈幻想級《ファンタズマル》〉アイテムを手に入れることができる。大規模で困難なクエストには超高性能な報酬、それがゲームのセオリーだ。誰もがほしがる希少なアイテムは、手に入れることが非常に難しい。

しかも、〈エルダー・テイル〉というゲームでは、長時間のプレイでも確率でも課金でも、それは入手できないのだ。手に入れるためには、ひとえに心を合わせた二十数名の仲間が必要となる。それはほぼ大手ギルドによって達成されていた。

一般の多くのユーザーは、羨望する希少な〈幻想級《ファンタズマル》〉アイテムを入手できないという現実を、自分が大手ギルドに入っていないせいなのだと考えた。ギルドという「身分」がないから、アイテムが手に入らないのだと、はっきりと言葉にはしないまでもそう思っているユーザーが多数だった。思っているのではなく、思いたがっていたにすぎないが。

しかし、〈茶会〉という存在はその常識を真っ向から否定するものだった。
友達を集めて大規模戦闘《レイド》するのは楽しいよ。楽しく遊べばいろいろ手に入るよ。それが

〈茶会《カナミたち》〉のメッセージだった。

それは真実だ。

ギルドだってプレイヤーが作る組織だ。仲間を集め困難に挑むという意味では、〈茶会〉も〈D.D.D〉も全く差はない。ギルドであろうがただの仲間であろうが、それは所詮《しょせん》名前に過ぎない。だが多くのプレイヤーはそこからは目をそらし、ギルドタグを付けずに難関ゾーンに飛び込む〈茶会〉を攻撃した。「やればできる」と言外に訴える彼らを排斥しようとしたのだ。

大手ギルドに選ばれることなく自力で希少アイテムを手に入れる彼女たちは、欲にまみれた多数派にとって憎悪と排斥の対象だった。〈茶会〉の存在は、大多数にとって「自分から大規模戦闘《レイド》に挑戦をしない人々」に「行動力とコミュニケーション能力の欠如」を突き付けてくる不都合なものだったのだ。

「〈茶会〉の伝説」などという言い回しそのものからして、クラスティからすれば失笑ものでしかない。自分たちの醜い排除の歴史を、〈茶会〉が解散したあと良心の呵責《かしやく》からすり替えただけ。ただの捏造《ねつぞう》だ。

とはいえ、当の本人《カナミ》はそんな悪意の存在を歯牙にもかけないどころか、知ろうとさえしなかったようだ。大規模戦闘《レイド》組織の長として、当時何回も顔を合わせていたクラスティは面識があるわけだが、この女性は、断じてそのような世間の風評に左右される人間ではない。

もっと始末に負えないものだ。

「なんだかみんな驚かないんだよねぇ」

視線で促すとカナミは「KR《ケイアール》も落ち着き払っちゃってさあ」などと言った。

クラスティは、自業自得なのではないかと考えた。

破天荒なことばかりしているから、なにをしても周囲が驚いてくれなくなるのだ。

「カナミさんの実力ならばありうる、と思われたのでしょう」

「そっか」

えへへ、と笑うカナミから、クラスティはわずかに距離をとる。

普通人間は親しい相手には迷惑をかけない。少なくとも、かけないようにしようとする。

だから親しくなるというのは相手からの被害を減らす方法たりうるのだ。

ごくまれに、親しい相手にこそ迷惑をかける人間もいる。そういう相手からは距離をとるのが被害低減の方法だろう。

しかるにこのカナミという人間は、クラスティの知る限り、好意も隔意も与える被害の量には無関係という希有《けう》な人間だ。むしろ、かかわる頻度こそが被害の量を決定するという、ある種の自然災害のような女性だ。唯一の救いは、振りまくのが被害だけではなく、幸運も含むという点だろうか？　そちらのほうも心理的距離感とは関係ないらしい。いいやそもそも、カナミが周囲にふりまくフレンドリーさは、こちら側の希望を考慮しない種類のものだ。ある意味では、出会った時点ですでに幸も不幸も散布済みという、途方に暮れるようなモンスターなのだ。

(世の中は広いもの、と)

始末に負えないが希有ではある。

遭遇が難しいホッキョクグマ《レアキャラ》のような人物だ。

広い世界には自分のような若造の手には負えない妖怪のような人間(祖父とか)、このカナミのような自然災害人間、損得よりも情実で動くアイザックのような義人、問題解決のために際限なくリソースを注げるシロエのような特異点もいる。なかなかままならないわけだが、それはクラスティに不思議な満足感を与える現実でもあった。

「クラ君なんでこんなとこいるの？ ヤマトサーバーにいたんじゃなかったの？ 地震起きたの何か知らない？ あ、ちょ、ああん！ ごめんってば!!」

カナミの矢継ぎ早の質問は、彼女の裾にかみついて強引に尻もちをつかせた巨大な賢狼、求《ぐ》聞《もん》によって遮られた。求聞《ぐもん》はいいから落ち着け、とでもいうように、カナミの前で豊かな灰色の尾を一振りすると、クラスティの手の平に湿った鼻先を押し付けて、満足したようにその足下に巨大な体を横たえた。

「その子知り合い？」

「ええ」

「賢いよねえ。わたしもしばらく気絶してたんだけど、その子に引きずってもらって助かったんだよ。かしこかわいいい！　クラ君の居場所も知ってるみたいだったよ」

「そうですか」

クラスティは求聞《ぐもん》の耳の後ろを掻いてやった。彼女は大型犬（？）特有の鷹揚な態度をもって、気にする必要はない、とでもいうように、目を開けることもなく寝そべったまま、太い尾を揺らしていた。


「そちらはなぜ中原《こ》サーバー《こ》に？　ひそかに復帰していたのですか？」

カナミから投げられた問いをあっさりと無視したクラスティは、逆に問い返した。意地悪をしたいわけではないのだが、カナミに情報を与えたところで、別に利益がある気もしない。ここはこちらが優先的に情報収集をすべきだろう。

クラスティの思惑を知ってか知らずか、カナミは思いつくままに答え始める。

「別に内緒で復帰したわけじゃないんだけど、復帰したのが西欧サーバーだったんだよねー。引退したのも向こうに渡るからだったしさ。遠いから、育ててからでいいかなあ、って思ってたらなんだか連絡しそびれちゃって。あ、復帰したのは二月くらいだったんだけどね。そのあと〈大災害《てんやわんや》〉あったでしょ？　わたしのこの身体、みんなとフレンド登録してないし。連絡取れなくなっちゃって。でね、氷山のなかでエリエリが凍ってたから助けて、花の荒野でコッペちゃん拾って――」

〈古来種〉の英雄がこんなところにいたのはカナミのせいらしい。

「あ、エリエリってのはね、エリアス＝ハックブレードのことなんだよ。金髪イッケメーンのほら表紙キャラ！」

知ってる。

表紙というのは書籍に対する言葉であって、ゲームのそれはジャケットやパッケージというべきだが、なにを言いたいかはわかる。

「んでね〈テケリの廃墟〉でケロナルドと合流して、KR《ケイアール》もいたんだけど、ヤマトに帰っちゃったみたい。いまは春翠《チュンルウ》っていう地元の娘と一緒に五人旅かなっ」

ほとんど説明になっていないことだけは完全に理解できる。

「でね、〈典災《ジーニアス》〉っていうのがいてねー、戦いになって、勝った！　うぃーあーちゃんぴよん!!」

カナミの発した言葉がちらりと明滅するようなイメージを連れてきた。

金色の女だ。

もっとも、血まみれの口元に乱れた髪、縞を持つ虎の手足を持つものを女と表現して許されるならだが。豪華な装飾品に埋もれた人食いの貴女——鋭い頭痛を習慣で押し殺したクラスティは、わずかに笑った。

敵だ。

これもカナミという存在の影響だろう。本人は意図せず、周囲に恩恵を与えることもある。またひとつ、何か手がかりを手に入れた。どういう意味を持つのか、いつ役に立つのかはわからないが、自分には敵が増えたらしい。〈典災《ジーニアス》〉という言葉がキーになったのならば、失われた記憶の中にそれが潜んでいるのだろう。


「何笑ってるの？　クラ君」

「いえ懐かしい話を聞いた気がして」

「そっかー。クラ君もそんな人並みのことを言うなんて！　びっくりだよ」

貴方にそんな扱いを受けるいわれはない、と思ったクラスティだが、求聞《ぐもん》の揺れる尾を見て大人げというものに思いをはせ、発言を変えた。

「いったいどういう人間だと思われているのですかね」

「それはほらー」

瞳だけで上の方向を見上げたカナミは、思い出すように人差し指を口元にあてると「なんかこう……」と話し始めた。

「硬くて、でっかくて」

〈守護戦士《ガーディアン》〉として当然だろう。

「無表情でメガネから光線出す感じ？　つまり、ほら、スーパーロボットみたいな‼　恐怖の火星大王ロボみたいな！」

クラスティはカナミをじっと見つめた。

言われていることに心当たりがないかと言われれば、わからないでもない（火星ロボは不明だが）。とはいえ、それを言われて何か改善できるかと言われれば、改善できるような部分はほぼないし、改善したいかと言えば面倒でしたくない。だが参考にならないわけでもなく、おそらく大勢にそう思われているのであろうな、程度の説得力はある。

「でもクラ君はよかったよね。なんか昔は人に迷惑かけないように我慢重ねてた感じしてたしさ」

カナミは腕をぐるぐると回した後、小首をかしげた。

「久しぶりに見たらゆるんだ感じでよかったよ。変な呪い《バッドステータス》ついてるけどさ。楽しく生きるにはそんなの関係ないよね！」

どうやら過去はそんな風に思われていたらしい。

当たらずといえども遠からずと言ったところだろうか。

妾腹《しょうふく》の青年、鴻池晴秋《クラスティ》としては目立つという選択肢は禁忌なのだ。留学中はまだ監視も甘かったが、帰国してからはなにかにつけ不愉快な干渉を受ける。

　クラスティのほうは彼らの利益《トロフィー》に手出しをするつもりも、本家の事業に参加する気もない。放置しておいてもらうのが望みだが、そうもいかないのが現実だ。祖父や[redacted]などは（クラスティからすれば非合理的な）期待をかけてくれているが、それはある種の甘えではないかと、皮肉な気持ちで思う。自分たちの手に余る血族の暴走を、妾腹の外様《とざま》に解決させようというのだから。

　クラスティが〈エルダー・テイル〉をしてきたのも、ある側面では擬態だ。オンラインゲームにのめり込むボヘミアンを気取れば周囲も諦めてくれるかと思っていた。何かに打ち込むことを禁じられたクラスティにとっての「祝祭と蕩尽《とうじん》」が〈エルダー・テイル〉だった。

　そのゲームの最中でさえ、人に迷惑かけないように我慢を重ねているように見えたのだとしたら、小市民な自分を恥じ入るばかりである。

　目の前の災害的な女性は、どうせあてずっぽうで口から出るままに喋ったのだろうが、それでもこれだけ他人を串刺しにするような内容を放つことができる。率いていた〈茶会〉そのものが、ランキングをズタズタに切り刻むような戦績を上げることができたのも、道理というものだろう。

　緩んだのは中原《こちら》サーバーに来たからではないとクラスティは考えた。

鴻池本家《セル》のない世界《デシア》へとやってきたせいだ。

自由気ままにふるまえるわけではないが、あちらの世界よりもよほど好き勝手にはできているのだろう。自由は仮初《かりそ》めだとわかってはいるが、食いちぎりたくもなる。

求聞《ぐもん》と一緒だ。平穏を求めて身を横たえるのには耐えられても、鎖に繋がれるのは御免というわけだ。

ひねくれているかもしれないとは思ったが、改めるつもりも毛頭ないクラスティは立ち上がり、眼鏡の位置を直してカナミに語り掛けた。

「そう思ってくれるのなら幸いですね。自分も歳取ってこらえ性がなくなったようですし。趣味の続きをするために、地上へ出ましょうか。どうやら心配されているらしくもある。思い出せなくたって、それはなくならないわけですしね。――不本意ですがそれまでは一緒に活動したほうがよさそうです」

▼3

「くしゅんっ」

「レイネシアさま、お風邪ですか？」

「冷たい風におあたりになってしまったのです？」

心配げに眉を寄せるふたりの令嬢、アプレッタとフエヴェルにレイネシアは小さく手を振って否定した。

「いいえ、そんなことは。この〈水楓の館〉は暖かいですから。きっとこれは不出来なわたしを故郷の父母が噂しているのですわ」

アキバの職人が作り上げた信じられないほどふかふかなソファに座ったレイネシアは小さく微笑んだ。あまり大げさな笑みは必要ない。同じ〈大地人〉の貴族にはそれで十分に通じるし、気品もあり貞淑だと好まれるからだ。

初夏の風の吹き始めたアキバの街、その中心街に燦然《さんぜん》とそびえる迎賓館兼在アキバイースタル交流官公邸〈水楓の館〉。緋色の絨毯を踏みしめた奥のこぢんまりと居心地の良い応接室に、三人の淑女が集まり久しぶりの会話に花を咲かせていた。

今日の客人はレスター侯爵の息女アプレッタと、スガナ男爵の孫娘フエヴェルだ。〈自由都市同盟イースタル〉領主の血族では、同じ世代に属するために、昨年の領主会議では同時に社交界デビューをした。それ以降手紙のやり取りなどで親交を深めてきていた。それもあって、訪問は和やかな雰囲気の中で行なわれたし、公務の体裁をとっているとはいえ、レイネシアにとっては半ば休暇のような扱いだった。

「いかがでした？　アキバの街は？」

レイネシアは、それでも若干の気後れとともに、慎重な質問をぶつけてみた。

アキバの街の雰囲気などは、率直に言ってレイネシアの手に負えるものではない。

毎日あちこちで爆発が起きるし、得体のしれないチラシや小冊子がどこからともなく流れて来るし、商店でさえもいつの間にか新規開店し、改装されたり、無くなったりする。歴史がないというのはある意味すべてが夢のようだということでもある。街の様子が毎日のように移り変わるのだ。

ギルド会館前の広場や〈銀葉の大樹〉前では奇抜な装束（鎧や魔法装備だと言われている）を身に着けた〈冒険者〉が仲間を募集していたかと思えば、突如座り込んで戦利品を露天売りし始めることも日常茶飯事だ。

控えめに言ってもこの街は狂気のるつぼであり、その収拾や責任をレイネシアに求められても、困る。

しかしその一方で、嫌ってほしくないともレイネシアは思っていた。貴族令嬢のふたりにおずおずと問いかけたのは、そんな複雑な気持ちのあらわれだった。

「もう、もうっ」

「それは素敵で！」

そんなレイネシアの思いを知ってか知らずか、ぎゅっと握りしめた拳を小さく振ったふたりは、満面の笑みで話し始めた。

「なんでしょうか。あの衝撃的な食べ物は」

「甘いのです。それこそ最上級の砂糖とミルクで作ったクリームよりも」

「濃厚な肉汁の中にも鮮烈な香草と、それを支える大地のように芳醇《ほうじゅん》なスープ！」

「一口食べれば身も心もとろけるような！」

「煮干しとサファ出汁の濃厚なハーモニー！」

ふたりの話を混ぜてしまうと全く意味がわからないが、案内につけた侍女から、ふたりがアキバの街で立ち寄った〈牛乳ぷでぃんぐ〉と〈Ｙｅｓ家ラーメン〉の事だろうと当たりをつけることはできた。どうやらふたりはアキバのグルメに出会ったらしい。

レイネシアはおっかなびっくりで重ねて探りを入れる。

「危険なことや、騒がしいことはありませんでしたか？」

「危険？」

「騒がしい？」

きょとんとしたふたりの令嬢は顔を見合わせて、その日一日の記憶を辿るように話し出す。

「危険なことと言えば、メニューの多さですわね」

おっとりと垂れた瞳を静かに閉じたアプレッタは小さな手を祈るように組み合わせたまま続ける。

「レイネシアさま。四種類の具に二種類のスープ、そして味わい変更を可能とする三種類のトッピングがあるスープ料理《ラーメン》をご存知ですか？　原理的に二十四回食べないと全貌を把握できないのですよ」

領地の防備状況を語るような真剣な声に、レイネシアも気合いを込めて姿勢を正す。そうしないとソファからずり落ちてしまいそうだからだ。

「騒がしいというよりもにぎやかな街ですね」

勝気そうな表情のフエヴェルは頬を林檎色に染めて微笑んだ。

「わたしは今日一日で、生まれてから見たすべての〈冒険者〉よりも大勢を見かけました。〈冒険者〉の皆さんはよくお笑いになりますし、音楽が好きなのですね。アキバはどこにいても、どこからか小さな音色が流れてきます」

フエヴェルはうっとりとしたような表情で賛美した。

それを聞いたレイネシアはようやく胸をなでおろす。街の案内にはエリッサが教育した侍女をつけていたから、何かトラブルがあれば即座に連絡が入っただろうし、ふたりが楽しんだという報告も受けていたので大きな心配をしていたわけではなかった。しかしそれでも好印象を持ってもらったかどうかはわからなかったからだ。

アプレッタとフエヴェルはレイネシアの文通友だちと言える令嬢だ。そのやり取りの中で、アキバの街に興味を持ってくれたふたりは、以前から訪問を希望していた。

レイネシアもかねてから招待したいと思っていたのだが、この世界において旅というのは一大事だ。生活のために農地から離れられない領民はもちろんのこと、格式を整えたり警備に人材が必要になる貴族も、旅をするには大規模な計画と準備を必要とする。

何週間もかかるような遠隔地にろくな決意もなく出かけていく〈冒険者〉は特別な存在なのだ。

今回彼女たちの訪問は、往路の護衛に〈シルバーソード〉の〈冒険者〉が名乗り出てくれたことと、復路は領主会議に合流できることなどから、ようやく実現したのだ。もちろんレスター侯とスガナ男爵が娘たちの懇願にほだされたという側面も小さくない。

「気に入ってもらえたならばなによりです」

レイネシアは不思議な喜びを感じて感謝の言葉を告げた。

この街を作り上げたのはレイネシアではないし、〈冒険者〉は基本的にこちらの言うことを聞いてはくれない。しかし、この街にもう半年以上暮らしているのだ。彼らの破天荒さと同じくらい、優しさにも触れている。

文通相手ではあっても、このふたりの令嬢は領主の血族、アキバへの輸入にも影響を与えないとは限らない。アキバの街に利害を与えうる存在だと言えるだろう。

レイネシアからすれば信じられないほどアキバの街の〈冒険者〉は美食家だ。収入の半分以上を食事に費やす者も少なくないと聞く。レスター侯とスガナ男爵の領地からやってくる海産物や米は、アキバの〈冒険者〉にとっても重要だろう。

――そんな政治的な思惑とは別に、ふたりにはこの街を嫌ってほしくはなかった。ふたりだけではなく、誰にもだ。この街は、レイネシアの生まれて初めての任地なのである。


「ところでレイネシアさま」

花のように微笑んだフエヴェルが勢い込んだように話題を変えた。その横に座ったアプレッタも「にゅふふふふふふ」という、可愛らしくも貴族令嬢にはふさわしくない笑い声を漏らしている。

理由もなく嫌な予感を覚えたレイネシアはソファの上で身を硬くして「なんでしょう？」と小首をかしげた。いついかなる状況であろうと、反射的に優雅な対応をとることができるのは、レイネシアの特技だ。貴族社会において強力な武器とも鎧ともなるこの才能は、しかし今この時、レイネシアの助けにはならなかった。

「クラスティ様とはどうなったのですの？」

「隠しているのですの？」

「お付き合いの進展は？」

「ベッドの中ですの？」

まぜっかえすのはフエヴェルだが、アプレッタの正面突破のような問いかけのほうも厄介だった。レイネシアは乾いた笑い声を咳払いでごまかしながら、表情に気合いを入れた。世界の黄昏《たそがれ》を憂う銀月の巫女姫――などと呼ばれる仕草《かぶりねこ》である。

「〈七つ滝城塞《セブンスフォール》〉攻略作戦の戦場の渦中から、クラスティさまの行方は失われてしまったのです」

レイネシアはそのまま視線をテーブルに落とした。

瞳の中をのぞき込まれてしまえば、あんまり心配していないことがばれてしまうかもしれない。

実際クラスティの安全を願うなんてばかばかしい。

〈緑小鬼《ゴブリン》〉の大軍団の中で血に酔って大乱闘を繰り広げるような人なのだ。レイネシアのようにひ弱な〈大地人〉の心配なんて何の役にも立たないだろう。

そもそも、どちらかと言えば腹立たしい気持ちが強い。

あの妖怪メガネが無断で行方不明になどなるから、こんな質問に晒されるのだ。アプレッタとフエヴェルはもちろんだが、同様の問い合わせや気遣いは、それこそ雨あられのように降ってきているのだ。レイネシアに面倒な役割を押し付けて、クラスティ自身はどこかで仕事をさぼっている（そうに違いない！）と思うと、ふつふつと怒りがわいてくる。

「行方、不明――ですの？」

「存じ上げませんでしたわ、そんな！」

「申し訳ありません。ことは〈冒険者〉の皆様がたに関わることゆえ、手紙に書くこともできなかったのです」

ふたりがあげたのは淑女らしく細い悲鳴のような声だった。

きっと深窓の令嬢にふさわしく、強く気高い騎士が、それでもモンスターの軍勢に呑み込まれ、勇敢に戦うも血の海に倒れて身動きも取れずに息絶える——そんな想像をしているのだろう。そんなことまったくないのに、とレイネシアは思った。

どうせどこかでのんべんだらりとお茶でも飲んで（レイネシアにもとることのできない！）休暇を満喫しているに違いない。

クラスティのことを考えるだけで腹立たしいので、その消息を手紙には書かなかった事実をごまかして重い口調で彼女は続けた。

「情けないレイネシアを許してください」

うつむいて呟いたセリフは「この話題、そろそろ切り上げませんか？」という意味だったのだが、気の良いふたりにそれは通じなかったようだ。

「それは心細かったでしょう。レイネシア様」

「愛しい騎士さまが戦場に消えるなんて、アプレッタなら耐えられませんわ」

心配そうなふたりの表情に、胸がちくりと痛む。

そんな風に言わないでほしい。本当に心配などしていないのだ。無断でいなくなったから腹立たしいだけで、近況を連絡してくれれば行方不明だってちっとも構わない。

いや、そうではなかった。無断も行方不明も困る。面倒くさい公務をレイネシアだけが務めるのは不公平だ。クラスティも苦労をすべきだ。いなくならなければこんなことにはならなかったのだ。許し難い。

いってみればレイネシアが抱いているのは不安や心配ではなく、理不尽の是正を求める気持ちだ。騎士だなんだというのならば義務を果たすべきではないか。そんな風に考えていたら、なんだかまたしてもむかむかしてきた。だいたい「愛しい騎士」とはなにごとだ。そんなのは物語の中の話だ。アプレッタも夢を見過ぎなのだ。

「え――?」

しかしその「愛しい」という言葉ではっとしたレイネシアはアプレッタのほっそりとした指にはまる銀色の輪を見た。そして確認のために走らせた視線は、フエヴェルの指先にも同様のものを発見した。

信じられないが、事実だ。

シンプルな、銀色の、小さな輪。

レイネシアは知っている。指にはめるそれは指輪という宝飾品である。

窓際に控えたエリッサが視線を伏せたままこくりとひとつ頷いた。その様子はまるで「姫さま良いところにお気づきになられましたね」と言わんばかりだった。

「もしかして、その……。おふたりは……」

「え。あ。あの」

夕暮れ迫るアキバの金色の灯りが射し込む応接室に静寂が満ちた。

一呼吸の間に真っ赤になるアプレッタ。その隣で頬に手を当てたまま くねくねと身もだえするフエヴェル。ふたりの指にはまっている銀の指輪は、まごうことなき婚約の証だった。

「ええ。そうです。その……。いえいえいえいえ、これはその、大した指輪ではないのですよ？　クラスティさまのような大将軍、大英雄というわけではなくて、領地の騎士《したっぱ》のひとりですから。そう！　手近なところで手を打った結果ですので」

「そんなことといってアプレッタはプディング半分こにして食べてたじゃありませんか？・」

しかもどうやら一緒に旅をしてきたらしい。

「フエヴェルだってフィアンセ自慢をしてたじゃないのっ！　髪の毛が柔らかくて素敵だとか。領内で一番の力持ちだとか。そのうえケープまでプレゼントしてもらったくせにっ」

こっちもだ。

「アプレッタだって髪留めを選んでもらってたじゃありませんか？　ほらこれなんですレイネシア様。『君の髪には真珠が似合うね』とか言われて」

そんな報告聞いてないとレイネシアは考えたが、それは別に侍女の怠慢《たいまん》というわけではないだろう。誰も恋人の睦言《むつごと》まで報告しようとは思わない。胸焼けするような内容であればなおさらだ。

全身から力が抜けていく。

なんで私だけがこんな目に遭わなければならないのかと、レイネシアは祈りたい気分だった。

クラスティが行方不明になったこととは全く別の理由で沈痛な表情になったレイネシアを見て、さすがのふたりも反省したのか会話が一瞬で停止した。そのことにほっとしたレイネシアは、無理やりな笑みを浮かべて顔を上げる。

そんなレイネシアの様子は、レイネシアの内面とは全く無関係な受け取り方をされてしまったようだ。レイネシアにもよくわからないが、つまりそれは「悲しみに耐える気高い銀姫」と評される反応だ。

アプレッタとフエヴェルは「申し訳ありません、レイネシア様」「クラスティ様と連絡が取れないレイネシア様の前ではしたない騒ぎをお目にかけてしまいました」「クラスティ様はきっとご無事ですわ」「あれだけの武神がむざむざ後れを取るはずはありません。元気をお出しになってくださいませ、レイネシア様」「レイネシア様が沈みこんでおられては、クラスティ様も心配で敵を蹴散らせませんわ」などと謝罪をはじめるのだ。

(ないですから。クラスティ様が負けるとか。困るとか。あまつさえ私のことを気にかけるとか、全くないですからっ!)

うつむいたレイネシアはそんな苛立ちと不思議なさみしさに襲われた。よくはわからないが、きっと公務をひとりで行なうストレスなのだろう。なんだか胸が痛くなってしまい、貴族令嬢にふさわしい返答ができなくなった。

なぜこんな理不尽な気持ちにならなければならないのか、マイハマ公爵家の姫レイネシアには全く理解できなかった。生まれてから今までの間、どんなパーティーでも、厳しいレッスンでも、目の回りそうなアキバの公務でも、こんな気持ちは感じたことがない。

鼻の奥がつんとするような、胸の奥がつかえて苦しくなるような、それは惨めで寂しい気分だった。

理解できるのは、すべての責任が〈妖怪こころ覗き〉にあるということだけだった。

▼4

「くそったれが！」

ふざけるな。ふざけるな。

〈楽浪狼騎兵《らくろうろうきへい》〉のギルドマスター、朱桓《ジュホワン》は心の中で毒づきながら、〈騎乗用賢白狼《ワイズウルフ》〉を疾走《はし》らせていた。

低く垂れこめた墨汁のような曇天から紗《しゃ》のような薄片が舞い始めた。粉雪だ。重く湿った雪とは違い、体力を直接奪いはしないが、風に舞って視界を奪う。そのなかを二列縦隊が荒野に蛇のように長く伸びている。朱桓《ジュホワン》はその群れを率いてゆく。

見る見るうちに遠くの山がおぼろなシルエットに沈んでいく。

このような天候では夜通し駆け通すことは困難だ。野営地を見つけなくてはならない。眠ることはできなくても、火に当たり、温かい飲料を飲まなくては、いくら無尽蔵の体力を誇る〈冒険者〉とはいえ凍えてしまう。そのうえ一行が騎乗している〈巨大狼《グレイトウルフ》〉種の活動時間には限界があるのだ。

枯れ草の生えた大地は固く、蓄積した冷気そのものだった。

草の陰に隠れたごろごろした石を蹴散らして狼は西進する。厚い雲の向こうで日が落ちたのだろう。寒さはより厳しくなってきた。体に巻き付けたマントに付与された〈耐冷《レジストコールド》〉の刻印から、水色の魔力光がゆらゆらと立ち上る。寒さを防ぐ魔力を持った印章だ。

この刻印は制作級の魔法の品《マジック・アイテム》を作り出すため〈刻印術師《シジルマンサー》〉が刻み込んだものだ。ゲームだった時代は、限界性能の低さから〈秘法級〉アイテムなどには及ばない、中堅〈冒険者〉のつなぎアイテムという扱いだった生産級アイテムだったが、現在では、狙った能力をピンポイントで得られる点が評価され、日常の中で活用されている。

その防寒マントをしっかりとまとって、ギルド〈楽浪狼騎兵〉の精鋭部隊は雪の舞い散る白い闇の中をひた走る。

休息のために足を止めたのは日が変わる直前だった。

この広大な荒野には野営にふさわしい場所というものがごく少ない。わずかに風を遮ることができそうな窪地や廃墟はないでもないが、そうそう都合よく進路上にあるともかぎらない。通商のための旅なら、そういう拠点を飛び石のように巡ってゆくのが常道だが、今晩の旅は速度だけを追求したため、ただひたすらに荒野を西進していたのだ。

条件も悪かった。

舞い散る粉雪に大地はすっかり凍えきり、そのうえ濡れ始めている。傷むかもしれないが厚手の絨毯を惜しみなく重ね、風よけに幕を張るくらいのことしかできなかった。硬く引き締まった大地を剣先で掘り、火炎魔法で火を起こし、ポットを火にかけることで一行の野営は始まった。

休息と言っても本格的な睡眠のためではない。もっとも寒い時間をやり過ごすために数時間を耐えるに近い。

何割かの低位狼は持続時間切れで闇の中に消えて行ってしまった。再召喚できるまで四時間ほど過ごす必要がある。召喚時間が四十時間を超えるような中位狼を持つ団員は、横たわった狼の毛皮の中に埋まりせめてもの温かさを共有していた。そしてさらに上位の〈召喚笛〉をもつ団員は、朱桓《ジュホワン》の指示で先行して偵察を行なうために、せっかくの休憩を白湯《さゆ》一杯できりあげて、闇に溶け込んでいった。

「ギルマス、追いつくか」

浅黒い肌のメンバーが、こわばった口調で現在の状況を尋ねてきた。本来の口調ではないが、この凍えた夜の中では無理もない。闇の中で、仲間たちの瞳が、わずかな炎の灯りを反射させてこちらを見ている。誰もが現在の状況を知りたがっているのだろう。

「街に残した馬抱《サブマス》から追加の報告が来た。やっぱり〈歌剣団《かけんだん》〉じゃねえ。〈紅玉麒麟《こうぎょくきりん》〉だ。――紅王閥《こうおうばつ》の連中が、仕掛けて来やがった」

「どういうことなんだ？　あいつら攻めてきたのか？」

「戦闘になるんだったら最悪だぞ。あいつら五千はいるはずだ。〈草原の都《シーマアナイクイ》〉にはろくな防壁がない」

「おい、統領《おかしら》。まさか逃げ出すわけじゃねえよな」

荒っぽい声に頷いた朱桓《ジュホワン》は続ける。

「当たり前だ。苦労してたどり着いて、せっかく馴染んだ都を放り出せるわけがあるか。〈草原の都〉は東西交流の拠点だというばかりじゃねえ。たくさんの〈大地人〉だって暮らしているんだぞ。ウチにだって嫁もちまでいるんだ。腹立たしいが引きはがせるわけがねえだろう」

誰だそいつは、女つくるだなんてけしからん、という笑いを含んだ罵り声に、朱桓《ジュホワン》はにやりと笑って見せた。

「そのうえことはそう簡単にゃあすみそうもない。あいつらの目標は〈草原の都〉じゃないんだ。いいや、それもあるんだろうが、もっとでかい。こいつは〈燕都《イエンドン》〉に残した昔の知り合いが流してくれた情報なんだが、〈封禅《ほうぜん》の儀〉ってやつの可能性が高い」

「周囲のエリア全部の所有権を書き換えるっていう」

「それじゃギルド戦争《ウォー》じゃねえか」

「じゃねえか、じゃねえ。ギルド戦争だ。連中、サーバーを巻き込む全面ギルド戦争をおっぱじめやがったんだ」


〈封禅の儀〉はギルド戦争システムのクライマックスだ。いくつかのエリアに作られた「封禅の祭壇」で祈りをささげ、今までに得たギルドポイントを消費すれば、周辺のエリア一体の支配権を自分たちのギルドに書き換えることができる。〈エルダー・テイル〉に実装されたゾーン購入システムの変種であり、より広範に影響を及ぼす上位システムだ。

もちろん祭壇をどこか別のギルドに奪われてしまえば、そして新たな〈封禅の儀〉を行なわれてしまえば、その統治権はなくなってしまうのだが、防衛力を強化してでも守りたい魅力的な権利でもある。

ゲーム時代、ギルド戦争の舞台となっていたのはごく限られた地域だけだった。上海にあたる〈大都《ダアドン》〉、北京にあたる〈燕都《イエンドン》〉、広州にあたる〈羊都《ヤンドン》〉などがそれだ。

これらのプレイヤータウンを中心にした広いエリアがギルド戦争の「報酬」だった。そしてその報酬エリアに隣接し、戦闘エリアがあり、その戦闘エリアの中には険しい山岳と「封禅の祭壇」がしつらえられている。戦闘エリアの覇権をとったギルドは儀式を行ない、報酬を手に入れることができる。——それがギルド戦争システムの概要だと言える。

だがそうではなかった。

朱桓《ジユホワン》は続けた。

「ゲーム時代からそうだったのかどうかは、もう今となっちゃわからねえ。しかし、その三つしか封禅の祭壇がないわけじゃなかったんだ。いや、増えたのかもしれねえが……。とにかく、祭壇が各地に発見された。〈狼君山〉もそのひとつだ。ギルド戦争が、本物の戦争になっちまった」

封禅というのは天と地に王が自らの即位を知らせ、天下が太平であることを感謝する儀式で、いわば天地に対する即位の宣言だ。その意味ではギルド戦争のいわば「とどめ」としてふさわしいのは理解できる。古代中国でも秦の始皇帝がやったことで有名だ。その時は道教の聖山のひとつとして有名な泰山《たいざん》で行なわれたそうである。

しかしながら、封禅は必ずしも泰山でなければいけないというわけではないらしい。少なくともこのセルデシア世界ではそうだ。そうでなければ三ヶ所も封禅の祭壇があるわけがない。

そして三ヶ所存在するものが、四ヶ所以上存在してはならないという法も、ないらしいのだ。

「封禅の祭壇がしつらえられている山はすべて『仙境に通じている』という伝説を持つようだ。そりゃまあ、天仙や諸神に報告すんだからその必要はあるんだろう。こっちの世界にゃあっちと違って、仙人《こらいしゅ》がいるんだからよ。それで、その伝でいけば〈狼君山〉もまさにそうだ、つまり――」

紅王閥《こうおうばつ》はその祭壇に目をつけたのだ。

朱桓《ジュホワン》は仲間たちにはっきりとそう告げた。

確かに、これは、具体的な戦争よりはマシな状況なのかもしれない。たとえば〈草原の都〉が〈冒険者〉による大規模戦闘《レイド》の舞台ともなれば、街の施設や貴重な耕作地が破壊されるだけではなく、〈大地人〉の死者が出る可能性が高い。〈封禅の儀〉であれば、〈冒険者〉は〈冒険者〉同士、生産施設のない荒野や山岳、ダンジョンなど――つまり戦闘エリアでけりをつければよいわけだ。

が、それは一方でひどく冷酷なシステムでもあった。自分自身の住まう都市の所有権が左右されようかというときに、〈大地人〉や、大規模戦闘《レイド》に参加する規模や戦闘力を持たない〈冒険者〉はそれに対して抗議をすることすらできないからだ。

知らないうちに運命が決まっていることはあり得る。それこそが今まさに進行中の事態だった。

「報告によれば、連中は三十名程度、俺らと同じだ。ギルド戦争は大規模戦闘《レイド》と同じだからな、精鋭をそろえたんだろうよ。〈狼君山〉は大規模戦闘《レイド》ゾーンは確認されてないはずなんだが、とにかく、行ってみなきゃわからねえ」

通常〈封禅の儀〉は戦闘ゾーンでギルドもしくはその連合同士が戦闘を行ない、その結果で得たギルドポイントを儀式の祭壇へと捧げる手順となる。戦闘ゾーンでの勢力勝負を儀式で再確認する形だ。だがそれは、すでに占領された祭壇の支配権をひっくり返すために、支配している防衛側を十分に弱らせるとともに大量のポイントを稼ぐために行なわれる手法だ。今回はどの勢力も儀式の祭壇を見つけていないため、早いもの勝ちで儀式をすることになる。

あちらの勢力がすでに儀式を終えていたとしても、即座に奇襲して撃退すれば、こちらから少量のギルドポイントを捧げれば再儀式をすることは可能だ。しかし、時間を置けば置くほど防衛体制を固められるし、支払うべきギルドポイントは多量となる。それこそが、〈楽浪狼騎兵〉一同が夜の闇の中を走る理由なのだ。

『ギルマス、おい、お頭《かしら》！』

眠るわけにもいかずじりじりとした時間を過ごす朱桓《ジュホワン》の耳元で念話を知らせるチャイムが鳴ったのはそんな心急《こころせ》く休憩のさなかだった。

送り出した斥候のひとりが、押し殺しひそめた声を送り付けて来る。周囲の音を遮断して集中するために耳元にあてた手の平の中で、念話は地球世界のスマートフォンのように再生された。

『大変だ』

「何があったんだ。厄介ごとか？」

朱桓《ジュホワン》がそう尋ねたのは、斥候の声が潜《ひそ》められていたせいだ。念話《ウィスパー》は、その名前とはちがい、テレパシー的な能力ではない。〈エルダー・テイル〉時代はささやきと呼ばれていた機能で、フレンド登録した相手に喋った言葉を伝える機能だ。名前通り、相手の耳元に声を伝える能力であるため、伝達には実際の発声が必要とされる。

〈楽浪狼騎兵〉は巨大な狼を調教《テイム》して召喚し、乗りこなすことを特徴としたギルドだが、狼に騎乗中はなかなかに騒々しいものだ。風を切るなかで互いに会話をしようとするとどうしても怒鳴り声になってしまう。それは念話を通しているときも一緒で、風の音に負けないようにするとどうしても声は大きくなる。ギルドメンバーが男臭くがさつだなどと言われる所以《ゆえん》だ。

そんなメンバーが声を潜めているということは、まず騎乗中でないことは明らかだ。そして、この夜明け前の広大な荒野においてさらに声を潜めなければならないのならば、それ以上に何らかの危機的な状況にあると考えられた。

『わからねえ。わからねえんだが、ギルマス。もしかしたら問題は、解決しちまったのかもしれねえ』

「どういうことだ」

『紅王閥《こうおうばつ》の連中だ。奴ら、俺たちよりも一時間ほど先で、やっぱり野営してやがったんだ。だけど、もういない』

斥候の報告の声は震えていた。恐怖というよりも畏怖の響きをかぎ取って、朱桓《ジュホワン》は腹に力を入れる。どうやらただならないことが起きたらしい。

『大規模戦闘《レイド》エネミーだったと、思う。黒雲のなかから、鳥の鳴き声がしたんだ。雷鳴と、虎の爪がみえた。あいつらも戦って、一回は押し返したんだが、真っ白い光が。——それでやられちまって部隊は全滅だ。紅王閥の連中は、ひとり残らず大神殿送りになっちまった』

それは本来であればほっとできる報告であったかもしれない。

この地を支配しようとしていた紅王閥が敗退したのだ。

もちろんいずれ遠くないうちに再び部隊を派遣してくるだろうが、この地は中原中央部より遠く離れている。十日やそこらはかかる。それはこの緊迫した状況において決定的な時間差だ。朱桓《ジュホワン》らが儀式を行ない守りを固めるに十分な時間である。

しかし、今の報告にあった獣はなんなのか？

大規模戦闘《レイド》部隊を全滅させせられるのは、レイドエネミーだけだ。フィールドボスがあらわれたというのか？　この世界を訪れて一年。〈草原の都〉にたどり着いてからでさえ半年以上が経つが、そのような魔獣の話は聞いたことがない。

もちろん、大げさな報告であったり、夜の闇によって浮き足立った紅王閥が総崩れになっただけという可能性はある。しかし朱桓《ジュホワン》はとてもそうは思えなかった。ギルド戦争の準備を整えていた精鋭部隊が、多少驚いた程度で全滅までするだろうか？

何か恐ろしいことが起きたのだ。

混迷を深める枯れ果てた草原の国の夜は、どうやら予想よりもずっとろくでもない事件を隠しているらしかった。

▼5

レオナルドは望外の幸運に取り乱しそうになる自分をぐっと押さえつけた。紳士《ギーク》なる自分はクールに対応しなければならない。落ち着け、冷静になるんだ、にやつくな、あと鼻をすんすん鳴らすな。

なんだかやたらに小さい頭部が肩口にあった。

コッペリアの身体は華奢《きゃしゃ》すぎて、抱きしめている腕が余ってしまうほどだ。細くて、しなやかで、柔らかいというよりはひどく脆いように思える。その感触を味わいたいという気持ちもなくはなかったけれど、そんなことをしたら骨の二、三本は折ってしまいそうで、ひどく気を遣わされてドキドキした。

頭をブンブン振ったレオナルドは、コッペリアを起こさないようにそっと体をよじって、荷物から安価な〈月光妖精の雫《ムーンフェイ・ドロップ》〉を取り出して、片手で目のあたりに振りかけた。調剤師の作り出すこの目薬は、丸一日の間、暗闇でも猫のように夜目が利くようになる。消耗品のアイテムを使うため、〈暗殺者《アサシン》〉の特技よりは高性能だ。本来であれば〈魔法の灯り《マジックライト》〉を作ればいいのだが、それは〈武器攻撃職《メレーアタッカー》〉のレオナルドの手に余る。

漆黒の闇がレオナルドの視界の中では月夜レベルに緩和された。もちろんこの〈膏薬《バーム》〉は視力そのものを強化するわけではないから、自分たちがいる閉鎖空間の全貌はわからない。しかし、視覚によらない重圧感として、レオナルドはその先にみっしりとした質量を感じた。あまり喜ばしい状況ではないようだ。

一方で、あの崩落劇の最中、とっさに守ろうと抱き寄せた少女に、目立ったダメージはないようだ。コッペリアのすっきりした頬のラインも、さくらんぼうのような小さな唇も、いつもは前髪の陰で伏せられたまつげも、その気になれば口づけできるような距離の中で淡く輝いている。こちらは喜ばしい状況だ。

（そうじゃないだろっ。ここはもっと、毅然と危機に対応すべきだろうが！）

レオナルドは誘惑を振り切って活動を開始した。

ヒーローなどというのは、もらいが少ないものなのだ。

あらためて慎重に周囲を窺った結果、差し迫った脅威はないということが判明した。生き埋めになったことは間違いないが、どこからか水の流れる音がする以上、完全な閉鎖空間というわけではないだろう。どちらかというと、二次崩落などの追加的な災害のほうが今は気がかりだ。

周囲を探索に行きたい気持ちもあるのだが、抱きかかえたコッペリアを地面におろすのが躊躇《ためら》われて、レオナルドは踏ん切りがつかなかった。冷たく湿った、それに岩だらけの場所に華奢な少女を直接横たえるというのには抵抗があったし、正直に言えば、もったいなくもある。思いついたら即実行《インタープリター》なカナミは、馬に乗るときなど、日常的にコッペリアを抱きしめているが、レオナルドには（当たり前だが）そういう機会はない。別にだから手放しがたいというわけでもないのだが……つまりだから手放しがたいだけでもあるようだ。

（まったく格好悪いな）

レオナルドは折衷案《せっちゅうあん》として横抱きにしたまま体を起こし、闇の奥を窺った。

「何とか生き延びたってわけだ」

その呟きにわずかな反応があった。

見下ろすレオナルドの淡い視界の中で、白くて薄い瞼がゆっくりひらくと、水溶性の宝石のような瞳が現れて、何度かの瞬きの後にレオナルドを発見したのだ。

「おはようございます。レオナルド卿《サー・レオナルド》」

「おはよう、コッペリア」

なんだか照れくさくなったレオナルドは慌てて視線をそらしながら言った。この暗闇の中、暗視能力のないコッペリアには赤面がばれないことが救いだ。

「崩落に巻き込まれてしまいました」

コッペリアは、現実追認のようなことをつぶやいた。

記憶や状況を自分の中で整理しているような少女に、レオナルドはあえて返答することなく、落ち着くまでゆっくりと待った。十数秒の待機の後、コッペリアが選択したのは灯火を召喚する呪文〈バグズライト〉だった。

「歩けます」

割合そっけない言葉にレオナルドは彼女を鍾乳洞の大地におろした。他意はないと思うのだが、コッペリアの言葉は時に直接的で、ヒーローを目指すレオナルドの精神を削りにかかる。

もう少し情緒的な反応《ノーティス》を、と自分で作るアプリでも満たせていない要求をしかけてしまう。

この空間の重力方向、つまりは地面にあたる岩はかなり傾いていて、立っている分にはいいが、小物を落としたら際限なく転がってゆき闇の中で見失うことが確実なほどだ。生物的な滑らかさは鍾乳洞特有の質感で、石灰質が溶けたんだか堆積《たいせき》したのだか、とにかく水の流れで作られたから滑らかなのだと、何かのドキュメンタリーで見たことがある。

「治癒をご所望でスか？」

「あー。うん、でも自分にもな」

　小首をかしげたコッペリアに言われて確認をとった。落下ダメージか衝撃ダメージなのか、HPが二割ほど減少している。この程度ならば時間経過で回復すると思ったが、見上げてくるコッペリアのHPを確認して回復を求めた。〈範囲回復《エリアヒール》〉に包まれて、洞窟の中も柔らかく照らし出された。

「おい、ちょっと待てってって。危ないぞ」

「この空間には敵性存在を感知しません。早急《さっきゅう》に合流すべきだとコッペリアは考えまス」

　コッペリアは呪文を終えると、闇を恐れる気配もなく、傾斜を登る方向へと歩き始めた。

「そりゃそうなんだけどな」

　危険かもしれない先頭は自分に任せてほしい。そんなレオナルドの気持ちはコッペリアには伝わらないようで、彼女は振り返りもせずに歩を進めていく。

「コッペリアはおっかなくないのか？　暗いのとか、崩れるのとか」

レオナルドの問いに少しの間意味を考えていた少女は「コッペリアの視界は暗闇に影響を受けません。データストリームは安定しています」と返す。そういうものなのか、とレオナルドは考えた。そういえばこの不思議な少女は、レオナルドたちとは違った視覚で生きているのだと以前説明を受けたことがある。

「その目だと、壁の向こうが見えるとか？　洞窟の出口とか。マップとか」

「可視光線と呼ばれる範囲内しか知覚できないようです。しかし視覚履歴から推定ベクトルを拡張表示することができます」

「どういうことだ？」

「現在視界内構造に二百十組のベクトルを確認《マッピング》。形状から断面モーメントが十分である部材は信頼してもよいと考えます」

頭をぽりぽりと掻いたレオナルドは、会話の流れから「当面このあたりは崩壊しない」という意味ではないかと考えた。正直言えば意味は半分もわからない。

ただ、コッペリアの声をきいてると、不思議に苛立ちや不安が消えていく。心配しても仕方がないか。肩をぐるんと回して、レオナルドは気持ちを切り替えた。

耳をすませば自分自身が吸い込まれそうなほど静まり返った地下の空洞を、ふたりは進んでいった。それは不思議な体験だった。足下にあるのは確固とした（そして相当に固い）石灰岩であるはずなのだが、ほのかに柔らかい魔法の灯りに照らされて進むレオナルドは、なんだか夢か幻の中にいるようなふわふわした気分を味わっていた。

〈大災害〉などという訳のわからない騒ぎで、大冒険《エピック》のど真ん中に巻き込まれてしまったレオナルドが考えるのもおかしな話だが、気分はまさにファンタジーだ。それは今目にしているこの光景が、あまりにも童話じみているからでもあったし、それ以上に無垢な少女コッペリアと肩を並べているからでもあった。

（好きな娘と並んで歩くのがダンジョン崩落と同じくらいファンタジーって、どれだけ不遇なんだ俺は。それじゃまるでガールフレンドのひとりもいなかったみたいじゃないか）

そんな風に自嘲して、頬を人差し指で掻いて、肩を落としてため息をついた。

まあ仕方ない。もとの世界で最近話した記憶のある女性といえば、眉毛が三角形のマネージャーか眼鏡が三角形な産業医か出身国が三角形《インド》のデリ店員だけだ。

「岩が崩れる最中、天空方向に、エリアス卿を見ました」

「ああ」

ため息に近い返答をしてしまった。

そう、確かに、あの崩落の中、突如ひらけた天空にエリアスがいた。

水晶のようにきらめく巨大な剣をふりまわし、朱色の輝きに挑みかかっていた。一瞬の半分にも満たない間だったが、レオナルドは見たし、コッペリアも見たのだという。ならばそれは事実なのだろう。

「エリアス卿の様子は――」

コッペリアの言葉は洞窟の闇に吸い込まれるように消えて、続きをもたなかった。しょんぼりと肩を落とし途方に暮れたような少女の姿に、レオナルドも同じ気分を味わった。

「なんだか似合わない顔してたな。ＳｏＢｒｏ《ゲットー》でもいまどきあんなの……。まあ見なくはないんだろうけど。まったく」

レオナルドはエリアスの顔を思い出して続かない言葉の続きを無理やりにひねり出した。それはまさに情緒のないコメントだ。コッペリアを非難できない。

あの表情は何なのだろう。

なぜ自分は、コッペリアは、こんな気持ちなのだろう？

エリアス＝ハックブレードは本物の英雄だ。このセルデシア世界を守護している。しかし、それは〈大地人〉から見た場合だ。

〈冒険者〉から見たエリアス＝ハックブレードは意外に親しい〈古来種〉だ。パッケージアートにも登場したこの人物は、さまざまなクエストに登場し、〈冒険者〉を導いたり助言を与えたり、時には一緒に戦ったりする。つまり接触する機会が多いのだ。立ち寄った名もなき村の鍛冶屋などよりも、ある意味レギュラーといってもよい登場回数だった。

もちろんそれはゲームの都合だったろう。魔物があふれかえった時も、幽霊船に襲われて船が沈没した時も、不死の蛇王が瘴気《しょうき》を撒き散らした時も、エリアスは現れた。「さあ今こそ立ち上がれ！　正義の輝きで闇を照らすのだ」と叫んで戦場に駆け出すためにだ。

〈エルダー・テイル〉はゲームだったから、そこにはさまざまな天変地異や大事件が起きる。封印されていた魔獣は解放されるし、古代の邪悪な魔法具は盗まれるし、亜人間は侵攻してくる。そんなことは日常《コモンイベント》だ。そしてそれに対して多くの〈大地人〉は嘆き悲しみ、必死に抵抗をする。彼ら自身がどう思うにせよ、かつて彼らはそういう役どころだったのだ。

そして、同じく役どころとしての英雄エリアスは、そんな危機に際して「いまこそ反撃の時だ！」と高らかに叫ぶ。その様子は確かに雄々しく英雄的だが、どこか物語じみていて、苦笑を誘うものでもあった。いつでも明朗で、前向きさを失わないエリアスは、いかにもすぎたのだ。

ゲーム画面の中から〈冒険者〉レオナルドを励ます彼は、考えなしに希望を語る無鉄砲な英雄のように見えた。

もちろんそれが悪いという意味ではない。むしろ、だからこそ、エリアスは愛されていた。セルデシア最強の英雄と呼び声の高いエリアス＝ハックブレードは、〈冒険者〉プレイヤーの間では「突撃エルフ」「号令係」「エリアスさん」などと呼ばれた。チャットで、掲示板で、動画サイトでさまざまにからかわれ、そしてそれ以上に愛された。

結局みんなは知っていたのだ。

エリアスの前向きな言動は〈エルダー・テイル〉ゲーム制作上の都合から生まれたということを。さもなければ物語に〈冒険者〉プレイヤーを導入する存在がいなくなってしまう。そしてまた、彼の残念な部分——モンスターにとどめを刺せないという規制ルールや、肝心なところで失敗してあとを〈冒険者〉プレイヤーにゆだねざるを得ないという運命、ばかばかしいほどに満載された奇妙でつぎはぎな設定——それらもまた同じようにゲームの都合上生まれた。そうでなければ物語の主役は〈冒険者〉プレイヤーではなくエリアスになってしまうから。

エリアスの激励も奔走も、そういう意味では都合でしかなく、つまりは滑稽劇だった。だが、だからこそ〈エルダー・テイル〉ファンは、彼のその行きすぎた使命感と失敗を、愛した。トラブルの真ん中で先陣切って旗を振るが、どこか決まらない、二枚目半の英雄を、世界中のファンが応援したのだ。

そしていま。

作られた使命感と、作られた欠点の間で、まさに引き裂かれているエリアスの泣き顔は、ではだれの責任なのだろう？　彼は誰を弾劾《だんがい》し、だれの責任を追及すればいいのだろう？

〈エルダー・テイル〉を失ったセルデシアで、レオナルドは、その答えがないことに気がついた。エリアスは、神様の相談窓口《コールセンター》を失ったレオナルドたち現代人と、まるで同じだった。

勝利というものが目標の達成なら、エリアスは今まさに敗北者だった。

瓦礫のような石が転がる山腹に、愛剣を突き刺しすがるように座り込んでいる姿がそうであるというわけではない。同胞を救出しようと望み、魔人に戦いを挑んだにもかかわらず、魔人の殲滅《せんめつ》も、同胞の救出もかなわなかったことが敗北なのだ。

ましてや周囲にこれだけの破壊を振りまいてしまうとは、大地の守護者たる〈古来種〉として敗北以外の何物でもない。エリアスは身体の中を満たしていた力強いものが漏れ出していくような無力感を味わっていた。

だが、その無力感に、想像したほどの絶望は張り付いていない。

むしろどこかほっとするような、納得するような薄ら笑いの気配があった。それは言葉にすると「やっぱりな」とでもなりそうないやらしい自嘲の寂寞感だ。

腐ったような理解の気持ち。

己というこの力はこの程度なのだという呆れ蔑む思いだ。

時間の感覚があやふやなためはっきりとはしないが、あの崩落事故から、つまり夜明けからもう数時間は経過しているはずだ。

大地を失ったあの瞬間、エリアスはわが身を顧みぬ大技での決着をつけようと仕掛けた。恐るべき強さを誇るあの藍鋼《らんこう》の魔人に対して、〈水晶の清流《クリスタルストリーム》〉から放たれる最大威力の攻撃〈四つ首の水槍《クアッドアクアハープーン》〉をぶつけようとしたのだ。それは無謀な攻撃だった。

エリアスの用いる〈妖精剣《フェアリーアーツ》〉はまるで魔法のような事象を引き起こす。エリアスの場合使用する武器の属性と相まって、水や氷の形で発現する攻撃術だ。しかし、〈妖精剣〉は〈妖精剣〉であって魔法ではない。どこまでいっても武術であり闘法だ。魔法であれば、放った後は自動的に着弾したり追尾したりする性能が、〈妖精剣〉にはなかった。剣技である以上、精妙な操作で攻撃を着弾させなければならない。

あの状況でそれができるかと言えば否であり、エリアスの覚悟の一撃は、無駄に被害を広げただけだった。

大地震か地滑りでもあったかのような斜面で、エリアスは苦く、そして薄く笑った。それは絶望よりもはるかにたちの悪い感情だ。

絶望であるならば戦えば良い。己が奮い立てば勝てぬまでも、力比べにはなるだろう。しかし、この皮肉めいた納得感は心の内側からやってくる。いいや、この浅薄な笑いはエリアスそのものなのだった。

いつからか感じていた、奇妙な符合。

〈妖精の呪い〉とは何なのか？

つまり、それは、檻だ。

エリアスと勝利を隔てる監獄だ。

そもそも「敵対者に一定以上の危害を加えられない」などというふざけた呪いがなぜ存在するのか？　そんな呪いを宿したままでは、どのように些細な勝利にもたどり着けないのは自明ではないか。

うっすらと感じていたのはそれだった。自分はあらゆる願いが叶わぬモノとして在るのではないか？　守護も、勝利も、救済も、あらかじめ用心深く手の届かぬ場所に配置される、そのようなものとして生まれたのではないか。

それはこの旅を始めてから、いいや、〈終末の大要塞〉を強襲するために集ったあの夜以降、エリアスにべったりと染みついてぬぐえない疑念だった。

本物の偽物として生みだされたであろうこの身にくらべて、偽物の身ですら本物へと変える〈冒険者〉のなんと輝かしいことか。なんと妬ましいことか。

「あれは、強かったな」

エリアスはつぶやいた。

瞼に浮かぶのは剣を交えた仇敵、藍鋼の魔人だった。身長ほどもある巨大な戦斧《バルディッシュ》を嵐のように振り回し迫ってくる、ひとつの生きた凶器だった。妖しく光る瞳は怒りでも憎しみでもなく、ただひたすらに異形の渇望を宿していた。

戦闘は終始エリアスが優勢だったのだろう。

客観的にはそうであったはずだが、エリアスはその実感をまるで得ることはできなかった。

攻めても、攻めても、相手のHPを削ることしかできない。

HPは生命力だ。それがなくなれば戦闘不能になり、ひいては死亡する。〈冒険者〉にとって死亡とは絶対ではないが、勝敗においてのそれは決定的な形だ。つまり、HPを削るというのは、比喩ではなく、勝利への道程であるはずだ。

にもかかわらず、あの魔人の瞳の色は、その理《ことわり》を無視していた。彼我のHP差を無視して、何か別の光景を見ていたとしか思えない。HPを削るという行為が勝利に結びつかないのだとすれば、そんな相手からどうやって勝利をもぎ取ればいいのだろうか？

「あれは……。手を伸ばして、力をつかんだのか？　どこにある力を？　規則《ことわり》を捻じ曲げて……」

それでも削り切ればあの魔人さえ動かなくはなったかもしれない。

しかし、彼は何か異様なことをしたのだ。確かにエリアスは勝利するためのビジョンを見ることができなかったが、だからと言って魔人の側にそれがあったとは思えない。むしろ、あちらには敗北の未来しかなかったはずだ。それをあの男は、見えない腕を伸ばし、なにか恐ろしいまでの力を擱み招き入れた。

魔人の身体を満たす魔力と不可視の力。

あれは何だったのだろう？

少なくともエリアスの知らない、それどころか摂理の埒外《らちがい》であったことは間違いない。あれさえなければ、エリアスの攻撃は、崩落までに魔人を仕留めていたはずなのだ。

「私が赤枝の騎士が呪いに縛られているのに、なぜあちらだけがあんなにも自由なのか……。それが〈冒険者〉と〈古来種〉の差？　いや、あの男と、わたしの差なのか――？」

色褪せた闘志が去った後のエリアスに残るのは、羨望だった。

エリアスはあがくことすらできない。檻に阻《はば》まれているから。

しかしあの男は命を失う瀬戸際にあっても、我武者羅《がむしゃら》な戦いをする権利があったのだ。それは、エリアスから遠ざけられているがゆえに、まぶしかった。


「エリアス様」

「エリアス様」

風に乗って届く細い声が何度か重なり、うっそりと上げた視界の中には、薄絹を風になびかせた葉蓮仙女がいた。

この時になって、ようやくエリアスの中に慙愧《ざんき》の念が戻ってきた。自分自身のために悔やむことができなくても、この山には同胞である〈古来種〉がいるのだ。

「御身体は大丈夫ですか？」

「ああ。問題ない」

エリアスは立ち上がりながら答えた。

エリアス自身の思いにこたえるように、エリアスの身体は頑強だった。すでに先ほどの戦闘で受けたダメージは快癒しつつある。刃こぼれしてひびが入っていたはずの〈水晶の清流《クリスタルストリーム》〉さえもが、エリアス自身の魔力で修復されている。

「そうでしたか。魔人の恐るべき計略に、一時はエリアス様が呑み込まれたかと心細る思いでしたが、安心いたしました」

崩れやすい斜面をゆったりとした不思議な動きで近付いてきた仙女は、丁寧な跪礼《きれい》をもってエリアスをねぎらった。薄絹から漏れる、つややかな長い黒髪が広がり、妖しくも美しい光景が山岳地の透明な光の中で照らし出される。女性を跪《ひざまず》かせるような文化を持たないエルフ騎士エリアスは、慌てて仙女の腕をつかみ立ち上がらせた。

「すまない。〈典災《ジーニアス》〉──魔人を仕留めそこなってしまった」

「見ておりました」

仙女の何気ない言葉に、エリアスの胸がずきりと不愉快に痛んだ。

膿《う》んだ傷口に鉄棒を差し込まれたような、耐えられなくはないものの、不快な熱を持った痛みだった。

その正体もわからず、エリアスは重ねて「すまない」と謝罪した。

エリアスは〈赤枝騎士団〉の筆頭であり〈妖精剣〉の使い手だ。そのうえ今や生き残った〈古来種〉のなかでも最精鋭であるはずだ。それは、同胞を必ずや救い出し、セルデシアの闇を打ち払うという絶対の使命に等しい。

それに失敗した現在、エリアスには謝罪することしかできなかった。


そのエリアスを前に、仙女はたっぷり呼吸十回分ほどの思慮をかさね、「いいえ、あの戦いには、何やら尋常ではない力の働きがありました」と切り出した。彼女自身も自信がないのか、言葉を選ぶように紡いでゆく。

「邪悪なる技をもって、命の力を弄《もてあそ》んだに違いありません。あれは虹の力」

「虹の力……？」

エリアスはその返答に思い当たることがあった。魔人が戦闘の最終局面で漏らした光の破片。雨上がりの空にかかる七色をそのまま固めて、薄くそいだような欠片《かけら》こそ、仙女のいう〈虹の力〉なのだろう。あの狂戦士は、それと引き換えるようにしてすべての能力が跳ね上がったのだ。

口から出たのは、疑問というよりも、確認のつぶやきだった。

だがそれは仙女には問いかけに聞こえたらしい。

諭すような声色でエリアスに答える。

「天地の狭間にあるあらゆるものを活かす本然《ほんねん》の力です。あらゆるものを産み育《はぐく》み、困難を乗り越える力。大地と人を繋ぎ、仙境と月をつなぐ力でもあります」

「なぜそのような力を〈典災《まじん》〉が使えるのですかっ⁉」

もし仙女の言うことが真実であるならば、その力は、魔力や体力、火山を代表とする大地、落雷を抱える天空、そのほかあらゆる偉大な諸力と結びつく、究極とも言ってよいエネルギーだ。

「あの力は本来仙境の――つまりはエリアスさま方騎士団のものなのです。このたびは、折悪《おりあ》しくこの山にある仙境を支配されたがため、あの男が身に着けたに過ぎません。そのために多くの貂人族《てんじんぞく》が失われました……」

「くっ」

今思い返せば、技術騎士が修理した〈虚空転移装置〉が放つ光も虹色だった。〈典災《ジーニアス》〉の用いた卑怯な能力と、その輝きは、根をひとつにするものなのだ。その気づきはさらなる記憶を連鎖させた。〈妖精の里〉にある魔法の大樹も、海底にあったアルヴの遺跡も、今は奪われ行方の知れぬ七つの秘跡剣《サクラメントソード》も、虹色の光をまとってはいなかったか？

虹色とはすなわち「世界の魔力」のような何かだとエリアスは悟った。呪術や魔法という粗雑な技に比べ、妖精の技ははるかに世界の根源に近いとエリアスはそう習っている。普通の人間には決して習得できないと言われた、それほどに難しい妖精の技を修《おさ》めたエリアスにとって、虹とは妖精の血の力という意味でもある。

地水火風の自然の諸力を借りる妖精剣士エリアスが、世界の魔力について魔人に劣る。

虹の輝きといえば命散るときにあらわれるものでもある。

だとすれば、あの男は死神なのではないか。

「あの男はさらにその力を使い、狼の眷属を支配しました。そしてこの山に秘められた電視台《いせき》を探そうと策謀しているに違いありません。電視台にある祭壇を押さえられてしまえば〈封禅の儀〉は成ります。そうすれば、このあたり一帯は彼《か》の魔人の支配下となるでしょう」

「……」

エリアスは唇をかんだ。

エリアスの戦闘能力は一流だ。装備も魔法の能力を秘めた一級品だと自負している。

しかし藍鋼の男の狂ったように見開かれた瞳を思い出した。勝利も敗北も併せて炎にくべるような、戦いのみを求める飢獣の瞳。エリアスはその瞳に気圧《けお》されている自分を認めた。

そもそもエリアスは英雄の鎖に縛られている。最強の能力を持ちながら、〈妖精の呪い〉に蝕まれ、勝利から隔てられているのが、エリアスというひとりの男だ。エリアスにはすべてがあった。足りないものは勝利だけであり、それだけは望んでも得られないのか。

十のうち十、エリアスがあの男に勝っていたとしても、それがエリアスを勝利に導いてくれるのだろうか？　最強である自分を。誇り高き〈全界十三騎士団〉の騎士総長を。

「……自信がありませぬか？」

「そんなことは！」

胸の痛みを掻きむしられた気がしてエリアスは反射的に叫んだ。

葉蓮仙女の繊細な唇がほんのわずかに引き締められたのだ。その表情は、エリアスがこれまで知らなかった、そして何よりも恐れるものだった。

不信と失望。

エリアスは膿みただれて瘴気を吐く自分の胸の傷口の意味をやっと理解した。それは、この世から廃棄される恐怖だ。〈典災《ジーニアス》〉が誘《いざな》った安逸とは全く逆の、しかしその実全く同じ暗黒がそこにはあった。

最強の騎士は、不要と棄てられるのではないか？

そもそも、いまだかつて勝利したことのない最強など、どうして今まで必要とされてきたのだろうか？

一体全体エリアスは何を勘違いしていたのだろう。勝ったことがない最強など、あるわけがないではないか。

青ざめるほど唇をかみしめたエリアスは、今や恐怖のただなかにあった。勝利できないことが、こんなにもエリアスを追いつめたのは初めてだったのだ。

「エリアス様。よくお聞きくださいませ。この地を救うには、エリアス様のお力がまだ必要なのです。エリアス様が心のうちに苦しみを抱えていることはわかります。しかし、その苦しみこそ、資格。そう、天地を統《す》べる資格なのです」

祈るような仕草の仙女は、じれったくなるほどゆっくりとエリアスに囁《ささや》きかけた。それは、エリアスが再び騎士の資格を取り戻すための、針のように細い、救済への道しるべだ。

いっそ最後通牒《つうちょう》の無慈悲さがあれば撥ねのけられた提案を、エリアスは摑んだ。

「〈封禅の儀〉をなさいませ。そうすれば虹の力の一端が、エリアス様の手に入るでしょう。それこそ万物根源の霊力。必ずや、どのような呪いもほどけ去り、エリアス様の憂悶《ゆうもん》も癒されるに違いありません」

そうだ、とエリアスは鉄臭い苦さをもって頷いた。

この身を縛る呪いはもういらない。

〈封禅の儀〉という初めて聞いた言葉には世界の秘密の一端を閉じ込めたような仄《ほの》暗い魅力があった。

自身に囁きかける妖女に全幅の信頼をおいたわけではないと、エリアス自身はそう思っていたが、強烈な磁力をはなつその誘惑の言葉には、いっぺんの真実があると思われるのだ。それが、世界根源の力であるのならば、エリアスを縛り付けるこの呪いを砕き捨てることさえも、きっと可能である。

エリアスは青ざめた表情で頷いた。
敵を討ち果たすため、虹の力を手に入れるのだ。

▶名前：春翠（チュンルウ）

▶レベル：90

▶種族：ヒューマン

▶サブ職業：辺境巡視

▶HP：10830

▶MP：9889

▶アイテム1:

［招福《しょうふく》の玉釵《ぎょくさい》］

鈴蘭を模した白い玉飾りが慎ましくも華やかに揺れる二叉のかんざし。髪を結いあげるのに便利だが、先が尖った形状は簡易武器にもなる。アイテムのドロップ率が僅かに向上する〈製作級〉装飾品。

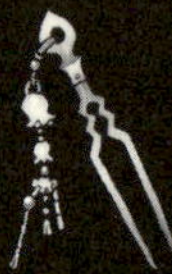

▶アイテム2:

［月季花《げっきか》の舞鎧《まいよろい》］

舞踊の衣装を模したような印象を受ける優美な革鎧。艶やかな布飾りがふんだんに使われ、色鮮やかに咲き誇る紅薔薇が刺繍されている。戦の最前線で立ち回る姿は、まるで舞い踊るかのよう。

▶アイテム3:

［月光の魔石］

淡く輝く月光石のアミュレット。使用するとMPを少量回復できるが、再使用規制時間は24時間と長い。決して便利なアイテムではないが、低レベルの回復魔法一回が仲間の生死を分けることもあるので大切にしている。

CHAPTER. 4

CARTOON HEROES
[憧れの英雄]

〈ふいご〉
空気を送り込む道具。
鍛冶に用いる。

「ほひょわあ⁉　ちょっとちょっと、もさもさ速いよ！」

巨大な犬狼、求聞《ぐもん》を追いかけていたカナミがバランスを崩して、泳ぐような仕草で両手を振り回した。地下深くの大空洞は、段々畑のような水路のせいで、靴底を濡らす程度に洗われている。

求聞《ぐもん》はそんな同行者をふりかえることなく、四足歩行特有の優雅さをもって段差を気軽に登って行った。

ここはどうやら正規の洞窟のようだ。

花貂《ファーデャオ》から聞いた話によれば、この〈狼君山〉には小規模なものを合わせれば数百、人間が通行できるものだけでも数十の鍾乳洞があるのだという。大規模ダンジョンというわけではなく、どうもインスタンス式の無数のダンジョンが〈大災害〉の結果そのような形で定着したのではないかと、クラスティは考えていた。

ふわふわと浮かぶ魔法の灯り《マジックライト》は、カナミが〈灯火の巻物〉から召喚したものだ。本来は魔法職の非戦闘魔法なのだが、低レベルの便利魔法は、誰でも使用できる消費型のマジック・アイテムで提供されていることが多い。たいした価格でもないので、手慣れた〈冒険者〉は荷物の中に必ず忍ばせている。

照らされているとはいえまだ闇の残る湿った洞窟だったが、カナミは全く気にしていないようだった。面積の少ない軽装備に身を包んだ〈武闘家《モンク》〉である彼女は、ひらり、ひらりと身軽な動きで薄暗がりの中を進んでいく。落ち着きのない子供のようにあちこちの暗がりや枝道をのぞき込み、よく言えばルートを確認しているし、普通に考えれば好奇心を満たしている。

クラスティはそんな様子を特にコメントすることなく見つめていた。

別段自分に利害のあることでもないし、露払いをしてくれるのならばそれはそれで結構なことだ。

この状況について思うことと言えば「どうやら騒動が始まったようだぞ」というものであった。それはクラスティの人生ではおなじみの予感だった。

幼いころ、自分は嵐の海に浮かぶ小舟のようなものだと彼は思っていた。抗《あらが》うことができない理不尽が鴻池晴秋《クラスティ》にとっての外界だったのだ。

学校に通う年齢になると「波瀾万丈」という言葉を知った。瀾とは大波の意味であるそうだ。「万丈」は非常に高いまたは深い様子のことだ。繰り返しやってくる大波というその言葉を、彼はある意味少年らしい無鉄砲な偏屈さで自分の心の中の特等席にしまい込んだ。「波乗りにはちょうどいいさ」と内心嘯《うそぶ》いたとき、嵐の海のようだった世界は、彼にとって乗りこなすべき課題となった。

中学に上がるころにはトラブルの大波の上で器用に踊れる程度にはなっていたし、高校のころには大概の揉め事では刺激が足りないとさえ思うようになっていた。

——放蕩者《ボヘミアン》。

親族にはそのように言われてきた。

もちろん彼自身の認識ではそれは事実ではない。一族の資産を浪費で使い尽くしたことなどなかったし、やるべきこともやらずに好き放題に生きたつもりもなかったからだ。

むしろ彼自身の認識でいえば、親族には気を遣って生きてきたつもりだ。妾腹である自身は何かと白眼視されやすい存在だったし、鴻池《こうのいけ》は名門であり日本各地に親族がいた。地方に住んでいる名家の金持ちほど始末に負えないものはない。しかも金貸しが本業ともなれば、その程度は想像を絶する。鴻池晴秋《クラスティ》は頭の回る青年だったので、彼らに迷惑をかけないように邪魔にならないように過ごすことにやぶさかではなかった。

とはいえ、それは自身のことであって、トラブルのほうはそうではない。波瀾万丈、つまり押し寄せてくるさまざまな騒ぎは、彼自身が原因ではなく、いわば不可抗力だ。

だからこそ、彼はそれを愛した。

（まあ、自分で乗り込んだことがないなんて、言いませんけどね）

エリアスとの決闘もそうだった。

自分から殴りかかるほど狂人でもないが、斬りかかられれば楽しく付き合う。いや、切りかかられた以上楽しませてもらわなければ損だとさえ思う。

クラスティにとって、今回の騒動もまた世界の出し物なのだ。もちろんそれを言うならば〈大災害〉に続くすべての騒動がそうだ。自分から積極的に加担するつもりはないが、出て来る料理《バトル》はすべて味わい尽くすつもりだ。

クラスティはそんなことを考えながら、前方の崖をよじ登るカナミを見た。

濡れた岩に張り付く趣味はないので、右手に続く傾斜した通路をクラスティは歩いていく。

すると、慌てたような声を上げたカナミが走って追いかけてきて、クラスティを先導するように再び歩き始めた。

「先頭が好きなんですか？」

「うんっ！」

なぜ？

➡ 月並みな質問だな。

⬇ 好きなことに理由はないのでは？

➡ あるかもしれない。

➡しかし特に聞くほどの興味はない。
➡昔から好きであったのか？
➡おそらく正解。
➡〈D.D.D〉との狩場会議でも真っ先に現れていた。
➡ただし実務会談の最中は寝ていた（推測）。
➡ボイスチャットでいびきをかく女。
➡茶会のリーダーとしての責務。
➡むしろ逆である可能性は？

「先頭を歩くのが好きだから〈茶会〉のリーダーをしていたのですか？」

ふと思いついた疑問を尋ねたクラスティに対する返事は「うん、そうだよ！」というものだった。常識的に考えてありえない理由だ。集団で歩くとき、先頭にいたいというそれだけの理由で、コミュニティの主宰者となるなんて、どんなギルドでも聞いたことがない。

しかしそれは納得のいく返答でもあった。非常識な人物なのだから、常識的な内面をしているわけはない。

鼻歌を歌いながら先を歩くカナミは、上機嫌に振り返って「あっちはどうなってるのかな？」と尋ねてきた。さすがに退屈だったのだろう。

「どう、ですか」

「うんうん。どうしてたの？　この二年！　あとヤマトサーバーってどんな感じ？」

「知っているのでは？」

クラスティは低く答えた。

秘密にしたいわけでも相手を務めるのが嫌だというわけでもなかったが、情報の重複程度は避けさせてもらいたい。

「いやあ。そうでもなくって、連絡も取ってなかったりなんかしたり、止められてたり！　KR《ケイアール》からもあんまり聞いてないんだよね。素直に答えてくれないしさ」

「自業自得では」

KRというのは〈放蕩者の茶会《デボーチェリ・ティーパーティー》〉の一員だ。放蕩者、という響きだけでなぜか親近感を感じていた、流星のような団体の、三人の参謀のうちのひとり。

「クラ君冷たいなー。こんな場所で無口に歩いてると、無駄に眼鏡が光るようになっちゃうんだぞ」

「……」

クラスティは肩をすくめた。はぐらかすつもりがあったわけではないので、望まれれば話すことはやぶさかではないのだ。「じゃあ、ほら、報告報告ほーれんそー」とわめくカナミにアキバの人々の軌跡を知らせておくべきでは、あるのだろう。

「この二年、ですか。大規模戦闘《レイド》攻略に関しては〈D.D.D〉と〈ハウリング〉〈黒剣騎士団〉が競っていましたね。〈ホネスティ〉は浮かんだり沈んだり。新興ギルドとしては〈西風の旅団〉に〈シルバーソード〉が伸びてきて一気に首位グループに追いつきました」

まずはあたりさわりのない話題、この二年の大規模戦闘《レイド》ランキングから消息を伝え始めた。

このランキングは〈エルダー・テイル〉公式が用意したものではない。大規模戦闘《レイド》とはそのように評価されるものではないのだ。サーバーごとのコミュニティが、多くは匿名掲示板などの噂という形で提供する。

拡張パックが発売されると、それにはいくつものハイエンドコンテンツが含まれている。その主力は二十四人《フル》規模戦闘《レイド》のチェインストーリーだ。ひとつの拡張パックには多くの場合、四つから七つ程度のダンジョンが含まれている。そしてひとつのダンジョンには三体から十体程度の大規模戦闘《レイド》ボスが存在する。つまり、拡張パックあたり三十体程度の「目標」がいるわけだ。

これらの強力なエネミーには、暗黙の序列が存在する。ダンジョンは多くの場合好きな順序で攻略できるとされているが、実際には下位のダンジョンで大規模戦闘《レイド》エネミーを倒し、装備を充実させていかないと、より上位のボスに挑んでも勝利はおぼつかない。

大規模戦闘《レイド》ランキングとは、その拡張パックにおいて、どこのギルドが何体目の目標まで倒したかという情報の集合体だ。

一体のボスを攻略するのに、数週間はかかる。全く情報のない敵を分析し、装備を整え、連携鍛錬をするためにそれだけの時間がかかるのだ。つまりは一回の拡張パックが発売されるたびに、〈D.D.D〉は八体目まで倒した、〈黒剣騎士団〉はいま七体目までらしいぜ、そんなランキングレースが、二十ヶ月は続くのだ。それが〈エルダー・テイル〉の大規模戦闘《レイド》ランキングだ。

そして、このランキングは、サーバー内における勢力争いの状況や、短絡的なウォッチャーからすればギルドの序列でもあった。

「案外安定しているんだね」

「拡張パックレベルでの変動も少なかったですしね」

そうクラスティは答えた。

〈D.D.D〉や〈ハウリング〉、〈黒剣騎士団〉などは、ヤマトサーバーではそれなりの歴史ある強豪大規模戦闘《レイド》団体だ。〈放蕩者の茶会《デボーチェリ・ティーパーティー》〉が活躍していた時期から競い合っている。導入された拡張パックも今までの勢力をひっくり返す新要素の追加というよりも、純粋にダンジョンを追加するような傾向のパッケージだったこともある。

要するに〈放蕩者の茶会《デボーチェリ・ティーパーティー》〉が解散した後の二年は、熾烈《しれつ》なレースそのものは続いていたけれど、その競い合いは健全であったし、どんでん返しもなかったとまとめられるだろう。

「ほむほむ。えーっと、〈大災害〉からは？」

「それは……一口では言い切れませんね。アキバは〈円卓会議〉という組織を設立するに至りましたよ」

「うん、そこは少し聞いた」

「シロエ君が立役者ですよ」

　悪戯心を起こして、クラスティはそういってやった。そうやって褒められるのを苦手としているのがあのシロエという青年だ。アンバランスで、面白みのある知己と言えた。超長距離射《無鉄砲》程の白兵戦特化《な理想家》というのがクラスティから見たシロエの印象だ。

　目的をかなえるためならば、どんな遠くまでも射程を伸ばす。目の前の獲物さえしとめればいい場面でまで、すべてを解決するために遥かな彼方まで巻き込み貫こうとする。そのくせ狙撃というわけでもなく、それらすべては抜身の刀なのだ。一方的に攻撃を加えられる条件を整えているくせに、本人も傷つくことを望んでいる。

　不思議な人物像だと思う。

　[redacted]もそうだった。

　あの会議でクラスティは彼女に驚かされた。それは小さな敗北だ。勝者には、勝利の利益を受け取る権利がある。

　なぜ自らの身体と魂を差し出そうとするのか？　関わろうとするのか。

アイザックも、ミチタカも、〈円卓会議〉に集ったギルドマスターはだれもが、少し不思議だ。効率的とは言えない酔狂な部分が、余裕とでもいえるような気高さとなって組織運営を助けている。おそらくそれはクラスティも、例外ではないのだが。

「シロくんかあ。むっふっふっふっふっふ。やっぱりね、シロくんは、そういう格好いい男の子になるって思ってたんだあ」

「そうですか」

「うんうんもち肌オフコースだよー」

満悦の笑みとしか言えない表情を見て、クラスティは苦笑した。

どうやらこの女性はシロエの活躍が愉快らしい。

それがどういう意味での「愉快」なのかはわからないが、考えてみれば、この女性こそ酔狂と無駄の極北ともいえる。

ゲームだった時代にもシロエや眼前の女性と言葉を交わしたことがなかったわけではなかったが、やはりその理解は浅かったのだろう。ここまで奥行きがある人々だとは思わずにいた。

「ヤマトは、アキバもミナミもおおむね平穏です。水面下ではもちろんいろいろあるんでしょうが、それは人が住む場所のすべてでそうですからね。アキバの街には〈円卓会議〉という寄り合い所帯ができて、略奪も、敵対行為も解消され、〈大地人〉が受ける被害の第一波も防がれ、定期イベントの大規模戦闘《レイド》もいまごろは終息に向かっているでしょうね」

まあ、嘘はついていない。

ヤマトサーバーの目につく問題は、おおむねケアを終えた形になっているはずだ。

とはいえクラスティの目から見れば、むしろ事態は混迷の度を深めている。

それは楽観的だとか悲観的だとか言う以前の問題で、新大陸発見のようなこの状況が、穏便に終わるわけがないのだ。

途中で手を引くことになった〈円卓会議〉中堅レベル以下の育成問題については、おそらくクラスティが抜けても問題はさほど起きないだろうが、それを隠れ蓑にしていた領主会議にたいする時間稼ぎは、当然のようにタイムリミットを迎えるだろう。ゴブリンたちの脅威が取り除かれれば、〈冒険者〉と〈大地人〉の関係は必然的に次のステップに向かう。それ自体は悪いことではないが、目前の敵対存在がなくなった後の両者の関係は舵取りが非常に難しい。ある程度交流が一般化するまで、ゴブリンたちには敵でいてほしかったのも事実だ。

そもそも、〈冒険者〉と〈大地人〉はかけ離れすぎた存在だ。

歩み寄りを期待できる差異ではない。

見た目よりよほど心の熱いあの青年《シロエ》はその釣り合いをとるために北へと旅立ったが、それもまた夢物語のような勝算をあてにしたものだったはず。失敗するとは思っていないが、成功したとしても問題のすべてに片が付くはずがない。

いいや、成功すればしただけ、アインスあたりが暴発に向かうだろう。

マクロで見れば状況は個人の努力の範囲を超えている。

もちろん個別の小さな不幸は防ぎうるだろう。

しかしこの状況が整理されるためには、まだまだ多くの血が流れるにちがいない。

(僕がいたからって何が変わるってわけでもありませんしね)

クラスティは自らの思惟《しい》に肩をすくめた。

「クラ君なんでこんなとこまで来てるのさ?」

「事故に巻き込まれて、ですかね。おかげで不毛な呪《バッドステータス》いつけられまして」

クラスティはその質問に用意されていたかのような滑らかさで答えられた。

望んできたわけではないが、積極的に抗ったとも言えない。

多少目端が利くだけの自分は、巨視的な見地に立てばどこにいても大勢に影響を与えない存在なのだ。影響を与えようとしていないのだから当然だ。だから、飛ばされたことも、留められたことも、特に思うところはない。

その場その場で、それなりに楽しい何かを見つけ出せれば、それでいい。

「誰に?」

「誰……?」

そんなクラスティにとって、カナミの問いかけは不意を突かれるようなものだった。

誰に巻き込まれて？　誰に呪われて？

誰に敗れて？

いい、

クラスティは、うかつにもその問いを持ってはいなかったのだ。

閃くような思考の連鎖にうつむくクラスティを、いつの間にか淡い金色の輝きが照らし出していた。冷たい風が渦巻いてマントをはためかす。

長く曲がりくねった鍾乳洞は、〈狼君山〉の中腹にふたりの冒険者を導いたのだった。

▼2

土埃にまみれて汚れ果てた花貂《ファーデャオ》は人生最大の苦境にあった。崩落の瞬間、クラスティに撥ね飛ばされて被害を免れたのはいいが、松の枝に引っかかってしばらくの間気絶していたのだ。目が覚めてからもすっかり地形が変わってしまった〈狼君山〉の岩肌をよじ登るのに優に半日ほどかかってしまった。

情けないことに、ぽたぽたと涙が垂れるし、鼻がぐずぐず言ってたまらない。

質素なりに威儀正しくもあった官吏の包《ふく》は擦り切れてしまってもうボロボロだ。それを言うならば、花貂《ファーデャオ》自身もボロボロだった。

「なんてひどいことになっちゃったんでしょう」

しょんぼりして足が止まるが、食いしばってまたひとつ岩を越える。

背丈の低い彼女にとっては、クラスティが一跨《ひとまた》ぎする程度の段差さえ、崖そのものなのだ。

「仙君様は大丈夫でしょうか。それに仲間のみんなは」

貂人族《てんじんぞく》は仙境を管理する天の官吏だ。それは嘘ではない。

では、天の官吏とはなんなのか？　と問われれば、実はその答えを花貂《ファーデヤオ》は持ち合わせていない。

例えば、官吏とはなんなのか？　その正確な意味も仕事も、花貂《ファーデヤオ》は知らないのだ。

敬《うやま》われる役人だ、というような認識はある。偉いはずだという自尊心も持ち合わせている。

しかし、なぜ偉いのかと言われれば「天の官吏だから？」と答えるくらいにフワフワしている。

具体的な業務とは何なのか？　と言われると視線を逸らす程度に理解がない。

役人という言葉に対するおぼろげな記憶に従えば、上司がいてその命令を受けて勤めを得るはずなのだが、花貂《ファーデヤオ》には直属の上司というものが存在しない。生まれてから一回も会ったことはないし、命令を受けたこともない。

強いて言えば仙人すべてが上司にあたるはずなのだが、花貂《ファーデヤオ》の住む仙境には葉蓮仙女がおとずれるまで仙人《こらいしゆ》が訪れたことはなかった。

それに天というのがなんなのか、花貂《ファーデヤオ》にはよくわからない。

どこか上のほうにある仙人の住む場所だということは知っているが、行ったことは一度もない。

花貂《ファーデヤオ》たち貂人族《てんじんぞく》は、生まれた時から〈狼君山〉の仙境に在ったし、その管理人として暮らしてきた。まあ、官吏というよりも居候だったのかもしれないが。


ある時を境に仙境が大きくなり、廟の部屋数が増えて、姉妹たちもいつの間にか増員されたが、花貂《ファーデヤオ》たちはつつましく生きてきた。廟を掃き清め、長く険しい石階段に水を打ち、たまに訪れる朱桓《ジュホワン》ら参拝客を迎える。食事は主に硬い木の実だ。仙人の持ち物である桃を勝手に食べるのは、官吏としては重罪にあたるのだ。

だから仙君《クラスティ》が現れた時は本当にうれしかった。

病の療養と聞いて懸命に看病したが、それほど重篤ではないようだったし、花貂《ファーデヤオ》たちになにくれとなく話しかけてくれた。

性格はよくわからないし意地悪な部分はあるが、聡明で気品があり、優しい上司だと思っている。

花貂《ファーデヤオ》と姉妹が仙境の柔風に揺れる桃を見上げていると、躊躇《ためら》いもせずに大きな果実をもいで与えてくれる。「手足が短いと木登りもできないんですよね」というからかい交じりの言葉とともにだったが、それは仙君らしい韜晦《とうかい》なのだと花貂《ファーデヤオ》は思っている。貂人族《てんじんぞく》は木登りの達人ぞろいだからだ。

桃はとろけるほど甘かったが、それよりなお素晴らしいのは仙君の作り出す料理の数々だった。いつも作ってくれるわけではないのだが、貂人族《てんじんぞく》が作るそれよりもずっとずっと味わい深いのだ。食事をしなくても耐えられるはずの貂人族《てんじんぞく》が、人化や霊化の術を使ってまで、仙君の手料理に列をなすほどだ。

知識としては知っている「天の宮で出るという宮廷料理」よりも、仙君のつくる「ゆで卵いり豚の角煮定食」のほうがずっと美味なのではないか？　ここだけの秘密だが、筆頭として毎回それにありついている花貂《ファーデャオ》など、もはや骨抜きと言ってもよいほどだ。


そんなわけで花貂《ファーデャオ》の鼻は現在泣きはらして真っ赤だった。

仙君《クラスティ》があの真っ暗な穴にのまれて、大岩の下敷きになっていたらと考えるだけで、胸がつぶれそうになる。

作ってくれた甘くて優しい、どこかちょっと焦げたような苦みのある、桃の甘露煮焼き饅頭《たるとたたん》を、もう一度ふるまってほしい。意地悪そうに笑いながら、鮮やかな十二等分を見せてほしいのだ。

ぐしぐしと鼻をこすっていた花貂《ファーデャオ》はふと顔を上げて固まってしまった。早朝の青い空をきらきらとした虹の光が昇ってゆく。その光はとてもきれいだったけれど、なんだかとても切なくて胸が痛んだ。

それは花貂《ファーデャオ》にとっても初めて見る光だった。


〈狼君山〉は〈白桃廟〉をいただく巨大な岩山だ。

しかし、このような事態になって、この山の内部には無数の鍾乳洞がアリの巣のように走る構造だということが判明した。

岩盤は十分以上に硬く、洞窟は数万年にわたる侵食により穿たれたはずだが、いまやその鍾乳洞のいたるところで崩落が起きて、通行が不可能になったり、新しい連絡経路が発生したりしている。こうして岩山の表層を這いつくばるように移動していても、その光景のあちこちは、花貂《ファーデャオ》の記憶と齟齬《そご》を見せている。

普段なら小道が張り付いている岩肌も崩落して、すり鉢状にくぼんだ瓦礫の坂を彼女はおりていった。立って歩くには足下が不安定過ぎて、時には後ろ向きに這い降りるような場面もあり、それでもガラガラと崩れる岩の塊が不安を掻きたてた。

広がる光景は花貂《ファーデャオ》にとっても見慣れた地下空洞だったが、それが何度か段差を下るうちに変わっていった。濡れたように黒い自然石は、明るい灰色の幾何学的な直線の床に変わっていったのだ。輪切りにしたら八角形になるような管――つまりは花貂《ファーデャオ》が進んでいる通路はそのような形状をしているらしかった。

全体的に薄汚れてほこりにまみれてはいるが、かつては清潔だったのだろうと思われる。それは、角度もサイズも狂いのない通路が延々と続いていることから明らかだ。通路のあちこちには亀裂が入り、そこからは金属の管や得体のしれない紐のようなものが埋まった構造が見えていた。ここは、地下の城塞か遺跡だったのかもしれない。

〈狼君山〉は仙境の常として、崑崙《こんろん》を護衛する任務があるので、そのための施設なのだろうか？と花貂《ファーデヤオ》は考えた。知識も興味もないので、そうなのかも、と思っただけだったが。

すんすんと空気の匂いを嗅いでみたが、仙君の匂いは発見できなかった。大規模な崩落のせいか、濁った水と、埃と、火花じみた臭いがするだけだ。電視台と書かれた金属板を乗り越えて進むと、通路は太くなり、鉄の道や、先ほどの紐や、そのほか花貂《ファーデヤオ》が見たことのない金属製のさまざまな魔法具が遺棄された区画へと出た。

「この通路はもしかしてはずれなんじゃないでしょうか？」

花貂《ファーデヤオ》がそう呟いてしまう程度には進んだあたりで、通路は唐突に巨大な自然石で破砕されていた。隙間から顔を入れて暗闇を見回し、その先の大きなホールに忍び込んでみると、先ほどの焦げたような匂いが強くなる。

「なんでしょう……」

うすうすと、危険があるのではないかと感じている花貂《ファーデヤオ》が、そんな台詞をつぶやいてしまうのは、まさに内心では怯えているせいだ。きょろきょろとあたりを見回しているが、それは、警戒しているというよりは、暗がりが怖いために過ぎない。

「何にもいないですよね？　だってこんな地下深くなんだし――」

ひるみそうになる自分をごまかすように早口になった花貂《ファーデャオ》が発見したのは、暗闇を切り裂くように射し込む、漂白されたような白い陽光だった。

午後のそれはすでに鮮烈というほどの輝きはない。

しかし、それでも日の光ではある。見上げれば、高い天井の一部に崩落で穴があいている。遠く青空が見えるところを見ると、あそこから外へと出ることができそうだった。もちろん、それは空が飛べればだが。

光に灼かれた瞳には、影はより暗く見える。

だから花貂《ファーデャオ》がしばらくの間気づくのが遅れたのも無理はないだろう。

滝のように射し込む光のヴェールのその向こうにうずくまるのは、巨大な獣だった。濡れたように滑らかな毛皮を持つ、獅子のような怪物。全身が色どりこそ違えど強靭そうな毛皮に覆われているにもかかわらず、唯一、その顔面だけが毛皮を毟《むし》られたように、グロテスクな赤い肉で覆われている。

「ひぐっ」

慌てて口を押さえたために、悲鳴はしゃっくりのように無様《ぶざま》になってしまった。が、もちろん花貂《ファーデヤオ》にはそれを後悔するような余裕はない。気づかれないようにしよう、とか、音を立てないで引き返そう、だなんてことはみじんも思わなかった。

巨大な獣と視線が合っているのだ。

あちらは明らかに花貂《ファーデヤオ》に気がついていて、全身を嘗《な》め回《まわ》すように見つめている。花貂《ファーデヤオ》は足の力が抜けてふわふわとしてしまい、まるで、立っているのか寝ているのかもわからないありさまだった。

（死ぬ、死んじゃう）

のっそりと前に出た獣の姿は、光射し込む広間で、なお巨大に見えた。

動物ではない。魔獣だ。

しかも、この〈狼君山〉で見たことがない種類の、瘴気を撒き散らす邪悪な獣だ。

獣臭い吐息を嗅いで、花貂《ファーデヤオ》は悟った。

焦げ臭い匂いは何かが燃え上がったためではなかったのだ。この獣の四肢や吐息が纏《まと》う青白い電光が、直接空気を灼いているのだった。

ぴしり、と空気が割れるような音が連続する。電圧差で肌がびりびりしびれるような感覚に、花貂《ファーデヤオ》はぎゅっと瞼《まぶた》を閉じた。もうおしまいだ。ここで死んじゃうんだ。理由はわからないけれど、外からやってきたこの魔獣に、自分は食べられてしまうに違いない。

仙君さまとちがって、この気持ち悪い怪物は桃のソースさえ付け合わせてはくれないだろう。

観念した花貂《ファーデャオ》に、実際濁流のような電撃が放たれた。

空中に投げ出された浮遊感に目を回してしがみつくと、それは蒼鋼のがっしりとした肩鎧だった。

「奇遇ですねこんなところで」

唇の端をちょっと歪めて笑うクラスティに、花貂《ファーデャオ》の瞳は真ん丸に見開かれる。「仙君さまっ」と叫ぶ間にも、ひらり、ひらりと左右に躱《かわ》したクラスティは、いつの間にか間近に迫っていた魔獣の大きく開いた顎《あぎと》に両刃の三日月斧を差し込んでがっちりと受け止めた。

「鵺《ぬえ》ですね」

「鵺だね！　懐かしいなあ」

巨軀といってもいいクラスティの頭をひらりと飛び越えて巨獣に向かった女性の武芸者が、金属的な轟音を立ててその拳を叩きつける。

「この大きさだと十二人戦闘《ハーフレイド》クラスですかね。おそらく天塔と同型か類似でしょう。弱点は打撃、電撃耐性」

「やっぱり大騒ぎだね！　さすが冒険ユーレッド大陸！」

明るい応えとともに、激しい戦闘が始まった。

電撃を操る魔獣、鵺とクラスティたちの間で激しい応酬が交わされる。

はじめはクラスティに抱えられていた花貂《ファーデャオ》だったが、すきを見て降りると岩陰に逃げ込んだ。仙君を見捨てたわけではなく、戦いの足手まといにならないようにだ。

本人は痛みを表情にあらわしたことはないが、仙君の脇腹には決して血が止まらない傷がある。

何度変えても包帯を赤くにじませるその傷は、呪いの傷なのだという。酷薄そうに笑う仙君の顔色は、そういえば、いつも白く透き通るようだった。だから、仙君の負担になることを花貂《ファーデャオ》は恐れたのだった。

もとより、クラスティが敗れれば自分も命を落とす覚悟だ。

というのも、彼女の戦う力ではあの獣に到底抗しようもないからだ。短い手足では、逃げ出すことさえも無理だと思える。

強いとは思っていたが、仙君の戦いは圧倒的だった。

肉厚の斧を振るうたびに、瓦礫や土砂が津波のように巻き込まれ、怒号の勢いを以て獣を襲う。だが、鵺と呼ばれた闇色の魔獣は強力で、そのクラスティの猛攻にも、ほとんどダメージを受けているようには見えない。

仙君と一緒に現れた黒髪の女性は、こちらもすさまじい猛攻を見せている。じっくりと大地に根を下ろし、両手で振り回す鉄塊による攻撃と防御を行なうクラスティとは違い、その動きはネコ科の敏捷性を備えていた。飛び込み、突きを繰り出し、あるいは蹴りを放ち、空中で弧を描く。その動きは舞というにはいささか荒々しく、だがとても美しかった。

戦いにはもう一頭の援軍が加わっていた。

クラスティの足下にいつも侍《はべ》っていた犬狼の求聞《ぐもん》だ。

もちろん立派な体軀をした狼ではあるし齧《かじ》られたら大変だと花貂《ファーデヤオ》も思ってはいたが、こうして闘う姿を見ると、その強さは圧巻だった。クラスティと比較してさえ引けを取らない巨大な身体を、四足獣特有の地を這うような動きで敵にぶつけてゆく。その姿は凶暴であるにもかかわらず優美でもあった。花貂《ファーデヤオ》がまたがったこともある背の毛並みは光を反射して濡れたように輝き、流れる水銀を思わせた。

「ゴイン！　っていった！　ゴインって!!」

「そうですかカナミさんいい音ですね」

殴りつけた反動があったのか、女性が手を振り上げて怒っている。

「クラ君はさり気なくひどくありませんか!?　わたしだからってサベツしてませんか」

「籠手《ガントレット》つけてるんだから平気でしょ」

「面倒くせえな、みたいに付け加えたっ！」

ふたりと一頭は彼女の目には完璧な連携をしているように見えた。どうやら旧知らしいあの女性は、仙君の言葉によればカナミという名のようだ。仙君とはちがいやけに薄手の民族衣装をまとい、旋風《つむじかぜ》のように魔獣に躍りかかっては攻撃を加えている。

彼女ももしかしたら仙人なのかしら？　花貂《ファーデャオ》はそんなことを考えて、不思議に喪失感とも失意ともつかぬ気持ちを感じた。クラスティを伴って戦っているのだから、彼女もまた仙人《こらいしゅ》である可能性は高いだろう。崩壊した世界に生き残った数少ない同胞だ。

そうであるのならば、クラスティと同様に花貂《ファーデャオ》が仕えるべき相手だということになる。それはすこし残念であるような気分だったのだ。もしかしたら彼女も仙君と同様に、お菓子作りが上手なのかもしれないが――そう考えて、自分はそんなに食いしん坊だったのかと、花貂《ファーデャオ》はひとり頬を染めた。

「虎響拳《タイガー・エコーフィスト》ッ!!」

技の響きとは裏腹に、肩口からの体当たりに近いような密着技を炸裂させたカナミ。その衝撃を受け損なったのか、数百キロを超えるだろうと思われる魔獣は、一瞬身体を上方向に浮かばせると、そのままよろけるように吹き飛ばされた。

そこに待ち受けていたのは犬狼の求聞《ぐもん》だ。低い姿勢から隙だらけの後ろ足を狙うと、鋼のような毛皮に鋭牙を突き立てた。バランスを崩しきった鵺をさらに痛めつけるように半歩引きずると、姿勢を整えるべく角度を調整する。

そして無防備になったその首筋に、真紅の魔力光を撒き散らした一撃を加えたのはクラスティだった。刃渡り五十センチ以上はある三日月斧を断頭台《だんとうだい》の刃のように振り下ろした。その攻撃にはさしもの魔獣も唸るようなむせび声を立てている。

（仙君さま強い！）

花貂《ファーデャオ》は小躍りしてしまう。

だが、だからといって戦いは仙君たちの圧勝であるとも言い切れなかった。

確かに、目の前の趨勢《すうせい》は仙君たちに有利なように見える。しかし、鵺と呼ばれた魔獣もさるものだった。どこに秘めていたのか溢れ出るような活力で、一気に不利な姿勢をひっくり返し、あたりには焦げ臭い臭気を放つ雷球をいくつも浮かべる。

回避に移るふたりに攻撃がなかなか当たらないと見るや、刺叉《さすまた》のような爪が生えた太い前足を、突きから薙ぎに切り替えた。鋭い鉤爪を避けるために、女武闘家は大きく身体を躱《かわ》すしかないようだった。

そして何より、仙君の強力無比な一撃を受けた首筋が問題だった。

あんな攻撃を受けたら、大岩だって粉々に砕けてしまうだろう、花貂《ファーデャオ》が受けたとしたらと考える必要もない（百人いたって全員のされてしまう）ような斬撃をうけたその部分には、毛皮にうっすら血をにじませる程度の負傷しか見受けられないのだ。

この獣がどういう能力を持っているのか、花貂《ファーデャオ》はわからなかったが、それでも途方もないその体力が武器のひとつなのは確かだった。そして、もしそうだとすれば、たった三人しかいない仙君たちは、いずれ力尽きて倒れてしまうのではないか？　花貂《ファーデャオ》はそんな不安におののいた。

そしてそれは、さして外れてもいない感想だった。

花貂《ファーデャオ》には余裕のある戦闘を演じているかに見えた〈冒険者〉ふたりも、実はその余裕は見かけほどではなかった。

なにせ相手は十二人戦闘《ハーフレイド》クラスのモンスターなのだ。

それは本来であれば適正レベル十二人の〈冒険者〉が参集して戦闘を行なうべきという意味だ。魔獣のレベルは八四。九〇レベルほどのふたりからすれば、多少格下だ。

〈幻想級《ファンタズマル》〉の助けを得た〈冒険者〉は自分と同等か最大で七程度レベルが高いモンスターと戦闘をすることが可能だ。だから八四というレベルは、もしここにクラスティ率いる討伐集団が定数十二名いるのであれば、かなり容易い類だっただろう。このレベル差があるからこそ、クラスティたちは魔獣の攻撃を、回避したり、いなしたりして、ここまで保たせることができているのだ。

しかし一方で、戦闘参加者が定数の四分の一であるというのは、致命的でもあった。

戦闘参加者が何人であっても防御力や回避力というのは、大きく上昇したり低下したりしない。しかし人数によって攻撃力や持久力は大きく変化するものだ。攻撃は手数に比例し、持久力、つまりMPは人数に比例する。結果として引き起こされるのは、鵺を仕留め切れずに、クラスティたちの余力が尽きる——そんな未来だった。致命的な攻撃を避け続けたとしても、疲労やMPの枯渇によって対応手段が削られ、石臼《いしうす》の中の小麦のように碾《ひ》き潰《つぶ》される。


「なんだか思い出してきた！」

「遅いですよ」

「うろ覚えで生きててスイマセン」

それでも朗らかに笑いながら戦うカナミや、ぼやきながらも隙を作らないクラスティに、そんな悲壮感はない。花貂《ファーデヤオ》はハラハラしながらも見守るしかなかった。

「どこの国でも大規模戦闘《レイド》ボスは使いまわしなんだねい」

「——そうなのですかね。花貂《ファーデヤオ》がいうには狼系のダンジョンセットだったようですけど」

「ここのボスじゃないの？」

「さあ、どうでしょう。まあ、不思議はありませんね」

のんきな会話は魔獣の広範囲攻撃で遮られた。

半径数十メートルに達する雷撃の洪水だ。女性武闘家は、どういう理屈だかはわからないが、その奔流とでもいうべき攻撃を躱して、いなした。〈武闘家《モンク》〉と呼ばれる職業能力《クラス》のひとつ〈幽霊歩き《ファントムステップ》〉なのだが、それは花貂《ファーデヤオ》にはわからない。

カナミが乱した流れの隙にちゃっかり滑り込んで被害を無効化したクラスティは、三日月斧で土砂を巻き上げて即席の土塁とする。それを利用したのは犬狼・求聞《ぐもん》だ。

会話には参加できない花貂《ファーデヤオ》だが、違う違う、こんな魔獣は知らない、と伝えたかった。花貂《ファーデヤオ》の知る限り、この〈狼君山〉は、聖地崑崙《こんろん》へとつながり、彼方の声を広げるための仙境だ。守護をしてくれているのは狼君という（ちょうど求聞《ぐもん》のような）巨大な狼で、こんな赤剝けた顔をした醜悪な獣ではない。

「こんなのは知りませんよう」

叫ぶように言えば、聞きつけたのかクラスティは、振り返りもせずに「そうですか」と斧を振りかぶりながら答えた。いつもなにを考えているかさっぱりわからない仙君だが、ずいぶんあっさりと受け入れる。

「じゃあどこから来たのかな？」

「そんなのわかるわけ――ひゃあああ⁉」

いらだった鵺が前足を強く振り下ろし瓦礫が飛び散った。

それらはクラスティの蒼鋼の鎧には傷をつけることもできないほどの些細な攻撃、おそらく魔獣のいらだち紛れでしかなかったのだが、岩陰から身を乗り出して抗議をしていた花貂《ファーデヤオ》にとってはそうではなかった。顔と同じほどの大きさの石くれが高速で飛んできたのだ。

びっくりして飛び退けば、勢い余ってコロンコロンと転がってしまった。

地形も悪かったのだろう。隠れていた岩陰からは崩れた土砂が坂道のように堆積していて、止めるものがない。目が回る動きで花貂《ファーデャオ》は五メートルほどもまろび出てしまった。

貂人族《てんじんぞく》にとってそれはかなりの距離だ。

とっさに岩陰に駆け戻ろうにも、恐怖のあまり立ち上がることもできず、四つん這いであわあわとするほかない。指先に感じた絹の裾にすがって立ち上がろうにも膝ががくがくしているのだ。

「あれは宙《そら》からきたのですよ」

涼やかな声がくらくらする花貂《ファーデャオ》にかかった。視線を上げると、自分がすがっていた裾は女性の衣であったらしい。表情は見えなかったが、濁った甘い香りと声で、声の主は知れた。

「召喚術の概要が崑崙《こんろん》へと送られて、各地には資源に応じた軍勢を送ることが可能になったのです」

それは、その声は、葉蓮仙女《ようれんせんにょ》のものだった。

唇の端に薄い笑みを浮かべ、子どもの遊びを眺める母親のような慈《いつく》しみを持って仙女は花貂《ファーデャオ》にはわからない言葉を紡ぎ続けた。

「崑崙《こんろん》におわす我らが魔女の支配者、西王母が、時計の針を急かしておられる。この地に資格ある者はいないとの仰せ」

仙女は何を言っているのだろう？

天の官吏たる花貂《ファーデャオ》にもわからなかった。

仙君を看病に来てくれた優しい人だったのに。

いや、いまでもその顔は満たされたように優しげだったが、なぜかそうは思えなかった。小さく微笑んだ柔らかな唇が、まるで耳まで裂けた哄笑《こうしょう》のように見える。そんなはずはないのに、寒気が止まらない。

「虹を砕きし浜辺にて、まどろみに揺蕩《たゆた》うかの君は、帰還の夢を見ておられる。コロパティロンが次々と解き放つ時限解放《タイムリリース》の獣を流星のように降らせよとの仰せ」

謡《うた》うようなセリフは、唐突で圧倒的な冷気の前に凍り付いた。

「新たな同胞、エリアスよ。西王母の求めに従い、おのれの執着に決着をつけよ」

ふわりと広げた手に導かれるように現れた青と金色の騎士は、透き通った剣をだらりと下げたまま、戦場へと踏み込んだのだ。

▼4

乱戦になった。

状況を説明するとすれば、三対三の戦いということになるだろうか。

受け手側は〈武闘家《モンク》〉のカナミと犬狼の求聞《ぐもん》、そして〈守護戦士《ガーディアン》〉のクラスティだ。

攻め手側は雷を操る魔獣・鵺《ぬえ》を筆頭に、超高レベル〈刀剣術師《ブレイドマンサー》〉エリアス＝ハックブレード、正体不明の〈古来種〉葉蓮仙女《ようれんせんにょ》。

戦力比を考えればバカバカしくなるほどの劣勢。もちろんクラスティらがだ。

魔獣・鵺は十二人戦闘《ハーフレイド》クラスのモンスターだ。エリアスは一〇〇レベルの〈古来種〉。さらに葉蓮仙女がいる。本来でいえば二十人規模の部隊が必要な相手だろう。

だがクラスティには恐れも不安もなかった。うずくような戦いの熱気と、それ以上に好奇心に突き動かされて三日月斧《バルディッシュ》を振るう。愉快な時間の始まりなのだ。

武力闘争というのは興味深いものだ。

〈エルダー・テイル〉というゲームから始まったこの世界特有の事情なのか、それとも一般的にそういうものなのかはわからないが、さまざまな機微を見せる。

クラスティがエリアスと戦った時、その一対一の戦いの趨勢《すうせい》は、個人の戦闘能力と精神的な駆け引きが握っていた。特に重要なのは、精神の動揺を抑える自制心と、隙を見抜く洞察力だ。実力では劣るクラスティがあの戦いを命を落とすことなく切り抜けることが出来たのは、あの時点においてエリアスよりも精神的優位に立っていたせいだ。

クラスティの持つ〈空を征く瞳《ヒュペリオーン・アイ》〉もそれを後押しした。視界を増やすというこの口伝《くでん》は、清《せい》澄《ちょう》な精神があってこそ真価を発揮するからだ。

　一方で一般的な大規模戦闘《レイド》である二十四人戦闘《フルレイド》クラスの集団戦闘において重要なのは、役割分担と意思伝達、それを形にした連携となる。個人の戦闘能力や冷静さが不必要というわけではないが、それは最重要ではなくなり、他者とのかかわりや普段の訓練が意味を深めてくる。この規模の戦闘においてもっとも重要なのは、戦況に対応した戦術を柔軟に、ひとつの生物のように繰り出せるかという意思疎通そのものだ。

　それに対して今行なわれているような三対三の戦いというのは、ひどく原始的で、めまぐるしく、それでいて油断の出来ないものだった。


「ぐがあっ！」

　耳の後ろを金剛のつま先で高速に蹴りぬかれた鵺は、口内に圧縮された雷球をエリアスに向かって吐き出してしまう。カナミがわざと仕掛けたのだ。エリアスは血走った瞳を怨嗟に沈めながら、水晶の大剣でその雷球を受け流そうとするが、相性が悪い。紫電は水流にまとわりつくように、エリアスの身体を包み込む。高い抵抗能力を備える魔法鎧を身に着けているせいか、大きなダメージを受けるということはないが、一瞬動きは鈍る。

　その隙にまるで弾丸のように突進を仕掛けた求聞《ぐもん》は、下から撥ね上げるような体当たりを加えた。

交通事故のような音を立ててエリアスは吹き飛ばされた。

「どどど、どうしよう⁉　エリエリにあたっちゃったよう」

「わざとやってたんじゃないんですか」

おろおろと取り乱すカナミにクラスティは視線もやらずに応えを返した。

三対三の戦いはめまぐるしい。その様はピンボールのようだ。

一対一の戦いなら自分と敵のことだけを考えればよかったが、三対三の戦いにおいては互いに二名ずつの仲間がいる。連携が発生してしまう。しかし、そこで起きる連携とは大規模戦闘《レイド》のように計算されて訓練されたものではない。どちらかと言えばその場のひらめきで生み出される即興的な要素が強い。

少人数対戦で最も必要とされるのは、戦闘センスだ。

その難しさは、訓練によって精度を高めてゆく大規模戦闘《レイド》に勝るとも劣らない。

そしてそういう戦いに関して、カナミは天性の才能を持っているようだ。先ほどから鴉は戦いにくそうにしている。その攻撃を回避し続けることによって、カナミはヘイトを稼ぎながらも大規模攻撃には敵味方を巻き込まざるを得ないような位置取りを繰り返して、中間距離への牽制を続けているのだ。長い戦闘経験が必要だと思われる行動だが、それらすべてを天然でやっているらしい。

「エリエリがダークエリエリにぃ」

「……」

「さっき『どかなければ斬る』って斬られたんだよ!?」

「……」

もっとも、天然なので言っていることは情けない。相槌を打ってやる気にもならなかった。

肩をすくめて、鬼のいぬ間にと鵺《きと》に対して攻撃を加える。

葉蓮仙女が何らかの支援を企図しているようだが、鵺の身体はワンボックスカーほどもある。その巨体を障害物に見立てて、視線を遮ってやればそうそう攻撃を加えられることはない。膝の回転を用いて〈タウンティングブロウ〉や〈アーマークラッシュ〉などの至近距離に向いた技を叩きこみ、隙を見せずに、魔獣の攻撃の起点を丁寧に潰す。

エリアスとカナミは、相変わらず有効打を相互に与えられぬまま、舞のような戦いを続けている。

カナミのいい加減な説明ではわかりづらかったが、ふたりはここへ至るまでの旅路で知り合った仲間なのだろう。そうであるならば、エリアスはカナミに任せるのが道理というものだ。

エリアスの剣技は身体で味わったが、前回のほうが楽しかった。案の定、安易な狂気など戦力の足しになるわけもない。

とはいえがっかりすることはないだろう。戦場《ブッフェ》にはまだ食べきれないほどの料理が残っている。クラスティは冷静にそう考えて鵺の向こうにいる首魁《しゅかい》に標的を定めた。

鵺もさることながら、自分からは手出しをせずに手札を隠し続ける葉蓮仙女も老練な雰囲気を身にまとっている。

(それとも怯えているのか)

クラスティの視線に反応して半身となり、射線を警戒する仙女にそんな印象を抱いた。ストーブに触れた子供がやけどを覚えたような、それはそんな仕草だった。

クラスティは数百行に及ぶ検討思考を駆け抜けた。

葉蓮仙女の話した内容についてだ。

――魔獣は宙《そら》から送られた。

――各地に軍勢を送ることが可能になった。

――それは召喚術の技術が共有化され資源が整ったから。

――指示は西王母より発せられた。

なんのことはない。

整理をしてみればこの一件を演出したのは自分たちだという、映画の黒幕にありがちな自意識を満たす情報開示でしかない。

つまりは敵だ。

侵略の宣言だ。

クラスティはにやりと笑った。

もはや二割にも満たぬHPの残量も気にかからぬほど朗らかな気分で巨大な三日月斧を振るう。その清々《すがすが》しい爽やかさに、唇の端が吊り上がり、くいしばった歯が覗くことも自制できなかった。

素晴らしい。

助けてやったと恩着せがましくすり寄って来た仙女《おんな》に興味はなかったが、打倒《たお》してもいいとなれば話は全く別だ。解決《くじょ》してしまってもよいというのならば断る道理もない。敵対を宣言してくれるというならば、それは素晴らしい生誕祭の贈り物だろう。

クラスティの奥深い部分が謎めいた振動で知らせる。

葉蓮仙女は「本当の敵」でもあるのだ。

エリアスと対峙した時のように、対戦者としての敵ではない。簒奪者《さんだつしゃ》としての敵だ。奪われた記憶の空洞を吹き抜ける風のような魂の共振がクラスティにそれを確信させた。

仙女とそれに連なるものは、クラスティの私有財産《きおく》を奪った。その確信がクラスティの笑みを深める。彼女が為したのはまごうことなき敵対宣言であり、行為であり、存在闘争の開幕曲だった。

クラスティもまた、この仙女からすべてを奪いつくしてよいのだ。

視界の端では濁ったオーラを噴き上げるエリアスが力任せの攻撃をカナミに繰り出していた。困惑したようなカナミは余裕をもって回避するが、当たらない攻撃そのものが彼自身を深く傷つけているらしい。もはや意味も取れないような獣声をあげて猛攻に移る。

颶風《ぐふう》のようなその連続攻撃を、カナミは身をかがめ、あるいはトンボを切り、籠手で滑らせて何とかしのいでいる。確かに押しているのはエリアスだが、その攻撃に先般の切れは無かった。精神の濁りが技を曇らせているのだ。

なぜ友人であるカナミに敵対を？
↓ 洗脳あるいは催眠、意識誘導。
↓ 問うまでもなく葉蓮仙女による。

簡潔に結論を出してクラスティの興味は途切れた。

意識誘導に対する忌避感《きひかん》があるわけではない。人とは何かにつけて影響を受けてしまう生き物だ。教育とは程度をわきまえて有用性を重視した洗脳だし、主体的な人生というのは自己暗示のたまものでもある。

そうである以上、それを施した葉蓮仙女も惑わされたエリアスも、それをもって邪悪だと弾《だん》劾《がい》したり、弱さを責めるつもりはない。どこにでもある光景であり、それが戦闘の場で起きたということに過ぎない。

しかし一方で、苛立ちや侮蔑感《ぶべつかん》に近いものは感じる。

その気持ちを刃に乗せて解放しながらクラスティは鵺を撥ね飛ばすと同時に、葉蓮仙女に一撃を加えた。

「エリアスを弱くしたのは貴女《あなた》というわけだ」

ヴェールの下で見開かれた瞳と視線が交差して、クラスティはそれを確信した。

弱くなるというのは、それは明らかな悪だ。

洗脳や意識誘導が悪ではなかったとしても、その結果劣化が起きるのならば悪だと断じる。

それがクラスティだった。

仙女に感じる嫌悪感はそのまま歓喜でもあった。

なぜなら、その明らかな悪をなしたこの存在とこれから命をかけた闘争が出来るからだ。


湿った布団に思い切り切りつけたような、濡れた音が何度も響いた。

葉蓮仙女はやはり高度な戦闘能力を持っているらしい。大地から現れる泥の壁がクラスティの攻撃を遮る。それは雷撃の威力を大地に逃がす性質があるらしく、鵺の攻撃に対する鉄壁の防御でもあった。

それを察した鵺は、威力こそ落ちるものの、広範囲に影響を与えるタメの長い雷撃の吐息に攻撃手段を切り替える。一回一回の威力は落ちているためにすぐさま絶命に至るということはないが、回避することは現実的には不可能だ。雷鳴の魔獣は、泥の壁を用いた葉蓮仙女ごと巻き込んで攻撃を仕掛けてきている。HP回復能力を失ったクラスティにとってそれは厄介な攻撃だった。

「たとえ弱くなったとして大英雄は貴方たちの命を刈り取ろうとしている」

せせら笑うような淑女の声をクラスティは鈍器のような籠手を叩きつけることで遮った。

「わたしはハイボクから学んだ。これが採取ではなく狩猟であるということを。あなたたちはタシかにランク三を持たないが強者ではある。あなたたちはあなたたちの剣で死に絶えるのだ」

それがエリアスをこちらへ差し向けた理由なのか。

苛立ちが募るほどに笑みも深くなる。

たぶんこの女性には何もわかっていないのだ。

人生とはつまるところ試すためにある。クラスティはそう考える。

何が出来て、なにが出来ないのか。それは実験だ。生命とは、その実験に用いるためにある。世界には膨大な量の課題がある。それらを解決できるのか、出来ないのか——その答えを知るために人は駆け抜ける。須臾《しゅゆ》の生命を燃やしつくし、まだ見ぬ解答を探す。

もちろん、すべきではない邪悪な実験もあるだろう。しかし挑むというのは人の本質だ。それを否定することはだれにもできない。羽ばたこうとする鳥を籠に閉じ込めるのは簒奪だろう。

狂うのは良い。

しかしその結果、エリアスは出来たことが出来なくなった。彼が長い研鑽《けんさん》の果てに可能とした技術が失われたのだ。その様は寂寞《せきばく》として哀れだ。

その苛立ちが、クラスティの振るう〈鮮血の魔人斧《デモンアックス》〉に力を与えた。

「あなたたちはここで死に絶える」

「それは試さないとわかりませんね」

クラスティはぎらぎらと輝く瞳で睨みつけながらかすれた声で囁いた。

人の生きる意味は、物事の可否を試すことだ。

命はそのための道具である。

それこそがクラスティにとって最大の喜びだった。

己を試すことすら禁じられた幼い檻のなかでそれだけを夢見ていた。

そしてクラスティは「不可能だ」とうそぶく輩《やから》の前で難事を成し遂げ、高慢に見下したその表情が屈辱でゆがむのを見ることが、たまらなく好きなのだ。

今、世界はクラスティに試験の可否をゆだねている。

狂戦士は残りわずかとなった命を燃やし始めた。

　山稜すべてのあちこちで戦闘が突然発生し始めた。

　どこから湧いたかはわからないが、〈常娥《じょうが》〉や〈月兎《げっと》〉というモンスターが虹色の光とともに現れて侵略を開始したのだ。戦っている相手は、主にモンスターである。この〈狼君山〉にもとから暮らしていた〈大狼《ダーラン》〉や〈賢狼《ワイズウルフ》〉といった種と争いになっているのだ。

　山のふもとのほうでは〈冒険者〉の群れもまた、虹色をまとったモンスターと激突しているらしい。春翠《チュンルウ》がいればそれが彼女の属する護衛ギルド〈楽浪狼騎兵〉であるとわかったかもしれないが、峠から見ただけのレオナルドにはそこまでの判別はつかなかった。

　わかるのは、突如この山脈が騒がしくなって物騒になったということだけだ。

　皮肉な話だがこの騒乱がレオナルドとコッペリアのふたりに取るべき道を知らせた。

　騒ぎの最も大きな中心部にこの事件の何らかの手掛かりがあり、そこに恐らくカナミもいるだろうからだ。

　コッペリアとレオナルドは騒乱をたどるように山肌を進んでいった。

　レオナルドとしては、「またカナミがしでかしたんだ。早く行こう」と言わなかっただけ自制出来たなと思っている。

　もっともそんな気遣いをコッペリアが必要としていたかどうかは疑問だった。レオナルドの発言に対して「マスターの存在確率が高いということに同意しまス」とあっさり答えていたからだ。

とにもかくにも、ふたりは戦闘を避けながら、それでも仕方ない場合は撃退し、ところどころでがけ崩れが発生した岩山を上へ、上へと進んでいった。


その広場にたどり着いたのはイーストリバーよろしく花火が打ち上げられたからだった。地元っ子におなじみのこの花火は独立記念日の名物で、メーシーズ（レオナルドはチョコバー欲しさに通ったことはない）が主催している。独立記念日といえば、パレードがひっきりなしに通りかかるのを眺めながらオフィスの屋上へ出て（もちろん仕事なんてするはずがない！）ビールを飲みながらバーベキューというのが、正しいＩＴ技術者の姿であると信じているレオナルドにとっては、恒例行事のそれでしかなかったのだが。

まあ、実際に打ち上げられたのは花火ではなく雷球だったし、派手な騒音はハイスクールのチアガールが行なうパレードではなくカナミだったわけだ。

戦闘音に導かれるように崩落の穴から広間に飛び降りたレオナルドとコッペリアは状況のひどさに立ちすくんでしまった。

独立記念日のだらけた夏の午後を思い浮かべていたレオナルドのショックは人一倍だが、それは自業自得だとあきらめる。花火代わりに大規模殲滅攻撃を次々と打ち上げるのはいいだろう。祝砲代わりだと笑い飛ばすこともできるだろう。パレードがわりに巨大な魔獣と戦っているのもNYM《メッツ》の試合みたいなものだ。レオナルドはこの球団のファンで、チケットが手に入るなら独立記念日を球場ですごすことも多かった。

それくらいの騒動は、カナミと旅をしていれば、そういうこともあるかもしれないと思う。イヤな達観の仕方だが、まあ、あるのだろう。

だがだとしても、それが大規模《レイド》戦闘クラスのモンスターだというのはどうなのだ？　戦っているのはカナミとモンスターである狼だ。とうとう獣にまで手を出したらしい。いやそれは混乱だ。現実逃避が始まっているのだ。

そのうえ、カナミとエリアスが拳と剣を打ち付けあっているのは、意味が分からなかった。

「何やってんだよ！」

「あっ！　ケロナルド！　ちょうどいいところに無事だった？」

「無事だよ。何がちょうどいいかわからないよ。説明してくれ。ドキュメント配布でも良いから」

「いま忙しいんだよ」

「見ればわかるけどエリアスは――」

のんびりとした問答は許されなかった。

瞳を濁らせたエリアスが槍のように構えた大剣ごと突っ込んできたのだ。左右に分かれて回避したカナミとレオナルドの隙間を駆け抜けていったエリアスは、そのまま鍾乳洞の岩壁に激突し、水煙を上げて周囲へと瓦礫を撒き散らした。もちろん、それで戦闘不能になることなどはない。猫背になったままガラガラと水晶の刃を引きずった姿が、飛散して霧のように立ち込める水滴の中から現れる。

「なにが起きてるんだよ！」

「わたしにもわからない。たぶん悪のへんてこビームかなにかで——」

子供か！

そのツッコミは完遂できなかった。

突如発条《バネ》仕掛けのように飛び込んできたエリアスは無数の短剣のような氷の塊をレオナルドにたたきつけてきたからだ。

おそらく、巨大な両手剣を振り回していては、二刀流の〈暗殺者《アサシン》〉であるレオナルドを捉えきれないと思ったのだろう。その攻撃選択は正解だった。しかし、だからと言ってレオナルドもタダでやられてやるわけにはいかない。氷の嵐に火属性の〈幻想級〉双刀〈ニンジャ・ツインフレイム〉を差し込んで、その熱気と炎の威力で相殺《そうさい》を図る。

「エリアス卿の脈拍および色彩に異常が見られます。治癒をご所望で——」

しかしそんな瞬間でもコッペリアはコッペリアだった。

思慮深そうな仕草で小首をかしげ、恐れげもなくエリアスに近づく。

きっとエリアスが何らかの状態異常にかかっていて、それを癒そうとしたのだろう。レオナルドの武器が作り出すフィールドから一歩出たコッペリアは、両者の激突が巻き起こす衝撃波を直接浴びる。とっさに武器を横に振り払ったレオナルドだが、小柄な少女をかばうところまでは届かなかった。

もっとも、侍女服に見えるとはいえ重装甲板金鎧《プレートメイル》を装備するコッペリアの防御能力は、敏捷性に極振りをしたレオナルドの比ではない。氷や飛礫《つぶて》の欠片を軽い金属音だけで跳ね返している。

そのコッペリアの伸ばした手が、払われた。

エリアスが何かに苦しむような瞳で凶暴になりながら拒絶したのだ。

なおも助けようと再び手を伸ばすコッペリアを抱えて、レオナルドは横に飛んだ。

その背後に迫るのは、巨大な氷の断頭台《ギロチン》だ。効率や命中率を無視した、あけすけなほどの必殺攻撃。普段のエリアスなら選択さえしないような大技を、悲鳴のような蛮声とともに解き放つ。

腕の中に小柄な少女を抱えながら、レオナルドはその瞳の中を覗き込んだ。

そこには苦痛に引き裂かれるエリアスの姿があった。

引き歪んだ赤く燃える瞳で武器を振り回す姿は、確かに凶猛だったが、レオナルドには自暴自棄になって離職した同僚を思い出させた。やはりあの崩落の中で垣間見たエリアスは幻ではなかったのだ。

「この――呪い――を――」

おそらくそれははっきりした意思のもとに紡がれた言葉ではなかっただろう。

唸り声に紛れたようなつぶやきだった。

しかしそれを聞いたレオナルドは、なんだか腑に落ちてしまった。

(こりゃ無理だわ)

あっさりとそう思った。

フローと仕様書を小脇に抱えたニューヨーク在住のギークとしてではなく、〈崩落《バイタルダウン》〉と共に青春を過ごしたひとりの男子として、悟った。

エリアスと戦って彼自身を取り戻させるのは、コッペリアやカナミには無理だ。

自分がやるしかない。

レオナルドは自分でも不思議なほどあっさりとその決意をした。

「下がってて。できれば、離れて！」

突き飛ばすように胸の中の少女をカナミの方向へ投げて、その反動を用いてレオナルドは側転をした。ひとつ、ふたつ。空中でひねりを加えたきりもみ回転で、くすんだ灰藍の魔獣を蹴り飛ばし、エリアスのもとへと舞い戻る。

「どおりゃあああああ！」

技はない。

ただ力任せに、広げた腕の中にエリアスを抱えて、NFL《アメフト》のタッチダウンのようにダイブした。

地球世界の生身だったらそれだけで傷だらけになりそうな鍾乳洞の岩肌をふたりで転げ滑り、角度の良いパンチを二、三発交換し合って、身をひねって立ち上がる。

「女には聞かせられない愚痴ってあるもんな」

レオナルドはそう言った。

うん、そうだ。

心の中で彼は大きくうなずいた。

自分がエリアスにしてやれることは、それなのだ。

「気持ちはわからないけれど、そういう時があるのはわかる。それに俺も――」

どちらが接近したのだろう。

糸で引き寄せあうように距離が縮まり、水晶の大剣と炎を吹く双刀ががっしりと噛み合った。

「せいっ！」

保たないと判断したレオナルドはエリアスの腹部に蹴りを入れると、斜めに力を逃がす。刀身を交差させる受けは最も防御に優れる型だが、それでも二メートルに及ぶ〈水晶の清流《クリスタルストリーム》〉を受け止めるには力不足だった。

武器攻撃職としてレオナルドの膂力《りょりょく》は人間離れしたレベルにあるが、方向性としては瞬発力と速度に偏った成長を選択している。比してエリアスは、筋力と持久力をぬかりなく鍛えた万能型の戦士だ。さらにそのうえ、一〇に及ぶレベル差がある。

〈エルダー・テイル〉においてレベル差はかなり大きい。

いかなる状況でも絶対にひっくりかえせないというほどではないが、すべての対峙《たいじ》行動に大きな影響を与える。それは攻撃の命中率、回避率だけではなく、毒や麻痺の抵抗可能性や、実際に与えるダメージを減少あるいは増加させるといった範囲にまで影響を与えるのだ。

〈幻想級《ファンタズマル》〉のアイテムを備えた大規模戦闘《レイド》攻略部隊は、自分たちよりも三から七はレベルの高いモンスターと戦うが、それは入念な準備と戦術を駆使したうえでの挑戦だ。ＰｖＰ《対人戦》で一〇レベルの差といえば、一般的には、戦いが成立しないほどだ。


だがレオナルドはそんな不都合を無視して果敢に攻め立てた。

鋼をこすり合わせるような、あるいは叩き付けあうような鈍い音が響く。

〈ニンジャ・ツインフレイム〉の手続き型《ブロック》効果は、有効な火炎ダメージを与えることができていない。同じように水の流れをまとったエリアスの武器に阻まれているのだ。

「強いな」

肩で息をしているレオナルドはそう告げた。

チーム戦と違って個人《ソロ》での戦いは消耗の速度が段違いだ。特に燃費の悪い〈妖術師《ソーサラー》〉や〈暗殺者《アサシン》〉という攻撃職は、本気で大ダメージ攻撃を繰り出せば、そのMPを数分のうちに枯渇させてしまう。

後先を考えない攻撃で、レオナルドのそれは半分も残っていない。

そこまでしてやっと、何とか打ち合えるのだ。それほどの戦力差を嬉しく思いながら、レオナルドはエリアスをにらみ続ける。

「やっぱ、エリアスは強くないとな」

その言葉が届いているのかどうかはわからない。

しかし、赤く濁った瞳のエリアスは聞き取りづらいほどにしゃがれた声で「お前に何がわかる」とつぶやくと、レオナルドの首を刎ね飛ばすべく、水晶の剣を最後の陽光に閃かせた。

▼6

わからないさ、それは。

レオナルドは激しい剣戟《けんげき》を舞いながら、そう思う。

想像もつかないとは言わない。

しかし、エリアスの苦しみはエリアス個人のものなのだ。

レオナルドはエリアスと旅をしてきたし、その明るさも、愚直さも、隠した悲哀も知っているつもりだ。彼が同胞を失ったことを嘆き、その原因は自分の力不足にあるのだという罪悪感に苦しんでいたことも知っている。

でもそれらは、知っているだけで、わかっているとは言えない。

言えないし、言うべきでもないだろう。

旅の仲間なんて、他人より少し近しい程度の関係だ。


脇腹に焼けるような痛みが走った。

交通事故もかくやというような惨状で緑色のスーツが裂けている。もともとこの防具は隠密性能に重きを置いたものであって、対冷気抵抗はほとんど持ち合わせていないのだ。

わずかに鈴を鳴らすような音。

引き換えに突き出した鋭い刃は、エリアスの首だけをかしげた姿勢で回避されている。白いサーコートの襟をかするだけで精いっぱいだったようだ。

それが今のふたりの間にある戦力差そのものだ。

ＨＰの少なくない割合をおとりに使って、襟足をかするので精々。

確かにエリアスもかなりのダメージを受けているが、それはレオナルドとマッチアップを始める前に消耗していたことが原因だ。

だがその戦力差は、心地よかった。

エリアスが弱かったらもっとずっと悲痛な気持ちになってしまっただろう。

「それでこそエリアス＝ハックブレードだからな！」

言い放った言葉が、まるで実態を持つ雷撃魔法であったように、エリアスは濁った瞳をわずかに見開いた。その指摘がまるで癒えぬ古傷に触れたかのように、手負いの叫びをあげて刃をふるう。

さすがにその攻撃を受けるわけにはいかない。

余波だけで装甲を貫通するほどの衝撃が通るのだ。刃の直撃を受ければ四肢が欠損する可能性すらある。レオナルドは寸前で身を引きながら、自らも双刀を振るう。一撃の大きさで勝てないのならより早く。

「だって、アンタ、あいつらの仲間じゃないか！」

到底届かないだろうと思いつつも、レオナルドは叫んだ。

当たり前だ。それはエリアスの知らない世界のこと。

レオナルドくらいしか語らないこと。

エリアス＝ハックブレードは輝かしいヒーローのひとりだ。

キャプテン・アメリカや無敵のソー、エンジニア魂あふれるトニー、高潔なハル・ジョーダン、ドクター・ストレンジ。綺羅星《きらぼし》のごとく輝く世界最高のヒーローたち。

困難や絶望に際しても決して希望を失わず、気高く無私の心で人々を守る英雄――絶対不屈の意思を持ち栄誉ある殿堂に集う者たちの一員だ。

レオナルドが憧れる、そのひとりなのだ。


「俺はアンタのこと知っていたよ。――〈テケリの廃街〉で出会う前から。ずっと知っていた。エリアス＝ハックブレード！　世界で唯一の〈刀剣術師《ブレイドマンサー》〉。全界十三騎士団のひとつ〈赤枝の騎士団〉に所属する〈エルフ〉の英雄。妖精族に育てられた〈尊き血族《ブルーブラッド》〉。三人のアネモイの想いと共に両手剣〈水晶の清流《クリスタルストリーム》〉を受け取った騎士」

〈エルダー・テイル〉は何もゲームの中だけで楽しまれるわけではない。

広大な世界《フィールド》に散らばる無数のクエストは到底ひとりのプレイヤーが発見しきれるような数ではないので、その情報は共有される。攻略サイトや掲示板、あるいはメッセンジャーによる口伝えで、ゲームの情報はさまざまに伝えられていく。

特に、ＭＭＯ－ＲＰＧの常として、新しく導入されたイベントやクエストは多くのユーザーの間で語られる。エリアスの登場するようなイベントは、拡張パックのメインストーリーにかかわるようなものが主だったから、なおさらだった。

ゲーム開発者の夢を詰め込んだような、典型的な二枚目の英雄キャラクターがエリアス＝ハックブレードだ。長くたなびく金髪にサファイアの瞳。真っ白いコートに巨大な魔法剣。登場するクエストだって百を超える。

〈エルダー・テイル〉というゲームにおいてもっとも有名な登場人物のひとりが、彼なのだ。ほかのサーバーではどうかわからないが、少なくとも北米や欧州などのサーバーにおいてエリアスは〈エルダー・テイル〉のアイコンとでもいうべきキャラクターだった。

そんなヒーローと〈テケリの廃街〉で出会い、ともに旅をした。

それは再び起きるかどうかわからないほどの巡り合わせで、幻想的な旅だった。

「〈冒険者〉の間でだって、エリアス＝ハックブレード、アンタのことは有名だったんだぜ。〈大地人〉の守護者。境界をまたにかけて飛び回る十三騎士団の誇る英雄。アンタと轡《くつわ》を並べて戦った〈冒険者〉は少なくはない。オレたちだって、アンタの噂をしていた」

「黙れっ」

吠え声とともに氷の嵐が襲ってきた。

エリアスの魔力が暴走し、その背中には翼のような氷の盾が生えている。

レオナルドは高揚と使命感に突き動かされて、さらに半歩、死線《デッドライン》に踏み込んだ。

降り注ぐ氷の結界魔術は、短剣というより槍のような大きさでレオナルドを傷つける。断続的に低下していくＨＰの減り方は、グラスのワインをこぼしてしまった時のように急速だ。

「いいや黙らないね。〈闇の城塞〉では〈光の守り手《ライトブリンガー》〉のリーダーとしてエルフを守り、〈竜の巣〉では〈冒険者〉とともに悪竜ザッハートに立ち向かった。絶対無敵の剣技〈妖精剣《フェアリーアーツ》〉を操って、時には〈冒険者〉と対立することもあったけれど、それはすべて〈大地人〉を守るため。間違いなくこの世界の守護者だった」

守護者という言葉がエリアスを打ち据えたようだった。

永遠の悲嘆で凍り付いたような瞳が、レオナルドを見つめ、言葉にならない涙を流しているように見えた。

レオナルドはいま橋を架けるのだ。

エリアスを応援していた何百何千という、気のいいギークたちの好意を届けるのだ。それが〈配達人〉たる彼の使命だった。傷ついて落ち込んでいる、この頭の悪いヒーローに、自分自身の価値ってものを、教えてやらないといけない。

「ちゃんと知ってたよ。赤鼻のルビエンス姫に騙されて幽閉されていたことだって、お話《クエスト》じゃおだてられてしびれ薬を飲まされたってことになっていたけれど、本当は、あの哀れな姫がかわいそうになって、だから薬を飲んで話し相手になってやっていたんだろ？　金色のイノシシ狩りの時、トネリコの槍を宿屋に忘れていったのはアンタじゃないのか？　ちゃんと知ってるよ。オレは……オレたちは……」

もちろん嫌う人もいた。

ゲームはプレイヤーが楽しむものだ。プレイヤーよりも強力で主役じみた冒険が可能だというだけで、嫌う人は嫌う。エリアスの持つ〈刀剣術師《ブレイドマンサー》〉という職業がプレイヤーには選択できない専用のものだったことも、評判を悪くする原因だった。

しかしそれ以上に好かれてもいた。登場当時は傲慢に描かれていた性格も、時を経るにしたがって、温かみや人間性を感じさせるものになっていった。その呪いのせいで、いつも肝心な部分では〈冒険者〉に頼らなければいけないという点も、ユーモラスだという評価を受けた。「エリアスさん」と親しみ（と若干の揶揄《やゆ》）を込めてWebでは呼ばれていた。

もちろんみんなの噂話の中では、からかわれ、同情され、そして笑われていたりした。画面の中から必死に平和を訴えるが、時には「わたしの呪いが不幸を振りまくのだ……」などと悲劇を語ったりもする、少し残念な英雄だ。

でも、愛されていたのだ。

愛する〈エルダー・テイル〉というゲームを代表するキャラクターだ。

愛されないはずがないではないか。

この世界でヒーローを志したレオナルドにとっては、なお。

――あなたにとって彼は、彼女は、どんな人？

コッペリアの思慮深い静かな問いかけを思い出す。

エリアスはレオナルドにとってどんな人なのか。

そんな答えはとうに出ている。


「〈夢幻の心臓〉や〈神託の天塔〉ではさ、一緒にすごしたよ。今となってはどういうことになってるかわからないけどさ、あの侵攻作戦の時、オレも一緒だった。一緒に薄明の長い階段を上ったよ。勝どきだって一緒に挙げたんだ。覚えてないんだろうな。そう考えれば〈大災害〉ってのは正真正銘のクソだな。アンタはオレたちにとってだって、オレたち〈冒険者〉にとってだって、英雄だ」

クライアントの前ではネクタイを締めるいっぱしの技術者《ワーキングソルジャー》として、照れくさくて言えなかっただけ――。

格好いい英雄《カートゥーン・ヒーロー》だ。

当たり前のことを言わせるなよ。

「英雄がなんだ！　この呪いがあるせいで、私は私を求める人々すら救えないっ。同胞さえ見殺しにしたっ。死の言葉にだって――あの響きが私を縛る。すべての〈古来種〉を呪縛しているんだ。この鎖を引きちぎるためだったら」

そう、引きちぎるためだったらなんだってやるだろう。

エリアスの表情は引きつり歪んでいた。度重なる大技の行使でMPが枯渇しているのだろう。笛の鳴るような呼吸を繰り返し、ずぶ濡れになったその顔は、泣いているかどうかもわからない。それほどまでの後悔が、エリアスの中にあるのだ。

その痛みがレオナルドにも伝わる。

こんなにも強力で、高名で、誇り高い伝説の英雄エリアス＝ハックブレード。まともに戦えば鎧袖一触《がいしゅういっしょく》にしかされないその英傑と戦って、レオナルドのHPは残りもはや二十五パーセントしかない。

二十五パーセントから、減らない。

減らないのだ。

エリアスの道は今ここで尽きている。

レベル一〇〇にも及ぶこの〈古来種〉の英雄はたかだかひとりの〈暗殺者《アサシン》〉にすら勝てないのだ。カナミがエリアスとは真剣に戦わなかった、そして戦えなかった理由がここにある。この結果をつきつけることを避けて、千日手になっていたのだ。

「この鎖を引きちぎるためだったら、どんな苦難も引き受けようっ。奪われないために、大地を守るために、エリアス＝ハックブレードは妖精の血だって捨ててみせるッ！」

「ならいいさ！　やってみろよエリアス！　悪役《ヴィラン》は俺が引き受けてやる。――カエルみたいに弱っちい、憧れだけの素人《ワナビー》を、縊《くび》り殺《ころ》して見せろよ！」

奇《く》しくもエリアスとレオナルドの残りＨＰはおおよそ二十五パーセントだった。そのすべてを賭けてふたりは激突した。エリアスの選択した技は、無数の氷の短剣を断続的に発射する〈千丈の水の刃《アクアサウザンドレイン》〉。レオナルドの選んだ技は改良を重ねた〈デッドリー・ダンス〉。

その硬度を下手な金属より高めた氷片を、レオナルドは鋼そのものを振るい砕いていく。砕かれた氷はダイヤモンドダストのように鍾乳洞の光を反射し、あたりを銀世界へと変えた。

紙とペンから、モデリングツールとコードから生まれた友人をレオナルドは讃えた。

夢を預けた相手に憧れて、やがて夢を預かる側になりたいと夢想した。

学生時代、ほんの少しだけゲームプログラマーに憧れなかったといえば、嘘になるだろう。

押し付けなのかもしれないし、役割の強制なのかもしれない。

でもだとしても踏み出さなければ、触れ合うことが出来ないのも確かなことだ。

旅の仲間なんて、他人より少し近しい程度の関係だ。

しかしその距離が親友より遠いなんて誰が決めた？

トゥーン・タウンのパーティーに招かれたのだ。レオナルドはエリアスの友になると決意した。そしてそれは彼にとっては与えられるものではなく、勝ち取るものだった。

無数の攻撃が、空中に冷気と火炎の複雑な軌跡を描く。

ふたりの間でかわされるやり取りは、甲高い響きと虹色の光で紡がれる交響曲だった。

それはエリアスとレオナルドが学ぶべき、新しい世界の旋律で、ふたりのＨＰをわずかに削った。

▶名前：**求聞（ぐもん）**

▶レベル：**92**

▶種族：**子守狼**

▶サブ職業：**なし**

▶HP：**3326**

▶MP：**3326**

▶アイテム1:

［ひだまりの絨毯］

〈草原羊〉の毛をふんだんに使った〈草原の都〉産の絨毯。朱桓が差し入れてくれたもので、求聞の専用昼寝布団として使われている。時折仕事を抜け出した天吏が忍び込んでくるが求聞は黙認しているようだ。

▶アイテム2:

［銀鎖の帯飾り］

花貂たちが倉庫から引っ張り出してきた魔法銀の装飾品。繊細な鎖細工に瑠璃の玉があしらわれた帯だが、求聞は腹ではなく、首に巻いている。混乱耐性を持つ〈魔法級〉アイテムなのだが詳細は不明。

▶アイテム3:

［絶品フルーツの盛り合わせ］

求聞を恐れ敬う山の動物たちが献上してくる果物。なにぶん山からとってきたものなので種類や量は毎回ばらつきがある。これを使ってクラスティがお菓子を作ってくれるのが、求聞の楽しみのひとつのようだ。

CHAPTER. 5

NOT CURSE

［呪いではなく］

〈スコップ〉
土を掘る道具。何かと便利。

▼1

「うぉおおっせい!!」

「いいね、いいね！　ドン賭け倍だね！」

「調子のいい姉ちゃんだなあ、おい！　春翠《チュンルウ》」

「ですが腕は確かかと」

もちろん、葉蓮仙女が戦域から姿を消したとはいえ、戦闘が楽になったわけではなかった。相手は十二人規模《ハーフレイド》戦闘クラスの魔獣、鵺《ぬえ》。葉蓮仙女に付き合ったクラスティと、エリアスとの決戦に挑んだレオナルドを欠いたカナミとコッペリアはたったふたり。敵《かな》うわけがない。

しかし激しい戦闘の魔力光と地形の崩落はこの地に援軍を呼び入れた。

「〈天剣馬娘絶頭断《フェイスフルブレイド》〉!!」

「いいからどんどん接近だ、埋め尽くせ！」

現れた春翠《チュンルウ》と歴戦の雰囲気を漂わせる戦士風の男が、攻勢に出ていた鵺《ぬえ》の脇腹に不意打ちの一撃を加えたのだ。

カナミは戦士職でコッペリアは回復職だ。このふたりでは時間稼ぎはできたとしても、攻撃力が足りず、鵺を討伐するには無理がある。しかしそこに九〇レベルを持つ春翠《チュンルウ》とその仲間たちが加わった。負けはなくなったといえるだろう。

「ところでこの人だれ？」

「〈楽浪狼騎兵《うち》〉の万騎長《ギルマス》、朱桓《ジュホワン》ですよ。そこで合流したんです」

「紅王閥《こうおうばつ》の連中が大規模戦闘《レイド》モンスターにやられたんだ。その後をたどってきたら〈常娥《じょうが》〉だの〈月兎《げつと》〉だの見慣れない怪物が出てきて大騒ぎ。ギルド戦争《ウォー》かと思えば、それよりひでえ」

「拾い食い禁止っ」

重い音を立てて回し蹴りを入れたカナミは何も考えていないのだろうが、コッペリアは推論での補足を試みた。現在交戦中の鵺は外部でも戦闘を行なっていて、その痕跡をたどって討伐部隊が到着したということらしい。その討伐部隊のリーダーは春翠《チュンルウ》の上司に当たる朱桓《ジュホワン》のようだ。

それは幸運だった。

マスター・カナミ率いるコッペリアたち一行はこのユーレッド大陸において情報入手のためのコネクションが極端に少ない。刻一刻と移り変わる社会情勢の中で旅を続けるためには、単純な戦闘能力は当然のことながら、情報や所属勢力の加護が必須であると思い知らされた。

カナミたち（つまりコッペリアを含む）一行と春翠《チュンルウ》のギルドは相互独立関係にあるため、その利害が常に一致する保証はないが、それでも一定レベルの協力は可能だろう。

ただし、朱桓《ジュホワン》と呼ばれた男性の言葉に「紅王閥」という言葉が登場したことには注意を要する。コッペリアの記憶が確かならば（人間的慣用表現だ。コッペリアの記憶は連続し欠如がないため確かではないという事態がない)、「閥」という言葉は政治的なコミュニティを示す。朱桓《ジユホワン》の語調からすれば、春翠《チユンルウ》の所属する〈楽浪狼騎兵《らくろうろうきへい》〉と敵対あるいは対立していた可能性が高い。

このような場合コッペリアの予想《シミユレート》によれば、カナミもその対立に巻き込まれる可能性がある。

しかし当面は保留《サスペンド》して問題はないだろう。

ここで〈楽浪狼騎兵〉と共同戦線を張ることにより、将来、何らかの不利益を被《こうむ》る可能性は否定できないが、現在正面戦力が八十パーセント以上不足しているのも確かなことであり、コッペリアの計算高い部分はこの戦闘だけでも援助を受けるべきだと考えている。

一方、旅の間に芽吹き成長してきた部分では、〈楽浪狼騎兵〉と共同戦線を張ろうと張るまいと結局マスター《カナミ》は何らかのトラブルに巻き込まれるのだから、それを支えるだけであると、諦観とも決意ともつかぬ気持ちを感じてもいた。

決してサンプル数が多いとはいえないが、そもそもの話、ここまでの旅で収集した事例によると、カナミ《マスター》がトラブルと接触する可能性は、他のどんな要素《パラメーター》よりも時間に比例するようだ。つまり単位時間あたり一定の回数のトラブルが派生するわけであり、努力によってトラブルを回避できた事例はない。

戦闘は激しさを増してゆく。

メンバー間の連携が十分に取れていない大規模戦闘《レイド》の場合、まず第一に重要なのは敵の攻撃を一手に引き受ける第一盾職《メインタンク》であり、次に重要なのがそれを支える回復職となる。攻略対象の攻撃を受け止めれば突然の壊滅はなくなるので、その間に攻撃職がどれだけダメージを与えられるかという戦闘の次の段階を考える余地が生まれるのだ。

その意味で春翠《チユンルウ》が呼び入れた〈楽浪狼騎兵〉のメンバーの参加により鵺との戦いはいったん均衡状態を迎えた。

特に春翠《チユンルウ》とコッペリアは高レベルの専業回復職であり、その前線支援能力は大規模戦闘《レイド》でも十分通用する段階にある。

鵺のすさまじい雷撃攻撃に対してもいまは、一か八かのリソースをかけた回避戦略ではなく、専門職の属性防御呪文を前提にした組織的防御体制が構築されかけていた。

「マスター。敵増援です。十六体のモンスターが接近中。遭遇まで二十四秒」

「近いねっ」

「援軍来るぞ、気を抜くな！」

「こっちまで入り込んできやがった……！」

しかし一息つく間もないタイミングで広間には新手のモンスターが現れ始めた。前衛物理攻撃型の〈月兎《げつと》〉と状態異常攻撃をもつ飛行型の〈常蛾《じようが》〉だ。

聞けばこれらの怪物は山麓から突然あふれ出して地を満たすほどの勢いであるらしい。

「地形が複雑になり索敵範囲がとれません。ご容赦くださせい」

「うちのガサツよりぁマシだろ！」

完全な乱戦だ。

大空洞には崩落の影響もあり、いくつもの鍾乳洞が口を開けている。

もしかしたら、いくつもの地下通路が交差し、強度的にもろくなった地帯が一気に崩壊し、付近の地下空洞がつながってしまったのがこの地下空洞なのかもしれない。

鍾乳洞は角度も大きさもさまざまで、とてもではないがすべてを警戒することは不可能だ。

「第二波、会敵。追加九《アッド》」

「うっとい！」

いまもひとつの通路から、汚水で詰まった下水管から一気にヘドロが吐き出されるように、〈常蛾〉の群れが現れる。

マスターが言うように、それは面倒な相手だった。

接近してその鱗粉《りんぷん》を吸い込むとMPが失われる。何らかの戦闘数値《パラメーター》を参照しているのか、喪失するMPはさまざまで今のところ致命的ではないが、累積すれば無視できないリソース不足となるだろう。

目下のところ、なぜか強い耐性を有する〈武闘家《カナミ》〉が突進して迎撃を行なうのがもっとも効率のいい対抗策だ。

しかしそれは、ある意味この広間に足止めを喰らうことであり、そのマスターのＨＰ管理と対鵺《ぬえ》大規模戦闘《レイド》を考えれば、コッペリアもまたこの場を離れることはできなかった。

このように敵が波状攻撃を繰り返す大規模戦闘《レイド》においては、一般的な事例と異なり、物理／魔法の攻撃職が重要となる。とにかくダメージを与えて敵の数を減らしていかないと、どこかで盾職が持ちこたえられなくなるからだ。

戦闘は複雑さを増して、より熾烈《しれつ》になっていった。

それに加えて、遠くからは巨大質量が激突するような重低音も響いてくる。この山麓ではコッペリアの知る限りほかにも二つの決戦が行なわれているのだ。

反響速度と減衰からそれらの戦いがこちらには影響が及ばないほど遠いことは認められるが、コッペリアの心には焦燥感《クラスタエラー》が生まれていた。

敵は次々と現れる。

それはまるでこの〈狼君山〉が魔に侵食されて、魔物の群れを孕《はら》んでしまったような有様だった。


マスターによってクラクンと呼称された青年についての知識はないが、青年が引き受けた女性型モンスターは〈治療の典災《ジーニアス》パプス〉である。姿かたちこそ変わったが、タグストリーム《カイトレ》か《カイトレ》らその可能性はほぼ断定できるほどに高い。出力が上がっているようだが、たとえそれが旧来のままだとしても、その戦闘能力はコッペリアとマスター、そしてエリアスの合計とほぼ等しいはずだ。ひとりの〈冒険者〉が相手をするには無理があるだろう。

コッペリアの治療を拒絶したエリアスも心配だ。戦闘能力の低下は観察されなかったが、あの状態は明らかなバッドステータスの影響下にあるように思える。コッペリアの〈キュア〉によって回復するかどうかはわからないが、放置してよいわけがない。

コッペリアは〈施療神官《クレリック》〉である。回復魔法の専門家として仲間の体力と状態を管理することに責任を負っており、むしろ「責任」を超えて存在意義だといってもよい。

「マスター。エリアス卿の状態は異常でしタ」

「うん」

「援護に行かなければ」

「そうなんだけど――っ」

コッペリアも両手の盾を前面に構えて〈ホーリーシールド〉から〈パニッシャー〉で攻撃を行なう。太陽の輝きを宿す盾から光属性の魔法を投射するこの特技は、コッペリアの持つ中でも最大に近い威力を持っているのだが、悲しいかな〈施療神官《ヒーラー》〉なりの最大でしかない。何体かの〈月兎〉の目をくらませたようだが、突破口を開くには程遠かった。

そうして貴重なMPを投下してこじ開けた敵の隙間も、第六波の増援で埋め戻されてしまう。コッペリアはあくまで冷静に食いしばられた奥歯を緩め、巨大な鉄鋼の盾をたたきつけた。

レオナルドが危機に陥っていると予測機能が警告を発する。

コッペリアの概算だが、エリアスの攻撃力、持久力、防御力などの総合的な戦闘能力は、レオナルドの百四十パーセントに達する。少なく見積もっても、だ。身体の制御を失った暴走状態のエリアスと戦えば、レオナルドはあっという間にその命を失ってしまうだろう。

エリアスは多少特殊だが、それを考慮に入れてもふたりは共に〈物理攻撃職《メレーアタッカー》〉に分類《カテゴライズ》される能力を持つ。〈物理攻撃職〉同士の戦いの特徴は、拮抗《きっこう》状態にある間は圧しつ押されつだが、それが崩れた時、あるいは臨界に達したとき、両者のＨＰが一気に消耗され決着に至るところにある。

ぱらぱらと小石が天井から落ちてきた。

方位北六百メートルほど離れた地表に近い場所で、エリアスとレオナルドの戦闘が継続中なのだ。それはわかるものの、この距離では両者のステータスやＨＰを確認することはできない。戦闘時間から逆算すれば、レオナルドの命は今この瞬間に失われてもおかしくはないのだ。

「マスター」

「大丈夫」

カナミは振り返らずに告げた。

「ケロケロが『下がってろ、これは俺の獲物だ！』って言ってたんだから」

そのような事実はないとコッペリアは指摘したかったが、不思議と思考空転《ループ》による演算能力の低下が減少したようだった。

「もう少しでこっちも押し切れる。まずは鵺を倒す。――そしてケロケロとエリエリと。ついでにクラ君を迎えに行こう」

「はい。マスター」

だが、その瞬間は思いのほか早くやってきた。

切断したかのように一気に戦闘の喧噪が遠のくと、いままで雲霞《うんか》のごとく押し寄せてきていた敵の増援が途切れたのだ。

圧力が弱まる。それは間違いなく攻勢のチャンスだ。

訪れた静寂は遠くで行なわれていた戦闘の終結を知らせていたが、顔を見合わせたコッペリアとカナミは、一気に鵺を倒すべく突撃の姿勢をとるのだった。

▼2

死の気配が濃厚に立ち込めている地下空洞で、クラスティと葉蓮仙女《ようれんせんにょ》はじりじりと移動しながら戦闘を続けている。

鵺《ぬえ》の近くにいてはその巨体を障害物として利用されてしまう仙女は、クラスティへの射線を確保するために戦域の移動を求め、一対一の状況を作り出せることからクラスティもそれに応えた。

「呪われた民が――よくしのぐ」

「全力でお相手できないのは不徳の致すところですね」

クラスティは薄く笑う。

言葉通りの気持ちは、ある。

今この瞬間も、クラスティは死の淵へと刻一刻と近づいている。

もともと〈守護戦士《ガーディアン》〉は守備力に秀でたクラスだが〈回復職《ヒーラー》〉のようなHP回復能力は持っていない。

もちろん、クラスティが選択した成長方針《ビルド》スカーレットナイトのような例外もある。盾を持たず、かわりにHP吸収効果のある両手武器――〈鮮血の魔人斧《デモンアックス》〉をメインウェポンに据え、HP吸収効果のある特技を中心に戦うことにより、〈戦士職〉では本来不可能なHP回復を実現するのだ。

より大きなHP回復能力を得るためには、比例元となるダメージを増加させなければならず、そのために両手武器を選択することが多いこのビルドは、必然的に盾という防御装備を失うことになる。つまり、このビルドの成立する要件は、HP回復効果による疑似的な耐久力の上昇が、盾を失うことによる防御力低下を超えていることだ。

対して現在のクラスティはその呪いの効果「回復呪文および施設、物品などの手段によるHPの回復は不可能になる」により、HP回復が禁じられた状態にある。つまり、現在のクラスティのスカーレットナイト・ビルドはHPが回復できないうえに盾の防御力を利用できない、何のメリットもないでくの坊でしかないのだ。

もちろん、両手武器の高い攻撃力は利用できるが、それはそれだけのこと。攻撃力を高めたとしても専門の、たとえば〈暗殺者《アサシン》〉には遠く及ばない。

「〈スカーレットスラスト〉ッ！」

クラスティの繰り出す攻撃が深紅の輝きをもって、葉蓮仙女の繰り出す三条の蛇のような触手をまとめて叩き切る。本来であれば、その赤いオーラは敵のHPを奪いクラスティへと還元するはずだ。しかし、先ほどからその効果の発動はない。

「またひとつ」

たたき落とし損ねた触手が足下から伸びてきて、クラスティの腰部装甲をはじいた。貫通するほどではないが衝撃は残り、HPがまたわずかに削られる。残り十七パーセント。

先ほどからその繰り返しだ。

さらに悪いことに、葉蓮仙女の攻撃にはクラスティの代名詞ともいえるスカーレット・ビルドと同じようなHP吸収能力があるらしい。クラスティに攻撃を加えるとともに、せっかく与えたダメージをじわじわと回復していく。すぐさま無傷になるというほどではないが、彼女が被った被害を軽減することは可能なようだ。つまりそれは、葉蓮仙女のＨＰは見かけ以上のボリュームを持つということでもある。

今のクラスティはハンデを背負っているし、決して強くはない。

だがそれと勝敗は別だ。

このようなことを戦闘をつづけながら考えていられるということそのものが証左といえるだろう。

（見えてきたこともある、か）

仙女――おそらくはこの地を狙う侵略者の思惑とでもいうべきものを、クラスティは察する。それは、あるいはアキバに縛られている〈円卓会議〉の面々よりも進んだ理解だったかもしれない。

彼女たちは要するに簒奪者《さんだつしゃ》なのだ。

この地にあふれる魔力ともエネルギーともいえるものを狙ってやってきた外来種だ。超常の力をふるい、その戦闘能力は大規模戦闘《レイド》モンスターに匹敵する。そして知恵を持ち、セルデシアを狙っている。クラスティが直感したのは大航海時代から新大陸発見を経る欧州列強諸国のふるまいだ。それはさほど外れていないと考える。

この世界をいいように左右するほどの武力を持ってはいるのだろう。

だがクラスティは餓狼のような笑みを浮かべて斧をふるった。

勝敗など考えもしない。考える必要がない。

アクセス可能なリソースが必要だ。

投資せよ。

胸の中心部に存在する《イメージ》ゲートに起動を命じる。

クラスティの印象においてはドーリア式の円柱を持つ、壮麗な神殿の門とでもいったような風情だ。彫刻で埋め尽くされた大理石の扉の奥に、液体状の光が渦巻く泉がある。そこにクラスティが記憶をくべれば、虹色の輝きが生《う》まれ出《いず》るのだ。この技術は、記憶をエネルギーに変換するもの〈追憶の断裁《ムネモシュネ・タブー》〉という固有名称が脳裏に浮かぶ。

記すべき単位を持たないエネルギーなのでその変換効率を表現することは不可能だが、クラスティの主観においては持てあますほどだ。ほんの小さじ一杯ほどの――たとえばつまらないパーティーのマティーニの味や、運河沿い《アムステルダム》の散歩道で不意に巻き付けられたマフラーの肌触り、忌々しげににらみつけられた親族の視線――それらをくべるだけで、数千、数万のMPが手に入る。

クラスティはすぐさま〈タウンティングシャウト〉から〈オンスロート〉での大規模範囲攻

撃を行なった。

〈エルダー・テイル〉においてMPは希少性の高いリソースだ。非戦闘状態であればさほど苦労せずに急速に回復するが、戦闘下では一分当たり数十点のオーダーでしか回復しない。クラスティほどのレベルと装備をしてそれなのだ。〈付与術師《エンチャンター》〉や〈吟遊詩人《バード》〉の支援を受けない戦闘においては、ほぼ回復しないリソースだと考えて間違いない。

その貴重な資源が胸部中心のマイクロゲートから身体中にあふれ出す。その速度は一秒毎に数万点のオーダー。MPが最大値から変動しない。余剰回復分だけで消費分をオーバーしているため、最大値から減らないように見えるのだ。それどころか、身体の各所から虹色の揺らめきが立ち上り、攻撃力や防御力、さらには特技の〈再使用規制時間《リキャスト・タイム》〉といった戦闘において重要な要素まで強化されているようだ。

空気を焼く勢いをもって振るわれた鋭刃《えいじん》は葉蓮仙女に着実なダメージを与える。

二合、三合と打ち合わされる硬質化した触手とクラスティの振るう武器。

〈エルダー・テイル〉時代の〈守護戦士《ガーディアン》〉ではありえなかったような秒間ダメージ出力《DPS》に、仙女の美しい顔が驚愕にゆがんだ。

「この斬撃は!?」

「余興の芸ですよ」

すました声で答えながらも、クラスティは凄惨な笑みを隠さず突進する。体当たりのような接近豪打で相手の反抗を封じ、攻撃そのものを防御となすラッシュにつなげた。この状況であればMP枯渇の心配はしなくてもよい。燃料はいくらでもあるのだ。

驚きに硬直していたのもつかの間、仙女は必死の防戦を始めた。

この局面における戦闘は、むしろ、すべてが攻撃であり防御だった。受け流しや回避といった技術は用いられない。片や巨大な斧で、片や袖口から生まれる無数の触手で、ただひたすらに手数を重視した攻撃のみを打ち付けあうのだ。防御といえるものは、互いの攻撃に対する攻撃のみ。撃ち落とし損ねた攻撃が、相手に届く。

そのような熾烈な嵐の中に、頬から血を流すクラスティは嬉々として身を投じた。

彼の手の中で葉蓮仙女が死滅《課題解け》しようとしていく。勝利、あるいは敗北という結果に可能性が収斂《しゅうれん》してゆく。その道程の一歩一歩が快楽だった。クラスティはいま、新しい結果《果実》を手に入れようとしているのだ。

「なぜ、何故!?」

だがそれを良しとしないものもいた。

攻撃を交わし合う当の葉蓮仙女だ。

彼女は悔し気に歯ぎしりすると、まるで無防備な背中をくるりと向けた。女性の柔らかな曲線に躊躇《ちゅうちょ》したというわけでは決してないが、クラスティの猛攻に一瞬の間隙《かんげき》が生まれる。未知の反撃を警戒した結果だ。

果たして仙女の反撃はあった。

粘着質の音を立てる灰色の触手が葉蓮仙女の足下から津波のように現れて、一気にうなりを立て迫る。

だがその方向はクラスティではない。

角度をそらして岩陰に殺到し、ぽかんとした表情で彫像のように立ちすくむ花貂《ファーデヤオ》を目指して突き進む。引き延ばされたような時間の中で、花貂《ファーデヤオ》は何かを叫ぼうとしたらしい。

⬇攻撃を妨害。

⬇無理。

⬇〈カバーリング〉でダメージを代替。

⬇射程超過。

咄嗟《とっさ》にかばおうとしたがクラスティには不可能だった。

〈守護戦士《ガーディアン》〉の仲間を守る戦略は敵愾心《ヘイト》をコントロールすることが主流であって、仲間に及ぶダメージを直接かばったりする能力は〈武闘家《モンク》〉に遠く及ばない。この場に〈武闘家《カナミ》〉がいれば話は違ったかもしれないが、彼女は視界内にはいない。移動を続けながらの激戦が戦場を分かったのだ。

花貂《ファーデャオ》と視線が合うと、彼女は困ったような、謝罪するような表情を見せた。次の瞬間、濁流のように押し寄せる灰色の波にまみれて見えなくなる。

非戦闘型の亜精霊に過ぎない貂人族《てんじんぞく》にとってそのダメージは巨大すぎる。致命傷にしかならない。

だが、そうはならなかった。

犬狼の求聞《ぐもん》が流星のように飛び込んできたのだ。

駆けつけるためにすべての能力を振り絞ったのだろう。鉄壁の守りを見せていたその俊敏さがあれば、葉蓮仙女の攻撃を回避することはたやすかったに違いないにもかかわらず、求聞《ぐもん》は花貂《ファーデャオ》を救うために無防備なわき腹をさらした。聡明な判断を下した賢い狼は、己《おの》が保身よりも速度を選んだのだ。

その代価は命となったとしても。

瞳に深い理解の色をたたえた狼は、驚くほどの血を流しながら、花貂《ファーデャオ》の首筋を銜《くわ》えると、ひと飛びのもとにクラスティの足下へ駆け戻り、彼女を降ろし、満足そうに低くうなり、身を横たえた。

そして、優しく光る虹色の光の泡になった。

貴方の求める難問は世にあふれていますよ。

貴方の世界《かだい》が簡単なのは、貴方が世界《たから》を求めていないから。

もう少し欲張りになったほうがあなたの周囲は幸せになるとわたしは思いますね。

能力のある人はそれ相応に欲深くあるべきでしょう？　ね、我が主《ミロード》。

――落ち着いた声が聞こえた気がした。

泡は天へと向かい、残されたのはほっそりした指先を持つ切断された女性の腕だ。〈D.D.D〉の制服の一部に包まれたまま、肩先に近い場所から切り落とされた、それは[redacted]の腕だった。

▼3

求聞《ぐもん》の生命を吸い尽くし、大幅に体力を回復した葉蓮仙女は嫣然《えんぜん》と笑った。

クラスティの残りＨＰはわずかに八パーセント。

比して葉蓮仙女のＨＰは六十パーセントを超えてなおも回復を続けている。

それは勝利を確信するに十分な格差だった。たとえ〈追憶の断裁《ムネモシュネ・タブー》〉でほぼ無限のＭＰを手にすることができたとしても、ＨＰの回復手段のないクラスティがここから再度逆転する可能性は皆無だったろう。

「驚かされました」

「……」

「あなたは覚えていないでしょうが、さすが天帝、王母が甥御にと求める〈冒険者〉。――改めて聞きますが、我らに降《くだ》るつもりはやはりありませんか？」

「牧羊犬の真似事をしろと？」

「犬の中では裕福な暮らしを保証しましょう」

クラスティはその言葉に涼やかな表情のまま、笑いをこぼした。

滑稽な女性だ。

犬に話しかけていると告白しているのに気がついているのか？

あるいは相手が犬であると信じたいのかもしれない。

まともな返答をするのも面倒だった。

「虎の牙を持つ〈魔女の典災《ジーニアス》ブカフィ〉でしたね」

「っ!? ――まさか記憶を」

カチリ、と何かのピースがはまるのと、血の流れが加速して激流になるのは同時だった。クラスティは理解の快感をその瞳に宿して、不敵にほほ笑む。

奪われる、という現実が回路を結線したのだ。

ゲートに思念上の腕を肩まで突き入れて、内臓のように暖かい虹の海をまさぐった。呼気が震えるような熱の正体は複雑な感情だ。愉快でもあるし、苛立ちもある。歓喜と怒りが同居している。

名づけがたいが熱量だけはあるその気持ちのままに、引きちぎるように奪い返してゆく。

「呪いはっ——貴方の呪縛はどうなったのですか⁉」

「解呪したわけではありませんよ」

クラスティが浮かべたとおり、その半透明のウィンドウには呪《バッドステータス》いが浮かんでいる。

——〈魂冥呪《こんめいじゅ》〉。

——HPの自然回復は停止する。

——回復呪文および施設、物品などの手段によるHPの回復は不可能になる。

——念話機能は停止する。

——サーバーを越境しての移動は不可能になる。

——記憶は失われる。

だが。

「失われた記憶を取り戻してはいけないと、そんな記載はありません」

その言葉通り、新しい条件が染み出るように追記されてゆく。

色を失い狼狽した仙女にクラスティは獰猛《どうもう》なる笑みを返した。

虹色に溶けていた記憶はゲート越しに回収した。取り戻してみれば、なぜその記憶を選び手放していたのかも明白になる。クラスティは自分自身がそれを取り戻すと予見していたのだ。

奪還の確信があるから融資担保に差し出した。

いずれ戻ってくるとわかっていたから安心して一時的に預けたのだ。

〈七つ滝の城塞《セブンスフォール》〉近くの山中において〈災厄《カラミティ・ハーツ》〉の暴走に巻き込まれたクラスティは、虹の海に浮かぶ絶海の孤島、崑崙《こんろん》にたどり着いた。その島で出会ったのが異形の魔女ブカフィだ。隷属を求められたクラスティだがそれを断った結果、戦闘能力のほとんどを奪うような呪《バッドステータス》いをかけられて、ユーレッド中央の荒れ地に放逐《ほうちく》された。ブカフィと邂逅《かいこう》したという記憶すら奪われて。

それがクラスティがこの地にやってきた背景だ。

だがその記憶は今やクラスティの手元に戻ってきている。

騒がしいギルドのお目付け役やおませな妹、頼れる副官、そして無鉄砲な怠惰姫の記憶と共にだ。空隙《くうげき》に流れ込むそれらの情報に、仙女に対するものとは異なる小さな笑みが浮かんだ。

自分の浪漫主義に苦笑に近い思いが溢れたからだ。

記憶やつながりがあったとしても得られる利益はたかが知れているが、だとしてもクラスティは自らの一部《きおく》を差し出して喜ぶような性癖は持ち合わせていない。

身のうちに燃える敵愾心《てきがいしん》の原因も判明した。

自分はすでに崑崙《こんろん》において敵の首魁《しゅかい》と対峙《たいじ》していたのだ。記憶を取り戻した今では明確にわかる。こちらを見下しのこのこと簒奪に現れた女妖はすでにクラスティの中では殲滅対象だ。許すつもりは全くなかった。

目の前の葉蓮仙女《パプス》も西王母《ブカフィ》も。クラスティとその記憶に弓引く輩《やから》は、すべて敵である。記憶が明らかになった今、その真の名前もステータスウィンドウに表示されている。彼女の擬態の限界がそこにあるのだろう。

おそらく葉蓮仙女とその一党は、〈大災害〉の謎にさえ繋がっている。

世界の現在に対して有用な情報を持ちあわせてもいるのだろう。

だがそれは彼らを生かす理由には微塵《みじん》もならなかった。

「記憶が戻った程度でっ――――状況は何も変わらぬではありませんかっ」

「その通り」

だがそれがどうしたというのだろう？

最初から状況など歯牙にもかけていないクラスティだ。

大事なのは結論が出るということ。そしてそれを求める動機。

一呼吸の間合いを圧縮し、血の代わりに虹色を撒き散らす斧を叩きつけた。もしにゃん太が見ていれば、〈冒険者〉の限界さえも超えたその動きにカズ彦と同じものを感じたかもしれなかった。だがいま、クラスティは生誕の歓喜に震え、歌声のように刃を振るう。

崑崙《こんろん》がどこにあるか、クラスティは直感的に理解していた。

天の彼方である。今のクラスティでは手の届かない場所だ。

だがそこに敵がいて、それを滅ぼすと彼は決意した。

故にそこに至り牙を突き立てるだろう。

自分は生涯手に入れられないのではないかと疲れ、倦み果てていた、それは課題《敵》だった。

諦めろと囁いた人々は、常に鴻池晴秋《こうのいけはるあき》に親切で言ってくれていたのかもしれないが、クラスティを慕ってくれたわけではない。

だが、クラスティを慕う人々は望め、と言ってくれた。妹も、高山も、リーゼも。孤猿やリチョウも。思い起こせば古くは櫛八玉《くしやたま》も。レイネシアはその身を炎に投げ込む覚悟で、望むということを示してくれた。たとえ自身の能力ではかなわぬとわかっていることであっても、あの強情な姫は望むことを諦めなかった。

クラスティが諦めた周囲への期待を、もろく破れ去るかもしれないということがわかったうえで、なおすがったのだ。それは弱さではなく、気高さだった。

あの夜クラスティは気高さ《それ》を見たのだ。

冒険をするなら異国へ転移したこの状況は願ってもないものではないか。敵も仲間も、難関も宝も、この白い大地には確固として存在するのだ。

思えばシロエやアイザックは、そして北へ去ったウィリアムでさえも、この大地の上に己を刻み込もうとしていたではないか。

鴻池晴秋《クラスティ》は今、正《まさ》しく自由である。

その実感が腕や足の関節にすぐにでも駆け出したいような活力を吹き込んだ。

もちろん、ヤマトへは帰らなければならない。〈D.D.D〉は居心地の良い場所だ。それは意識することはなかったにせよクラスティの宝だ。奪われるつもりはない。

だがそこにたどり着くためにはすべての敵を倒す必要があるようだ。あるいは迎えが来るほうが早いかもしれない。


クラスティの中で静かに降り積もる無色の怒りに気圧《けお》されたのか、葉蓮仙女はよく通る声で指令を下した。何もなかったはずの空間に虹色の泡が集い、そこから何体もの巨大蛾が現れてクラスティに襲い掛かる。

「その程度――」

クラスティは斬った。

いまや巨大な両手斧は紙細工のように軽かった。いや、四肢そのものが無尽蔵の活力に満たされてクラスティの意思通りに敵を屠《ほふ》った。まるで脱皮したかのように、空気の流れすら新鮮で、鋭敏になった神経は敵の動きをやすやすと捉えることができた。

「召喚されし月の軍勢は無限。いかにあなたが常識外れであったとしても、この数にどう抗しますっ？　ましてや貴方の生命はもはや風前の灯火」

焦った仙女は矢継ぎ早に侵攻を命じる。

太った腹を揺らしてユーモラスに襲い掛かる〈月兎〉を数匹まとめて引き付けると、クラスティはその勢いのままに兎の振るう杵《きね》を撥ね飛ばす。

マイクロゲートを操作しながらも、クラスティは無心に間合いを詰めた。

半歩、そしてさらに半歩。

重い音を立てる三日月斧が、とうとう仙女の束ねた触手を深く傷つけた。

剛力で切り飛ばしたその触手が虹色に変わり、斧に吸い込まれて赤い脈動に変わる。それは失われたはずのＨＰ吸収能力だ。

「――っ⁉　あらゆる方法での回復が封じられたはずでは」

「穴だらけなんですよ。あなたがたの呪い《けいやく》なんて」

クラスティが視線を走らせる半透明のウィンドウ。〈魂冥呪《こんめいじゅ》〉の表示には赤く輝く文字が追加されてゆく。「ただし記憶の再獲得は可能」「ただし〈典災《ジーニアス》〉のＨＰを奪うことは可能」。

人生という演算装置《カリキュレーター》は生命で駆動する。

その原理を用いる虹色の水晶湾は、クラスティにとって接続しやすい外部演算装置ですらある。虹のエネルギーを再利用して呪いに追記をしているのだ。

従軍天幕の中でシロエがぽつぽつと説明してくれた記憶が再生される。

〈契約術式〉と彼が呼んだ技術の概要と可能性だ。

その要訣《ようけつ》はリスクコストや報酬と契約行為の重さを釣り合わせることにある。〈幻想級《ファンタズマル》〉の素材をはじめとする莫大な費用は、契約によって得られる効果を保証するために消費され、互いの合意が発火のキーとなるのだ。

「何を言っているのですか……？」

「あなたにはわからないかもしれませんね。簡単にいえば、やり過ぎたんですよ。あなたの主は」

そうなのだ。

シロエが世界の根底から発掘したのは均衡の思想だ。

〈契約術式〉でかなえられる望みは、考えられる限りありとあらゆる範囲に及ぶだろう。恐ろしく強力な、願いをかなえることに特化し、それしか考えていない、シロエそのものともいえる口伝《くでん》。しかしそこには明確な限界も制限も存在する。そのひとつが、契約書を作成するために費やされるコストだ。

〈契約術式〉の契約書は専門に作成されねばならず、そのためには願いの規模に応じた高額の素材が必要とされる。それこそ〈幻想級〉のような、だ。さらには作成のためにも、契約締結のためにも、同レベル最大級の容量をもつシロエのMPの多くの割合が失われる。願いをかなえるためには代償が必要なのだ。そしてそれは願いと釣り合っていなければならない。さらに〈契約術式〉が効果を及ぼすためには、当事者の同意と署名を必要とする。シロエはたしかにゴルディアスの結び目を解く剣をもつが、それを振るうためには相手の納得が必要とされる。

〈契約術式〉は万能の魔法ではなく、むしろコストパフォーマンスの悪い、不器用で迂遠な手法だ。それがシロエの話を聞いてクラスティが受けた印象であり、おそらくシロエの本音でもあっただろう。

翻《ひるがえ》って〈魂冥呪《こんめいじゅ》〉は確かに強力だ。そのペナルティの悪質さは、死からの復活が存在するこの世界において、むしろ死そのものよりも攻撃的であるとさえ言えるだろう。

その効果は大きく、大きすぎたのだ。

それは攻撃者にとっては都合が良すぎ、クラスティに不利で有り過ぎた。

〈契約術式〉と比べるならば、コストパフォーマンスが良すぎ、対象の同意を必要とせず、一方的でありすぎた。同じ世界の魔法技術として、ありえないほどにかけ離れていた。

それが〈魂冥呪〉の脆弱性《ぜいじゃくせい》なのだ。シロエが語る〈魂魄理論《スピリットセオリー》〉の均衡世界において、その圧倒的な効果《エフェクト》は極めて不安定だ。

クラスティが同意をしていればともかく、一方的な押し付けでしかないそれが、いままで曲がりなりにも効果を発揮していたのは一五〇レベルというかけ離れた上位者〈魔女の典災《ジーニアス》ブカフィ〉のMPで厳重に焼き付けられたからに過ぎない。しかし今のクラスティには、たとえ倍するレベルの上位者からだとはいえ、MPだけで言えば対抗できるだけの手段があるのだ。


信頼があれば。

また対等であれば。

せめて合意さえあれば。

決して破れなかったであろう〈契約《のろい》〉を、クラスティはやすやすと引き裂いた。理不尽に従う可愛気はクラスティには欠片もない。

半ばパニックに煽られ鋭い鉤爪を突き出してくる葉蓮仙女の腕を鉄塊のような籠手で握りつぶし、力任せに振り回せばそれはちぎれ飛ぶ。

クラスティは一切の容赦もせずに、即座に〈アーマークラッシュ〉を放ち、仙女の腕を構成する物質ごと消滅させた。これで葉蓮仙女も高山同様片手になったわけだ。今のクラスティの攻撃は、横溢するMP《エンパシオム》ですべてが魔力的に強化されている。

「なっ。そんな無法が許されると――」

「他人の記憶を奪い傀儡《かいらい》に貶《おとし》める貴女に言われたくはありませんね」

勝ちすぎる危うさもわからぬから二流以下なのだ。

クラスティは全身の神経をかきむしる痛みに微笑みを浮かべた。その痛苦は勝利のために必要なコストだ。圧倒的な勝利も、圧倒的に有利な契約も、一方的な搾取もいらない。それらはたとえ一時的な勝利につながったとしても、持続可能な勝利へはつながっていない。

クラスティが望む薄氷の勝利は、クラスティが勝ちすぎないために、そして勝ち続けるために必要な現実なのだ。


凍える風の苛烈さを以てクラスティは傷を仙女に刻む。ひとつ、またひとつ。

クラスティと仙女のHPが近づき、拮抗し、等しくなる。

「一敗地《いっぱいち》に塗《まみ》れたわたしは〈冒険者〉と〈古来種〉について学んだのですっ。エリアスを堕《おと》し、あなたを絡めとり、確かな勝利をこの手にしていたはずなのに――。油断はなかった、あなた方の暴力性はよくわかっていた。なぜ、なにゆえ……」

その時点で油断だろう、とクラスティは思う。

相手の暴力性しか評価に含めない時点でどれだけ手を抜いているのだ？

ガラス玉でマンハッタン島でも買うつもりだったのか。

葉蓮仙女《パプス》を一度破ったのがまさにカナミ一行であったことをクラスティは知らない。知れば対応が変わるというものでもない。この時も、葉蓮仙女の敗因を説明してやろうとは思わなかった。

戦闘中でありながら、ただ肩をすくめただけだ。

いつしか、周囲には虹色に染まりつつある〈月兎〉と〈常蛾〉の死体が積み重なっている。

ふたりの戦いの余波により、彼らは一矢《いっし》さえ報いることなく屍《しかばね》となったのだ。

仙女の期待していた軍勢もどうやら種切れのようだ。


「思い違いでしょう」

皮肉そうな声で告げるとクラスティは告死の一撃を振りかぶる。

引き延ばす価値もない。

無数の可能性が今まさに闇へと消えていった。

物事の経路が収束していき、結果がひとつに統合されていく。

解答《終わり》の時間が来たのだ。

「わたしは絡め取られたわけではなく骨休みをしていただけですし、彼《エリアス》は道に迷っていただけでしょうね」

「嘘で――――！」

「ご愁傷さま」

重い音を立てて振り下ろされた〈鮮血の魔人斧《デモンアックス》〉は葉蓮仙女の頭頂部から股間までを真っ二つにして、さらに固い鍾乳洞の石床に深く食い込んだ。

土煙があたりに立ち込め、反響音が巨大な鍾乳洞を伝わっていく。

あたりは静寂に包まれて、戦闘の喧噪がまるで幻であったかのようだ。

その静まり返った薄闇の中、重い擦過音《さっかおん》を響かせて斧を引き抜いたクラスティは、興味の失せた瞳で葉蓮仙女であったものを見た。

数瞬後、それは沸き立つ虹の泡に変わる。

すべての問いと同じ、解答するまでの道のりにこそ意味があり、終わってしまえばそれはすでに色あせた過去に過ぎない。

仙女は息絶えた。

敗因は対象を見くびりすぎたこと。そして自らを優位に置きすぎたこと。

敬意がなければ理解をしようとは思わないだろう。

そして理解がなければ拮抗する相手に勝利することができない。

逆説的だが勝利のためには相手に対する敬意が必要なのだ。

その些細だが重要な真実を、彼女は見過ごした。

「勝敗判定《リザルト》。——それだけです」

つぶやいたクラスティは静けさを取り戻した鍾乳洞を引き返すべく歩き始めた。数歩歩いて振り返った表情に狂気じみた熱気はすでになく、駆け寄ってしがみついた花貂《ファーデヤオ》を抱き上げたのだった。

▼4

「ヘイヘイ。膝ガクガクしてるぜ英雄！　マジやってんのか。セントラルパークでチワワ抱えてる婆ちゃんだってもっと気合い入ってるぜ？」

「ぬかせっ！」

エリアスはまるで山そのものと錯覚するほど重量を感じる両手剣を振りかぶり、よろめきかけて左足を踏ん張った。まったく悔しい話だがレオナルドの指摘は間違っていない。生まれたての仔鹿でも、もう少し立派に歩くだろう。

斬り下ろすというよりは、その重さに重心を引っ張られるように、妖精の大剣〈水晶の清流《クリスタルストリーム》〉を振った。

まるで全身が水に浸かったような抵抗にエリアスは顔をしかめる。その抵抗は一瞬ごとに拘束強度を増し、剣を振り下ろすというただそれだけのことなのに、鉛の中で動いているようだった。その結果、エリアスの攻撃は子供が遊びで振ったような稚拙な一撃となり、それがレオナルドのＨＰを一パーセントの半分の半分ほど削る。

表情だけはギラギラとした、しかし全身泥と埃で汚れきったレオナルドも疲労の極致のようで、エリアスの攻撃は、斬りつけたというよりは押しやったような効果をもたらした。不敵な表情を繕《つくろ》って払いのけようとしたレオナルドだが、足下がもつれてたたらを踏む。

「全然ダメージないぞ、〈刀剣術師《ブレイドマンサー》〉」

「自分のＨＰ見てみろよ、カエル人間《Ｆｒｏｇ Ｍａｎ》！」

ぜいぜいあえぎながら怒鳴り返し、エリアスは両手剣を岩盤に突き刺した。立っていることもおぼつかなく、剣に体重をあずけて呼吸を整える。

レオナルドのＨＰは残りわずかだ。

互いに泥にまみれていても、数字だけを見ればエリアスの圧倒的な勝利が約束されているように見える。だがそれは表面的な事実だ。残り二十五パーセントになったＨＰをここまで削るために、エリアスは一時間以上の攻撃を繰り返した。通常であれば三十秒もかからないで与えられるダメージを、渾身の力を振り絞り、それこそ魂を燃やすほどの気迫で削ってきたのだ。

残りＨＰ十パーセントほどまでは激情で戦うこともできた。

その先は一パーセントごとが巨大な鋼鉄の岩盤を素手で掘り進むような難事であり、エリアスを動かすのはもはや意地でしかない。

もはや自分が何のためにここにいるのかもわからなくなりつつ、エリアスは激流の中で必死に岩にしがみつくように、呪いを越えなければならないという一念のみでここに立っている。

身体の動きは明らかにどんどん悪くなってゆき、その運動能力の低下は我がことながら目を覆うばかりだった。「戦う相手のHPを最大値の二十五パーセント以下にできない」という〈妖精の呪い〉はどこまでもエリアスの動きを制限してくる。

理由はわからないが、今のエリアスはその制限を乗り越えているようだ。現にレオナルドをあとほんの一息というところまで追いつめている。だが〈妖精の呪い〉が解除されたわけではない。それはエリアスを締め付けるこの不自由さから言って明らかだ。


レオナルドは、そんなエリアスの攻撃をただひたすらに受け続けている。

それはおそらく簡単ではない試練だろう。研ぎ澄まされた武術を身に着けた〈冒険者〉たちは、半ば無意識にでも攻撃を回避する本能がある。それを、レオナルドは己の意思ひとつで無効化しているのだ。

水流が渦巻くエリアスの魔法剣は、岩さえも断ち切る。その前に身をさらすのだ。恐怖を押さえつけなければならないし激痛だって走るだろう。

エリアスにだってそんな事情はわかっている。

ダメージが減衰した限界環境での攻防は数百回続けられたのだ。それはお互いの内心を伝え合うのに十分な回数だった。

「おい、英雄《エリアス》。いつから意識戻ってるんだよ」

「……」

エリアスは言葉に詰まった。

レオナルドの言うとおり、精神の混濁は今やほとんど感じられなかった。

時折頭痛が走るが、自分が葉蓮仙女《ようれんせんにょ》という女怪にたぶらかされて、仲間にも刃を向けた記憶は鮮明だ。

操られていたのだとしても、操られたことそのものが肺腑を焼くほどの屈辱であり罪悪感だ。さらにいえば、ただ操られていたわけではなく、こぼれだした言葉の数々は胸にくすぶっていたエリアス自身の劣等感だということが、輪をかけて辛かった。

戦闘をやめることができなかったのは、極論すれば意地でしかなかった。

今までの呪い《二十五パーセント》を超えて、自分が与えつつあるダメージに魅了されていたといってもよい。

だが、見透かされたエリアスは、今まで続けてきた攻防すらも手放して、うつむいた。

「レオナルド……」

「別にいいよ。そんな顔すんなよ」

レオナルドは満身創痍《まんしんそうい》ながら胸を張るとそういって、よろめきながら近づいてくると、エリアスの頰に拳を突き入れた。

なっちゃいないパンチだった。

腰は入ってないし、振り上げた拳に親指は握りこんでいるし、ありていに言えば素人丸出しだった。しかしそんなパンチを避けるだけの体力もなく、無様に喰らったエリアスは、二、三歩よろめいて倒れた。受け身を取ろうにも全身の反応が鈍く、顔から岩床に転がる。そんな滑稽な自分に薄笑いが出た。

「どうだ」

「どうだっ……て言われ……ても」

まるででくの坊のように岩床に倒れ、そのまま起き上がる体力もないと諦めたエリアスは、無理やり身体を仰向けにすることだけは成し遂げた。

全身がやけどをしたように熱を持ち、その意味では冷たい鍾乳洞の岩床は心地よかった。この熱は愚かな自分そのものであり、大地はそれを優しく非難しているように思われた。

「ひどいパンチだ。……素人みたいだ」

「ふん」

我ながらひどい憎まれ口をたたいた。

あんなに迷惑をかけたのに、命まで狙ったのに、悪いのは自分自身でしかないのに、エリアスは素直に謝罪することすらできない。結局、今この時も〈妖精の呪い〉はエリアスを縛り付けているのだ。レオナルドに対して問答無用に襲い掛かり、しかもその攻撃すらも完遂できていない。危害を加えた罪悪感と、危害すら加えきれない劣等感が、胸の中で争っている。

呪いに対する劣等感と重油のように身を焦がす後悔が、いまだにエリアスを闇の底へと縛り

付けているのだ。

葉蓮仙女《ようれんせんにょ》に誑《たぶら》かされたのは本当だが、それが理由の全てでないことはエリアス自身がわかっている。その証拠に、熱狂状態が収まっても、じくじくとうずく膿《うみ》のような悪感情が消えてくれないのだ。


レオナルドは身体の節々を気遣うような用心深いしぐさでエリアスに近い岩床に胡坐《あぐら》をかいて座ると、太いため息を吐いた。ＨＰ的にみれば、エリアスよりもレオナルドのほうがはるかに「死」に近い。

エリアスは残り十パーセントほどだが、レオナルドは二パーセントを切っている。瀕死といってもよい状態だろう。

もちろんＨＰとは負傷やダメージに耐える体力を表し、スタミナや疲労蓄積とは無関係だ。だから、ふたりの疲労困憊《こんぱい》は直接的にＨＰによるものではないが、だとしたところでこの限界状況において両者に差異はほとんどなかった。

「なんでこんな馬鹿な真似に付き合ったんだ」

エリアスはそう尋ねた。

レオナルドは、その気になれば、エリアスの命を百回だって絶つことができたのだ。レオナルドのＨＰの最後の十パーセントは、エリアスにとって万里の距離であったけれど、エリアスのそれはレオナルドにとってそうではなかったはずだ。

一撃で、とは言わないがふた呼吸する間にも根こそぎにすることができたはずである。レオナルドは初めのほうこそ武器を構えていたが、最終的にはそれを鞘にしまってまでも、エリアスの自暴自棄に付き合ってくれたのだ。

それは意味不明で、不可解な行動だった。

レオナルドはその問いに、少し目を見開いて、肩をすくめてため息をついた。その態度には「何をアタマの悪いことを言っているんだ」とでもいうような揶揄《やゆ》があって、エリアスは恥じ入る。

賢いとは思っていなかったが、おそらく自分は心底愚かなのだろう。

今回のことでエリアスはほとほと自分という存在に愛想が尽きた。

いままで〈古来種〉の英雄だ、最強の騎士だとおだてられいい気になっていた自分を焼き尽くしたい思いでいっぱいだ。同胞を救い出すことも、〈大地人〉を助けることもできないようなこの身には何の価値もなく、度し難いほどの罪悪だとすら思えた。

だがそんなエリアスは、レオナルドから思ってもいない言葉を聞いたのだった。

「その〈妖精の呪い〉ってのは、もう解けてるだろ」

あっけにとられたエリアスは、痛みも疲労も忘れて上半身をはね起こし、あまりの苦痛に悶えながらも「そんなことはない――！」と抗議した。大半はうめき声にしかならなかったとしてもだ。

「こっちのHPを二十五パーセントを超えてさらに削っていったじゃないか」

そう言われれば、確かに呪いの一部は緩んだと言えるかもしれない。

しかしそんな簡単なものではないのだ。

レオナルドは何も知らないから――その言い分自体がレオナルドを下に見るような尊大な思考だと気がつきながらもエリアスの心はそういう自己正当化をやめることができない。我ながら卑怯卑劣だとは思うものの、歪められて圧殺されそうな魂が逃げ道を求めるように、そんな言い訳じみた考えにすらすがりそうなのだ。

「あんな速度じゃとても追いつかない……何も成せないじゃないかっ」

だからレオナルドの視線を受け止めることもできず、視線をそらして声高に叫んだ。

追いつめられた敗残者が取る、それはごまかしの態度そのものだった。

「そっか」

レオナルドはエリアスのそんな虚勢を気にもしていないようだった。

どこからか射し込む光は一日の終わりを告げる茜色から、もうすでに藍色の帳《とばり》の到来をしらせている。

光を失いゆっくりと暗くなっていく洞窟の中で、互いの魔法具が放つ戦いの余熱のような不思議な明かりに照らされたまま、ふたりはただ静かにそうしていた。

どうすれば良いのかもエリアスにはわからなかったし、言える言葉など何もなかった。

「――そもそもエリアスの願いは誰かを殺すことなのか？　殺したいエリアスがいて、殺せない呪いを捨てたいのか？」

「……え？」

レオナルドの疑問は、言葉としてはわかったが、その意味をエリアスは捉えそこねた。レオナルドが何を聞いているのか、わからなかったのだ。

誰かを殺したいのか？

たとえばレオナルドを殺したいのか？

そんなことはない。

ないはずだ。

じゃあ、自分はなんでこの呪いを捨てようとしていたのだろう？

仲間を、民を守るためだ。

何かが奇妙にねじれていた。

上半身を大岩になんとかもたれかからせたエリアスは、泥と血にまみれた傷だらけの手の平をじっと見つめた。見慣れた、だが汚れはてた手だ。そんなことを言われても、何が何やらわからなかった。戦いの余熱のせいか、レオナルドが何を言いたいのか察することができない。

不器用になってしまった自分に苛立つが、全身の疲労が自由を許してもくれない。

「会ったことはないけれど、妖精ってのはそういうことをするのか？　妖精は何のためにそんなことをエリアスに命じたんだ？　そもそもそれって本当に呪いなのか？」

「呪い……じゃない？」

その言葉を咀嚼《そしゃく》してゆっくりと理解したエリアスは、弾かれたようにレオナルドを見た。

それは、一回も考えてみなかった可能性だった。

〈妖精の呪い〉はエリアスの一部なのだ、すでに馴染んで切り離せない構成要素《パーツ》だとすら感じられ、意識すらしていなかった。

では一体、このハンディキャップは何だというのだ？

エリアスを縛り付け失意と喪失を味わわせるこれが、呪いでなくてなんだというのだ？

「そうだよ。俺たちの間《コミックファン》じゃ、それは、呪いとは呼ばない。――エリアス《あんた》の誓いが結晶化したものだ。エリアス、あんたは、殺せないわけじゃない。それを俺は知ってる。どんな相手でも、殺したくないから誓いを胸に秘めたんだ。モンスターだけじゃない。〈大地人〉も〈冒険者〉も〈古来種〉も」

それは、言葉ではなかった。

レオナルドの口から紡がれたものは断じて言葉などではなかった。

もっと高次元の、静かではあるが莫大なエネルギーを秘めた何かだった。

我知らずエリアスは全身に力を込めて、瞳を見開いて、その続きを待った。

「――赤鼻のルビエンス姫のことを思い出せよ。あんたはあの日、彼女の配下の傭兵《ようへい》を全員ぶちのめして逃げだすことができたはずだ。それくらい実力差があったんだ。でもあんたは、戦わないで人質になることを選んだじゃないか。エリアス＝ハックブレードは、呪いに負けて殺さなかったんじゃない。殺したくないから、殺さなかったんだ」

そうだ。

いつから失っていたんだろう。

その指摘は天啓のようにエリアスを貫いた。

エリアスは不殺を願ったのだ。

誰かを踏みつけて殺すことによる救済よりも、より困難な道を選んだはずなのだ。

エリアスが妖精の剣を学んだのは、その技には相手を殺さずに事態を解決するだけの実力が秘められていると睨んだからではなかったか。

エリアスがレオナルドの言葉で出会ったのは、幼かった自分白身の歩いてきた決意の足あとだった。忘れ去って最初から無かったと思い込んでいたそれは、振り返れば、自分の足下から過去へと続いていていた。

流れ落ちる熱にエリアスは顔を上げることができなかった。

「それを俺は知っているよ。あんたの物語を、俺はちゃんと読んでいる。あんた本人より。だからあんたを応援してる」

「あ……。あ゛、あ゛づ……」

いつの間にかエリアスは泣いていた。

みっともなく啜《すす》り上《あ》げていた。

〈最強の古来種〉が憚《はばか》りもなく嗚咽《おえつ》していた。

だとすればなんという過ちを犯してしまったのか？

だとすればなんという回り道をしてきたのか？

だがその悔悟《かいご》は先程までの身を苛《さいな》む責め苦の如きものではなかった。

身を切るような辛さはあったが、それは、この先足跡を継いで未来へ向かうために必要な受容の痛みだった。

「あんたのそれは〈誓約《ゲッシュ》〉だ。成し遂げるために得たあんたの力だ。……呪いだなんて自分を嫌うなよ」

エリアスの左腕からまばゆいばかりの光が溢れだし、虹色の光の渦となって広がった。岩盤を突き抜け、大地に浸透し、折れた木々を癒し、傷ついた山の小動物を癒し、それは暮れなずむ明けの明星を見上げながら空の彼方に浮かび上がっていった。

呪いなど、か細く儚《はかな》いものだった。

疑いさえすればそれで綻《ほころ》ぶほどの、鉄鎖《てっさ》というよりも紙縒《こよ》りのように脆弱なものだった。

エリアスは自らの枷《かせ》を憎んでいた。己を縛り付ける呪縛だとみなしていた。だからこそ枷は呪いとなったのだ。エリアスの妬みと恨みを吸い込んで、際限なく肥大化した黒い呪いとなっていた。

しかし、枷は戒めの誓いでもあった。

レオナルドという朝日に照らされて、凝り固まっていた闇は晴らされた。

光の下で見るそれは、エリアスを傷つける怨嗟ではない。

いまエリアスはそれから解き放たれた。

そして最初から持っていた誓約《ほこり》を取り戻したのだ。

▼5

クラスティと花貂《ファーデヤオ》がその明るい部屋にたどり着いたとき、すでにカナミたち一行はそこに集まっていた。

その部屋は直線できっちりと構成された地下遺跡の、硬質の壁に囲まれた先にあった。見渡すばかりのホールや狭い通路、何度も折り返しのある階段や、金属で作られた魔法の器具が雑然と積まれた行き止まりで構成された地下のフロアだ。

（何らかの現代的なビルの廃墟、放送局か？）

クラスティはそうあたりをつけた。

中国のそれはたしか「電視台」と呼ばれていたはずだ。

かしましい声に導かれて奥へと向かうと、興奮して遺跡のあちこちを触り倒しているカナミを発見することができた。藍色の髪をした侍女風の少女を連れまわして、壁をたたいたり、机を調べたり、魔法具の前であごに手を当ててポーズをとったりしている。

壁際にはクラスティに襲い掛かったエリアスと緑色のフルスーツをつけた男が疲労困憊《こんぱい》という様子で座り込んでいる。

その四人がカナミの話していた旅の一行なのだろう。それはわかるのだが、女性ふたり（主にカナミ）の華やかさと、くたびれ切った男性ふたりのコントラストは残酷なほどだった。

クラスティは関わりを避けるのが妥当だろうと結論する。幸いにも、この広間にはこの状況の謎解きをしてくれそうな知り合いがほかにいた。

「よう、災難だったな」

「朱桓《ジュホワン》さまっ」

花貂《ファーデャオ》が飛び上がって挨拶をした。この野性的な風貌の男は彼女の呼んだとおり、朱桓《ジュホワン》。クラスティにとっても、こちらのサーバーで数少ない顔見知りだ。

「ご無沙汰しております。いかがお過ごしでしたか？　〈狼君山〉はめちゃくちゃになってしまいました……」

「おう。知ってる。鵺《ぬえ》とは俺たちも戦ったぞ」

「ひええぇ。すいません存じ上げませず」

花貂《ファーデャオ》は恐縮しきって何度も頭を下げていた。その様子が滑稽で、低く笑ったクラスティだが、目ざとく彼女に見つかって、抗議の視線を向けられる。

「山の外でも何か起きているのではないですか？」

「おう、そうだがよ。……雰囲気変わったな」

話の矛先をかわすためにクラスティは尋ねたが、どうもその様子すらも朱桓《ジユホワン》からすれば雰囲気の違いとして受け取られたらしい。バカンスだと思って〈白桃廟〉で怠惰を決め込んでいた姿しか知らなければ、今の完全武装の姿は違和感があるだろう。クラスティはそう受け止めた。

騒ぎは収束していない。

カナミたち一行は興味本位にあたりを探ったり疲れてぐったりしているが、今も朱桓《ジユホワン》と同じ意匠の鎧を付けた複数の〈冒険者〉が通路から見え隠れしつつ、〈月兎《げつと》〉を狩りだしている。現れるモンスターの個体それぞれはさほど脅威でもないために、落ち着いて対処すればどうということはないが、先ほどまでの密度だとかなりの危険といえるだろう。

そんな現状を察して質問をしたのだが、それはクラスティが考えていた以上に鋭い指摘だったらしい。

「ご明察。……ひどいありさまだ。山が崩れて、魔物があふれ出した。大規模戦闘《レイド》モンスターまで出てきて、紅王閥《こうおうばつ》の連中は全滅だぜ。街の連中も、おっつけこの山に来るだろう。〈封禅《ほうぜん》の儀〉かと思ったが、それだけでもないみたいだし、いったい何が起きているんだ？」

「さあ」

暗い表情でそう述べる朱桓《ジュホワン》にクラスティは肩をすくめた。周辺情報はありがたいが、それに対して何らかの考察を持っているわけではない。

〈封禅《ほうぜん》の儀〉について尋ねてみたが、花貂《ファーデヤオ》によれば、地上世界の支配者を天に報告する儀式とのこと。付近を治める王が、仙境の魔法装置で崑崙《こんろん》にそれを告げるのだそうだ。

それは、クラスティの古典知識にある〈封禅《ほうぜん》の儀〉とほぼ符合する情報だ。おおむね正しいと仮定して問題ないだろう。

とすれば、好都合だとクラスティはほくそ笑んだ。

西王母へと続く道が残されているという意味だからだ。

「仙君さま……」

花貂《ファーデヤオ》が呟いた。

不安そうな瞳が揺れている。

「仙――クラスティさま。葉蓮仙女は、その……〈古来種《せんにょ》〉さまなんですよね？」

何度かためらった後、意を決して投げかけてきた問いはそんなものだった。

⇩仙女は仙女である。

⇩当然だ（トートロジーでしかない）。

⇩答えは「はいそうです」。

⇩なぜそんな問いを？

⇩花貂《ファーデャオ》は天の官吏である。

⇩それはつまり仙人の部下であることを示す。

⇩連座罰への恐怖感？

⇩ありうる。

⇩クラスティが〈古来種《せんにん》〉である誤解が続いている。

⇩豹変して周辺に被害をもたらすかもしれないという不安。

⇨豹変しないでも結局もたらすのでは？

⇩可能性はある。

⇩なんらかの悪事に加担させられるのではないかという危懼《きく》。

⇩つまみ食いとか？

⇨日常的に行なっていた。

クラスティが〈古来種〉ではないと判明した。
就職先を失う不安。
給与を支払っていたわけではないのでそれはおかしいのでは？

珍しく数秒以上考察を続けてクラスティは改めて花貂《ファーデャオ》を見下ろした。別に悪意はなくても、一メートル以上の身長差のせいで、彼女の柔らかい髪のつむじが視界に入ってしまう。

不安そうに視線を落ち着きなく動かすその表情はどこか逃げ道を探しているようでもあったが、こぶしは握られていた。こんな姿ではあるが、花貂《ファーデャオ》は一族の中ではエリートの立場なのだ。不安を押し殺してでも疑問をぶつけなければならないと考えたのだろう。

「これからはクラスティと呼んでくださいね」

「あっ……その、そういう。いえ、クラスティしゃま」

困惑して舌足らずになる少女から、クラスティは視線をはずした。

その不安をぬぐうために親切に状況を説明してもいいのだが、どう転んだところで現実は変わらないのだし、彼女が折り合いをつけるほうが健全だろう。——と考えつつ、理由の大部分は面倒だからである。

いざとなればまた甘味でご機嫌を取ればいい。

クラスティは秀麗な美貌の内側で、そんな失礼なことを考えていた。高山三佐《みさ》がかばった相手なのだから、いずれそれを三佐本人に報告し引き継ぐまで、最低限面倒を見る必要がある。

もしかしてこの〈狼君山〉に捨てていかれるのではないか？　このままでは仕える主もなく、野にすむ獣のようにモンスターとなり果ててしまうのではないか？　そんな不安で泣きそうになっている花貂《ファーデャオ》にしてみればたまったものではないが、クラスティは説明もせずにひとり決めていた。

従者であるというのならば、世話ができるようになるまでついてくるべきだろう。自分が連れていく。そう思った。


「……ニーハオ。ボンジュール、アロハー。モイ！　そしてモイッカ～♪」

踊るようなしぐさで語りかけるカナミ。

突然息を吹き返した魔法装置が伝える声は、困惑しきったシロエのものだった。クラスティはその声に、わずかに瞳を見開いて驚きをあらわにする。

一瞬の間に莫大な量の思惟《しい》がクラスティの中を埋め尽くした。

その多くはこの状況が罠である可能性の検討だ。

さきほど花貂《ファーデャオ》に対して行なったのとは次元の違う密度の検討を重ねる。あまりにも不自然だ。偶然巻き込まれた戦いで、偶然再会した古い知人が、偶然動かした通信装置によって、偶然別の知己につながる可能性。それは天文学的な確率になるはずだ。

それゆえ何らかの陰謀なのではないか？　背景があるのではないか？

クラスティはそう考えた。

しかしそういった疑いは、やはり漏れ聞こえてきたシロエの一言で粉砕された。

――カナミさんもしかしますけど月にいるんですか？

崑崙《つき》。

その何気ない疑問は、何よりも雄弁にシロエもまたその答えに至ったことを示していた。

クラスティの口から低い笑い声が漏れていた。

だとすれば、理解できないことでもない。どうやらゴールもしくはゴールを示す限りなく重要な道標には「月」という印《しるし》が刻み込んであるようだ。同じ場所を目指して歩けば、結局は出会うことになる。偶然ではなく、このルートが正解であるということなのだろう。

クラスティの知る限り、シロエは〈円卓会議〉の財政問題に取り組んでいたはずだ。いくつもの対症療法的な施策が〈三日月同盟〉や〈第八商店街〉から提案実施される中で、シロエが根回しに奔走したのは根源的で夢想的ともいえる作戦だった。

〈供贄《くにえ》一族〉と同盟を結び、ゾーン賃借システムの停止あるいは資金自動回収を猶予することにより、〈円卓会議〉の財政支出を抑制する。言葉にすると計画はそう言ったものだったが、だれがどう説明を聞いても荒唐無稽であるという印象を抱かずにはいられないものだったのも、事実だ。

そのシロエがアキバに戻り、大規模戦闘《レイド》を率いて戦っているのなら、おそらく策は成ったのだろう。あの苦労性の青年は、またひとつ偉業を成し遂げたようだ。

（だれにも認められない日陰にとどまってるんでしょうけどね）

ただ、シロエがその困難な交渉をやり遂げてなお月を目指すというのであれば、アキバにも変事が起きているのだろう。あるいは何かクラスティの知らない情報がもたらされている可能性もある。クラスティはそれを無理に知ろうとは思わなかった。

意識を向ければ、半透明のウィンドウには今でも明滅する呪いが残っている。

追加記載によってその効力は緩和されたとはいえ、呪いそのものは健在なのだ。〈典災《ジーニアス》〉ブカフィがクラスティより上位者であることは事実であり、その実力差からバッドステータスを付与することそのものは正規の手順にのっとっている。その内容がレベル差よりもさらに強欲であったために内容の一部を改変できただけであり、〈魂冥呪《こんめいじゅ》〉そのものは生きている。サーバー境界を越える移動も不可能だろう。さらにいくつかの追記ができる余地も感じるが、うかつにそれをしてしまえば将来緊急の時に対応できない可能性もある。

カナミは輝くような笑顔を浮かべていた。

大げさに身振り手ぶりを交えて語るそのしぐさは雄弁で魅力的だといっても差し支えないだろう。だが、その内容はクラスティから見ても梯子の段どころか、ビルのフロアを一段飛ばしにしたように突飛で鼻白《はなじろ》むほどだった。

「あれ、なんですか？　仙君さま」

「あれは災害ですよ」

「ふぇ？・」

「近づくとろくなことにならない女性です。花貂《ファーデヤオ》が気にしている葉蓮仙女なんていうのは彼女にくらべたら小物もいいところですからね。食べられないように注意したほうがいいですよ」

「た、食べ!?」

また簡単に騙された花貂《ファーデヤオ》は青ざめて飛び上がると、クラスティの後ろに逃げ込んだ。

まあ、それでいいだろうとクラスティは思う。

どうせしばらく、ヤマトサーバーへは帰還できないのだ。

サーバー境界を越えることを禁じる呪いがあるせいというだけではなく、楽しい課題《てき》が見つかった今、それを片付けずにアキバへ帰るなどもったいないというのも事実だ。

記憶は取り戻したが、西王母《ブカフィ》にはこの呪いを押し付けられたという貸しもある。せっかく招待状をもらったのだ、パーティーには参加させてもらわなければ嘘だろう。

「しかし、これでこちらの居場所は向こうにも伝わったことになりますね。――迎えは来るんでしょうね。リーゼか三佐か。どちらですかね」

クラスティは首をかしげた。

意識をしないようにしていたが、記憶を取り戻してみれば〈D．D．D〉のメンバーがクラスティを取り戻しに中原サーバー《こちら》へ来るのは明白だ。

だとすれば、その迎えが早いか、それともクラスティが〈封禅《ほうぜん》の儀〉の謎を解いて西王母のもとへ殴り込むのが早いか、競争ということになるだろう。

あるいは朱桓《ジュホワン》に合力して、ギルド戦争《ウォー》に乗り出すのが一番早いかもしれない。ゆっくりと骨休めをしたせいか、ずいぶんと騒がしく楽しい時間が巡ってきたようだ。

そんな物思いをかみしめていると、突然小さな爆発音がした。

▼6

ふざけたような軽い爆発音とともに、突然流れる音声に雑音が混じり始めた。慌てたカナミは腰の高さにある演説台のようなテーブルを撫でまわし、あちこちのつまみを引っ張ったり回したりしてみるが解決しない。

「あ」という小さな声と何かが折れる音がしたのは同時だった。

黒いレバーのような部品を持って振り向くカナミから、藍色の髪の少女を除く全員が視線をそらしたため、カナミはじんわり涙目になって、本格的に魔法具を責め始めたようだ。

今回の件では多大な迷惑をかけた負い目のあるエリアスは、ただ事態を見守るしかない。長い人生の中で、さほどの時を共に過ごしたわけでないにもかかわらず、カナミのこういった蛮行を生暖かい気持ちで眺めるのが、すっかり習慣になっているのが不思議だ。

「調子悪いな、この！　このこの、いうこと聞け。パンチだ、キックだ！　えい！〈タイガー・エコー〉ぅぅぅぅ」

「ちょっとやめろ、おい。カナミ！　このバカ！　マイガッ⁉」

レオナルドと名乗る青年が叫び声をあげたが、自棄《やけ》になったカナミがレモンイエローの魔力光をなびかせて激突するほうが早かった。

エリアスは困ったように瞼《まぶた》の上から眼球をもむ。

予測通りの気の抜けたような破壊音とともに、予測を上回るほど牧歌的なパステルカラーの煙が噴き出した。

当たり前だが、魔法装置は完全に破壊されて沈黙している。

「急に壊れたみたい」

真面目腐った表情で腕を組んで振り返るカナミに飛び蹴りを入れたのはレオナルドだった。

素直に蹴られるカナミではなく、その横顔にカウンターでフックを入れて、あっという間に喧嘩になる。

「おまえはそれでも一児の母《マザー》かっ」「なにいってんのうちの娘は天使《エンジェル》なんだよっかわいーんだよぅ」「なら壊すなあ！」「自動的に壊れちゃったんだって！」

口では相手を非難しながら、互いの手も止まっていなかった。高速のパンチで応酬しながら、受け止めたり躱《かわ》したり喜劇じみた一幕を演じている。

「治癒をご所望ですカ？」

「コッペリア……。いや、いいんだ」

エリアスは視線を落として微笑んだ。

その笑みの中に苦さはあったが、それを上回るほどの満足感があった。

「コッペリアは、エリアス卿のＨＰ低下を指摘します。最大値より七十二パーセントも下回ります。治癒をご所望ですカ？」

「コッペリア。この傷の熱が引くまで、僕には己を顧みる時間が必要なんだ。……治さなくてよい傷も、あるんだよ」

「そうですか」

コッペリアはそう答えて、所在なさ気に立ち尽くした。

彼女の仕えるべきカナミはレオナルドとのやり取りで忙しかったし、そうなると、そもそも人見知りの気《け》がある彼女にとって自発的に話しかける相手は少ないのだ。

「コッペリアは、エリアス卿がレオナルド卿を倒してしまうのではないかと思っていました」

「そっか」

「なぜそのようにしなかっタのですか？」

エリアスはその問いに答えようとして、浮かんできた答えを改めて自分の中で確かめてみた。いくつもの言葉が浮かび上がってきたが、それらはどこか気取っていたり、格式ばっていたり、建前であるような気がして、答えるのがためらわれた。

エリアスの旅の仲間であるこの少女は無垢であり、それは、風変わりなメンバーの中でもある種特別な扱いを受けるにたる美点だ。エリアスだけの話ではなく、カナミも、春翠《チュンルゥ》も、レオナルドも彼女の成長に特別な配慮をしてきた。

そんな彼女の真摯《しんし》な問いかけに、エリアスは真剣に考えた。

浮かんでくる言葉は、穏やかな心の中で波に洗われて、ゆっくりと削られ、あるいは不要な部分を失い、やがて残った言葉を告げた。

「男同士の戦いは、心が強いほうが、最後に勝つんだよ」

「……？」

「レオナルドは気高い英雄《ヒーロー》だった」

首を傾げた体勢で固まっていたコッペリアは、やがてその言葉に納得したのか「そうでしたか」とうなずいた。彼女がその小さな額の奥で何を考えたのかエリアスにはわからないが、前髪の隙間から覗いた夜明け色の瞳は、満足そうな光をたたえているように見えた。

「すいませんでした」

「反省すればいいんだ」

一段落《いちだんらく》したのかしょんぼり謝るカナミにたいして腕を組んで胸を張るレオナルドの奥に、青鋼の鎧を付けた偉丈夫が見える。葉蓮仙女《ようれんせんにょ》に惑わされて襲い掛かってしまった〈冒険者〉クラスティだ。謝罪しなければならないと考えて立ち上がった瞬間、空気が変わった。


虚空にできた直線から、漆黒の魔力が奔流のように噴き出してくる。

周囲の音が途絶えたわけではないのに、空間が凍り付いたように張り詰めていった。すさまじい圧力を受けてコッペリアがくらりと後ずさる。

エリアスは逆に前に出た。

心の炎が真っ赤に燃えて、邪悪な気配を跳ね返している。

この気配をエリアスは知っていた。〈死の言葉〉――その呪言《じゅごん》を聞いた仲間たちを凍れる眠りに誘い込む、冥府の言葉。あの気配だ。〈虚空転移装置〉で強襲をかけるはずだった、〈終末の大要塞〉の景色がちらりと見えた気がした。

「なにがおきているんですっ」

「危険でス」

前に出ようとした春翠《チユンルウ》をコッペリアが制止する声が後ろから聞こえる。それを薄く意識しながら、エリアスは水晶の両手剣を油断なく構えた。

空中に青白いスパークをまとった亀裂が口を開けた。

縦に裂けた空間はしばらく蠕動《ぜんどう》していたが、やがてそこから優美な衣の袖先が出現する。金糸銀糸で縁取られたその華麗さは、ただし衣のみだった。

金色の獣毛に覆われた指先は確かに女性的な曲線を備えていたが、歪《いびつ》なまでに研ぎ澄まされた鉤爪がすべてを裏切っていた。鵺のそれに似てはいたが、直《じか》に見てしまえば見間違えるものはいないだろう。見たものに訴えかける禍々《まがまが》しさにおいて、それはそれほどまでに格差があった。

高貴な袖に包まれていても、それは悪獣の前足そのものなのだ。

――この地を統《す》べる力の証明、まことに重畳《ちょうじょう》。ここに汝らの封禅《ほうぜん》を認め、迷える羊より羊飼いとして取り立てようぞ。

殷々《いんいん》と響くその声は、鼓膜ではなく、その場にいるすべてのものの脳裏に響いた。嫋《たお》やかな、それでいて歳経た声は、自動翻訳の機能を借りないでも、はっきりした侮蔑と拒絶の意思を感じさせた。

「――西王母……さ……ま……？」

震える声が貂人族《てんじんぞく》の少女の唇から漏れる。葉蓮仙女《ようれんせんにょ》を退けたとしても、その背後にはこのような存在がいるのか。エリアスには相手の戦闘位階《レベル》が測れなかった。それは世界最強の称号を持つ彼にとって、数えるほどしか経験のないことであった。

そして過去の経験に比べても、目の前に現れた手の持ち主の実力が桁違いであることだけは確実だ。

「こいつは――」

「補助呪文《バフ》よこせ。このままじゃ退却さえできねえぞ」

「障壁を」

騒然となる背後の〈冒険者〉を守るために、瘴気の渦にたったひとりで挑むエリアス。しかしその警戒するエリアスの横からためらいなく前に出たのは、剣を交えた歴戦の〈冒険者〉であるクラスティだった。

「早速のご挨拶、幸甚《こうじん》の至り」

狂気にかられたあの戦いで思い知ったその剛力。そして静けさ。

凄惨《せいさん》な笑みを浮かべて恭《うやうや》しい言葉をかけると、クラスティはその舌の根も乾かぬうちに一瞬で巨大な両手斧を振りかぶっていた。

この男は、強大なる魔に微塵《みじん》の躊躇《ちゅうちょ》もなく挑めるのだ。

無茶だ、とは思った。

だが止めようとは全く思わなかった。

それでこそだ、と言葉にせずに叫んだ。レオナルドといい、このクラスティといい、〈冒険者〉はエリアスに庇護《ひご》されるだけの存在ではないのだ。それが分かった今、エリアスは二度と〈死の言葉〉などにとらわれることはないだろう。

今も身体の中をめぐる熱い血潮が絶望を跳ね返している。

エリアスの魂は、カナミの言葉により目覚め、今はレオナルドの言葉に守られているのだ。〈妖精剣の後継者〉にもはや死角はない。

負けてはいけない、勝たなければならないという強い決意は、エリアスにとって弱さであった。なぜならその決意は、倒れたら二度と立ち上がることは出来まいという諦観に基づいていたからだ。

だが今は違う。何度倒れても立ち上がる。

すでにこの身は立ち上がったのだ。

もう一度それが出来ないなどということはありえない。エリアスはエリアスであるのみならず、友の願ったヒーローでもあるのだから。

呼吸を合わせるようにエリアスも〈水晶の清流《クリスタルストリーム》〉を振り下ろす。あとを追いかけるようにレオナルドとカナミが飛び込んでくるのが見えた、そして後ろに続く大規模戦闘《レイド》を意識した多くの〈冒険者〉たちも。

各々は最強の一撃を加えたのだろう。轟音、重なるように放たれた魔法や飛び道具。鋼鉄を打ち付けた衝撃。多くの魔力光で沸騰した空間が静けさを取り戻した時、あの恐ろしい存在の袖先も呪われた亀裂も見当たらなかった。

警戒するような視線を走らせるが、あたりには異変の名残すらない。

「ただの挨拶だったらしいな」

双刀を鞘に納めながら、エリアスの友人が肩をすくめた。

もちろん背中に冷たい汗が伝わってはいるが、恐怖そのものはなかった。最初から何か幻影の詐術《さじゅつ》にでもかけられたのではないかというように、そこには何の痕跡もない。

「なんだろね。様子をみにきたのかな？」

「ホラー映画みたいなやつだよ、なんだありゃ」

「確かに実体を備えていたようでス」

コッペリアは腰を折って戦場からひとつの仰々しい冠を拾い上げた。翡翠《ひすい》や琥珀《こはく》の埋め込まれた古代のそれは、おそらくあの恐るべき敵からの贈り物なのだろう。

「柄じゃないさ」

コッペリアから手渡されたそれを、レオナルドは嫌そうな表情で隣のカナミに手渡した。

手渡されたカナミはきょとんとして、そのあと意地悪そうなにやにや笑いを浮かべながら指先でくるくると二、三度回すと、「パースパーッス！」とはしゃぎながら、騎士然としたクラスティに投げ渡す。

彼は酷薄そうな半眼でその冠を指先で受け取ると、まるで汚物でも見るような瞳で弾いた。

冠は空中でくるくると舞った。

仲間たちは興味無さそうに扱ったが、それは確実に〈幻想級《ファンタズマル》〉な魔法の品《マジック・アイテム》だろう。桁違いの魔力を秘めていることは鑑定しなくてもわかる。打倒していないとはいえ、あの魔物が所持していたものであれば、大幅な戦闘力のアップが望めるはずだ。

それは〈妖精の呪い〉のハンデを埋めてなお余りある、仙境の秘宝かもしれない。

揺れる気持ちが見せたのか、澄んだ空気の中に虹色のゆらめきが僅かに混じったような気がした。湿ったような妖女の低い含み笑いが残り香のように漂った。

無用である。

エリアスは苦笑して、腰だめにした透き通る剣をほとばしらせた。

ガラス質の澄んだ音を立てて冠は失われる。

どんな魔法の品でも、偉大な秘宝でも、〈妖精の誓約《エリアスのゲッシュ》〉の代わりにはならない。それに、仲間との旅にそんなものは必要ないのだ。

エリアスはエリアスの力で、仲間と一緒であれば、それだけで願いをかなえることができる。

「行こう、カナミ、レオナルド。コッペリア！」

エリアスは胸を張った。痛みが全身に残っているが、それが今はエリアスの手に入れた新しい力を実感させる。

レベルはひとつも上がっていない。

今回の冒険は、妖精の騎士のステータスをわずかなりとも上昇させなかった。

しかしいま、エリアスは過去一度も越えることのできなかった壁を越えて、確信をもって笑うことができるのだった。エリアスは過去最強になった。風の強いこの荒野にそびえる、狼の山こそ、何度目になるかわからないがエリアスが生まれ変わった地である。

何度でも何度でもエリアスは生まれ変わるだろう。人々の希望さえあれば。それをエリアスはレオナルドの言葉で思い出すことができた。

呪われた男はもういない。取り戻した誓いは、エリアスの新しい力となったのだ。

〈ログ・ホライズン11　クラスティ、タイクーン・ロード　了〉

お菓子教室

レシピ提供：宮沢史絵　　お菓子イラスト：24

クッキー

【材料】（16 枚分）

バター……………………… 50g
粉糖 ………………………… 50g
塩 …………………………… 少々
卵黄 ……………………… 1 個分
バニラエッセンス……… 適宜
薄力粉……………………… 100g

【作り方】

1 バターをクリーム状になるまで混ぜ、粉糖と塩を加えて混ぜる。

2 卵黄とバニラエッセンスを加えてしっかり混ぜる。

3 薄力粉をふるい入れ、ゴムベラで切るように混ぜ、生地をまとめていく。

4 ラップで包み、冷蔵庫で 1 時間以上ねかせる。

5 冷蔵庫から生地を出し、めん棒で 5mm 厚くらいになるように伸ばして型を抜く。

6 天板にのせ、180℃に予熱を入れたオーブンで 13 分焼く。

マドレーヌ

【材料】（8 個分）

卵 ………………………… 1 個
砂糖 ……………………… 30g
薄力粉…………………… 50g
ベーキングパウダー
……………………… 小さじ ¼
バター（食塩不使用）…… 50g
はちみつ…………… 大さじ 1
塗りバター ……………… 適宜

【作り方】

1 型にバターを塗っておく。

2 ボウルに卵を入れてほぐし、砂糖を加えて泡だて器ですり混ぜる。

3 薄力粉とベーキングパウダーをふるい入れ、粉っぽさがなくなるまで混ぜる。

4 溶かしたバターとはちみつを入れて混ぜる。

5 型に流し入れ、空気を抜き、180℃で余熱を入れたオーブンで 15 分焼く。

仙君クラスティの

プレーンマフィン

【材料】(6個分)

バター(食塩不使用)	50g
砂糖	50g
卵	1個
薄力粉	80g
ベーキングパウダー	小さじ½
牛乳	大さじ2

【作り方】

1 バターをクリーム状にし、砂糖を加えてミキサーで混ぜる。

2 よく溶きほぐした卵を3～4回に分けていれ、しっかり混ぜる。

3 薄力粉とベーキングパウダーをふるい入れて、切り混ぜる。粉っぽさが少し残るくらいのところで、牛乳を加えて混ぜる。

4 マフィンカップに入れ、180℃で予熱を入れたオーブンで20～25分焼く。

タルトタタン

【材料】(直径15㎝の型1台分)

りんご	3個
グラニュー糖	60g
バター(食塩不使用)	30g
レモン汁	小さじ1
冷凍パイシート	1枚
塗りバター	適宜

【作り方】

1 りんごは6等分に切って種と皮を除く。鍋にバターとグラニュー糖を入れ、溶けて色づきはじめたら、りんごを加えて全体がカラメル色になるまで15分程炒めながら煮る。レモン汁を加え混ぜ、粗熱をとる。

2 オーブンを200℃で余熱を入れ、型にバターをぬり、1のりんごを敷き詰める。

3 冷凍パイシートを、型よりもひと回り大きくのばし、フォークで全体に数か所穴をあける。型にかぶせ、端の生地を中に折りこむようにしてととのえる。

4 オーブンに入れて30分焼く。冷ましてひっくり返す。

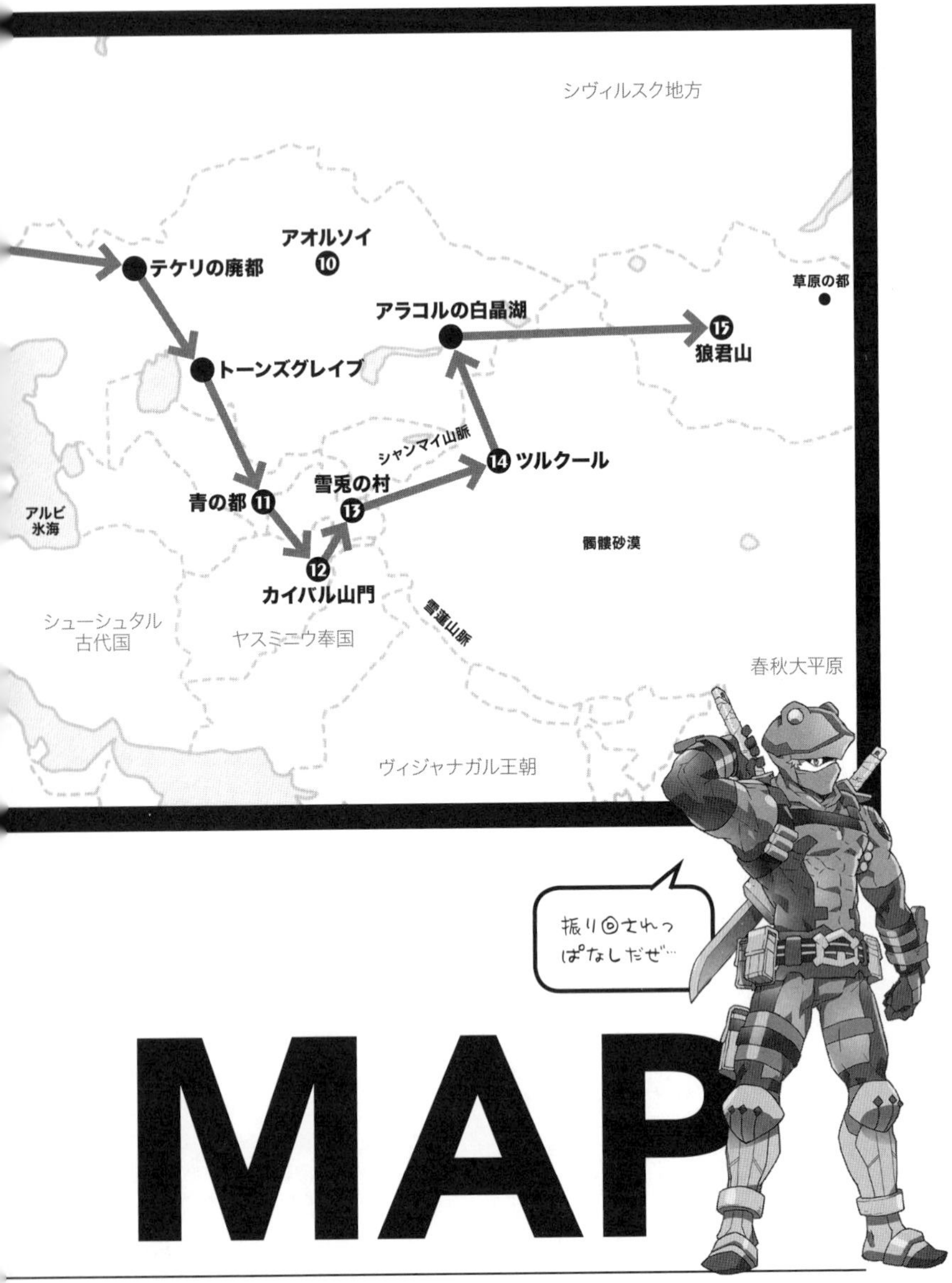
シヴィルスク地方
アオルソイ
10
テケリの廃都
草原の都
アラコルの白晶湖
15
狼君山
トーンズグレイブ
シャンマイ山脈
14 ツルクール
雪兎の村
13
青の都 11
アルビ
氷海
髑髏砂漠
12
カイバル山門
雪蓮山脈
シューシュタル
古代国
ヤスミニウ奉国
春秋大平原
ヴィジャナガル王朝
振り回されっ
ぱなしだぜ…

MAP

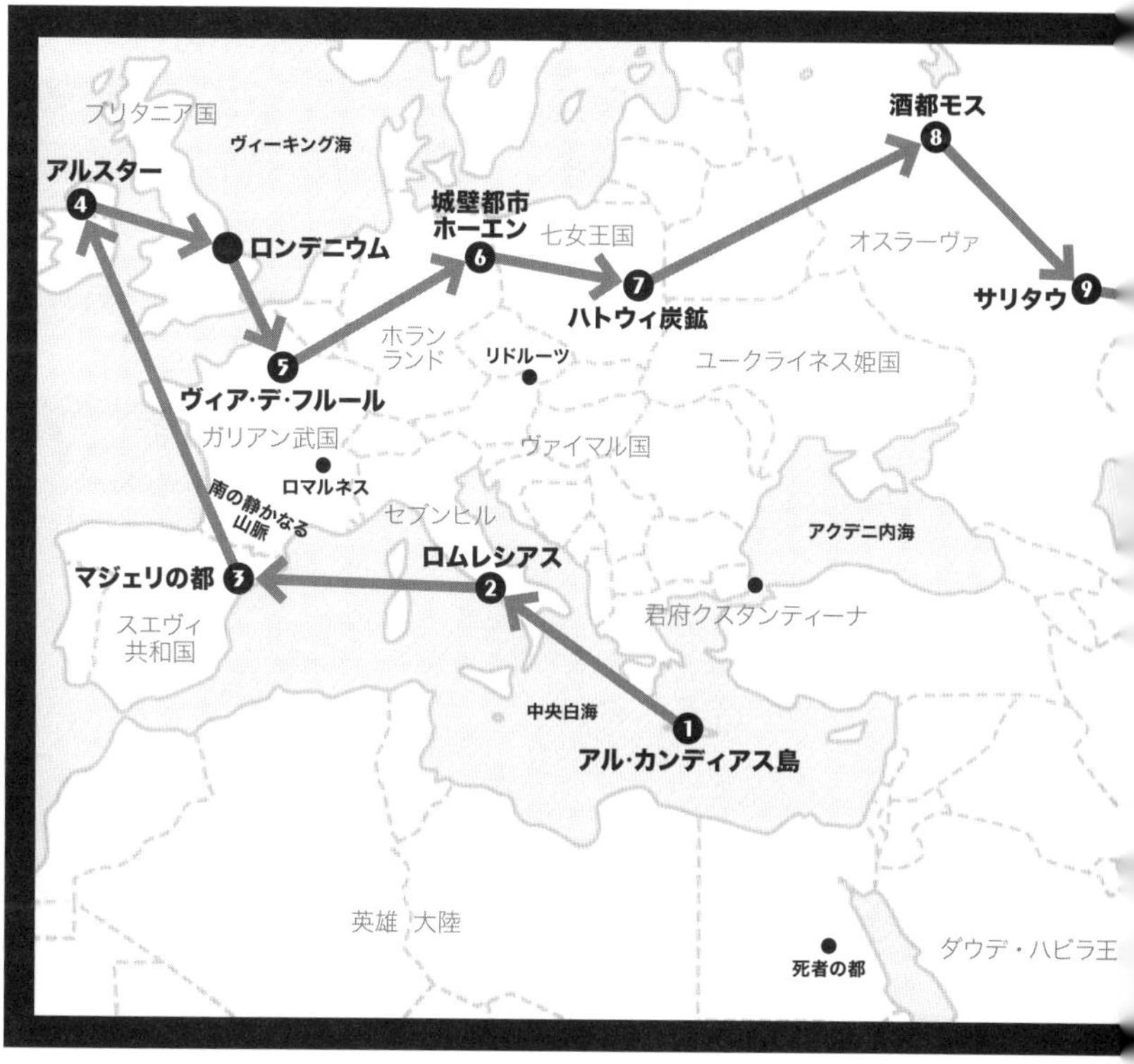
ブリタニア国
ヴィーキング海
アルスター
4
ロンデニウム
城壁都市
ホーエン
6
七女王国
酒都モス
8
オスラーヴァ
7
ハトウィ炭鉱
サリタウ
9
ホラン
ランド
リドルーツ
ユークライネス姫国
5
ヴィア・デ・フルール
ガリアン武国
ヴァイマル国
ロマルネス
南の静かなる
山脈
セブンヒル
アクテニ内海
マジェリの都
3
ロムレシアス
2
君府クスタンティーナ
スエヴィ
共和国
中央白海
1
アル・カンディアス島
英雄大陸
死者の都
ダウデ・ハビラ王

いろいろ
あったよね～！

カナミ一行の
旅程

1 アル・カンディアス島

〈大災害〉発生の日。カナミはこのときアル・カンディアス島地下のダンジョンで、〈青銅巨兵《タロス・ウォーリア》〉を相手にソロでレベル上げ中だった。

2 ロムレシアス

状況を把握するため、セブンヒル首都ロムレシアスに戻って調査するものの、進展なし。「そうだ、〈古来種〉に聞こう！」と思い立ち、一路ブリタニアを目指し旅立つ。

3 スエヴィ共和国

マジェリの都では凶暴な〈豪角牛頭魔王《グレイトホーン・ミノタウロード》〉を討伐。そのままの勢いで近海を荒らす〈海魔《クラーケン》〉も退治し、ブリタニア方面へ船出する。「お、この動き、使えるかも？」

4 ブリタニア国

ブリタニア国アルスターに到着！しかし赤枝騎士団の本拠はもぬけの殻。たどり着いた古戦場で〈暗闇の穴〉からエリアスを引きずりだし、目覚めさせる。エリアスが旅の仲間に！「寝ている暇なんてないよ！だって今日も日は昇るんだから！」

5 ガリアン武国

未だ事件の全容がつかめない一行は東へ向かうことに。白崖海峡を気合いで走り抜け、ヴィア・デ・フルールでコッペリアと遭遇。「ほっぺぷにぷにだあ、私これもらった！」

6 七女王国 城壁都市ホーエン

城壁都市ホーエンは街の主導権を握ろうと〈金竜騎士隊〉〈銀虎傭兵団〉の２ギルドが街を東西に分けて戦争の真っ最中だった。避難してきた〈大地人〉の願いを聞いて、カナミは両陣営を説得する。パンチ＆キック！

7 七女王国 ハトウィ炭鉱

炭鉱に巣くう蜘蛛を退治してほしいと頼まれたカナミだったが、蜘蛛の糸にぐるぐる巻きにされて囚われの身に。エリアス、コッペリアの奮闘で救出される。「たまにはヒロイン役もいいよね～」

8 酒都モス

イカサマ飲み比べ勝負を仕掛けられる。カナミ、エリアスが次々にダウンし、あわや全財産を奪われかけた時、コッペリアが無表情のまま全ての酒を飲み干し、チャンピオンになる。「解毒魔法とかインチキじゃないのか……」

9 サリタウの渡し

オスラーヴァ中東部サリタウに到着。ここでイティルの大河を渡りアオルソイへ。

10 アオルソイ

テケリの廃街ではレオナルドとKR、さらに春翠と出会い、旅の仲間は６人に。トーンズグレイブでは〈典災《ジーニアス》〉、ノール軍団、巨大な〈黒竜〉と入り乱れての大決戦！決着と同時にKRが離脱し、一行は青の都へ。「うぃあーちゃんぴよん！」

11 青の都

たどり着いた青の都は黒狸族が支配する卑猥な土地だった！黒狸族の首魁、黒狸大王にカナミのホットパンツが盗まれ、取り返すためにレオナルドが七つの難業に挑む羽目に。「わーん⁉ ケロのパンツととっかえてぇ」

12 カイバル山門

雪蓮山脈への玄関口で〈雪魔狼〉に襲われる〈大地人〉の老人を助けるが、老人は大怪我。北の〈雪兎の村〉に住む娘への届け物を託される。「最短距離だよ！」の一声で雪蓮山脈を一直線に北上！

13 雪兎の村

毛糸のパンツを無事孫娘にお届け完了した一行。さらにコッペリアが、村にあったスイカの種に祝福を与え、村人総出で畑を作ることに。「聖女様の畑」と名付けられる。「6435個の収穫を確認しましタ」

14 ツルクール

砂漠横断のため立ち寄ったオアシスで、砂大河の支配者〈砂亀妖〉を倒す。しかし〈髑髏砂漠〉の暑さを嫌がったカナミは、そのままシャンマイ山脈縦断の暴挙に出る。

15 狼君山

シャンマイを抜けて一行は狼君山に到達、〈典災《ジーニアス》〉の陰謀をクラスティと共闘して撃破！シロエとの通信に成功した後、クラスティと別れ、さらに東へ‼

いた！　そのときアキバ組の面々は…

てとら
茶会の伝説のボスキター!!!
これはおもしろくなりますよね!?
うえーい!
もっとおもしろくしたいけど
シロエさんはやりすぎて折れちゃったら困りますしねぇ
んー
お!?
主君の……
シロエさんの……
ねえねえお二人さん
ボクが聞いた話なんだけど——……
はあ…
主君！カナミ…さんと付き合っていたというのは本当か!?
はい？
シロエさんと両思いだったんですか!?
ええ!?
ボクしーらないっ
まさか娘っていうのは……
おい
班長
僕らが世界で最初にその景色をもらいます
ええええぇ？
ほう…
ポク
ポク
シロエちもなかなか言うようになりましたにゃあ
ですが——
まずはこの試練を乗り切ることですにゃあ
主君！カナミとよりを戻すというのは本当か!?
ええええ……
どうなんですか!?

アキバ衝撃の1日!! クラスティは生きて

直継

女子

ヘンリエッタ

カナミ様
大変《レイド》やったなー
シロエ様の思い人だった方ですか…
おうわさは耳にしておりましたが実際にお会《あ》いしたときシロエ様はどうなさるのか
私《わたし》も……
カチャ
あらやだ私ったらアカツキちゃんを差し置いて何を考えてるんでしょ
シロエ様のことですきっといちばん良《よ》い相手をお選びになるでしょう
ヘンリエッタお茶こぼれとるで？どないしたん？

リーゼ

テキパキ
テキパキ
リーゼさんずいぶんと張り切ってらっしゃいますね
ミロードが中国にいるとわかったんですから
すごいです♡
早く仕事を片付けて迎えにいかないといけませんからね
リーゼさんこれお願いします
ドン
リーゼさんこれにも目を通してください
ドン
え？
ドン
え？
え？
あ こっちが先ですから
こんなんじゃ迎えにいけないじゃないですかー！
リーゼさんこれもお願いします
あーん

高山氏
ミロードが中原サーバーに!?
コクン
ええ
カナミ様と行動を共にしてらっしゃるようですわ
ああ…ミロードご無事で…
たしか…死にかけクラくんの強いのなんのって――って仰ってまし……
死にかけ……
ああ…死……ミロード…
私のせいで死……
ああああごめんなさい！ごめんなさい！ごめんなさいっ!!
ずーん
姫
まったくっ!! あの妖怪には呆れましたわ！
ご無事ならご無事で
連絡のひとつもよこすのが礼儀じゃありませんのっ!?
どうせ豪華なお城できれいなメイドさんたちにお世話してもらいながら
何か問題でも？
毎日ごろごろ過ごしてるんですわ
あ――っいっぱつ殴ってやらないと気が済みませんわ――っ!!
それ…姫の妄想ですよね？
スカッ
だいたい合ってた

オリジナル職業《クラス》紹介 PART 2

▶海外サーバーオリジナル職業とは？

〈エルダー・テイル〉は全世界にプレイヤーが存在するMMO-RPGで、それぞれのプレイ地域に対応した13のサーバーが存在している。プレイヤーが選べるメイン職業も、サーバーごとにオリジナルの職業が数種類ずつ実装されていた。例えば〈武士《サムライ》〉、〈神祇官《カンナギ》〉はヤマトサーバーオリジナルの「地域職業《クラス》」である。

SOUTHEAST ASIA

［東南亜］

ペシラット
PESILAT
（武闘家の代替）

手技での戦いに重きを置いた格闘系戦士職。足場の悪い熱帯雨林で磨かれた様々な「構え」を持つ。この「構え」は〈武闘家《モンク》〉のものからさらに大幅に拡張されており、しかもそれぞれがコンボ発動の起点となっている。近距離攻撃に対するカウンターに始まる鮮やかなコンビネーションを武器としており、アクション要素が強いクラス。また短剣も装備可能で足技がほとんどない分の火力を補っている。

ドゥクン
DUKUN
（神祇官の代替）

伝統的な呪術師にして癒し手であり、森羅万象の精霊や祖霊の力を借りて戦う回復職。呪い、祓い、癒しの全てに精通している。回復職でありながら「構え」の要素が導入されており、各「構え」毎に同じスキルでも効果が変更されたりシナジーする要素が変わる。全てのスキルと「構え」の組み合わせを把握し、戦闘中に切り替えて使いこなす難易度は全サーバー中でもトップクラスだが、全ての特徴を引き出せば恐ろしい力を発揮する。

〈エルダー・テイル〉海外サーバー・

INDIA

［インド］

ラジプート
RAJPUT
（盗剣士の代替）

群雄割拠時代から伝統ある戦士階級の名を冠する武器攻撃職。タルワールと呼ばれる曲刀や直刀、槍、短剣、カタールあるいはチャクラムといった様々な武器を愛用する。二刀流で戦うことを好み、リズミカルかつ華麗な剣舞で敵を翻弄する。また、〈盗剣士《スワッシュバックラー》〉と比べてチャクラムや投擲用の短剣などの中距離武器および関連スキルが強化されており、投擲攻撃を白兵攻撃に組み込むカッコいいコンボ集動画がよくアップロードされる。

タントリック
TANTRIC
（神祇官の代替）

タントラとよばれる一連の特技をもち、自分の周囲に力場《りきば》を展開することで、その範囲内にいる味方（もしくは敵）にさまざまな強化／弱体化の効果を与えることができる。レベル差のある敵を転向させ、一時的に味方として戦わせるようなタントラもあり、多数の敵が押し寄せる戦場で高い制圧力を発揮する。また回復職でありながら装備可能種別に「楽器」が追加されているのも特徴だ。

MIDDLE EAST

［中東］

ダルヴィシュ
DERVISH
（神祇官の代替）

荒野を放浪する修行者たちの名を冠する回復職。簡素さがコンセプトの一部にあるためか、飛び道具が装備できず近距離戦闘に特化したクラスとなっている。セマーと呼ばれる固有の補助特技（構えの一種とされる）を持ち、回るように踊り続けることで強力な支援能力を発揮できる。だが、途切れることなく踊り続ける（支援効果を持続させる）ためにはセマー中に使用する数々の特技の再使用規制時間などを把握する必要があり、使いこなすには熟練が求められる。また、ダメージ遮断のエフェクトが非常に精緻な幾何学模様で作られており一部のマニアの間で話題になっていた。

ガージー
GHAZI
（武士の代替）

人びとを守るために戦うことで名を挙げた勇士の称号を持つ戦士職。槍と弓をメインとし、さらに曲刀やメイス、手斧といった武器を幅広く使いこなす。戦闘用のラクダなどを乗りこなすため騎乗適性も高い。純粋な防御力でみれば〈守護戦士《ガーディアン》〉に及ばないが、騎乗突撃による高めの火力や、ダメージの無効化やモブの除去といった強力な特技を駆使して戦線を維持するため、〈武士《サムライ》〉と似た戦略を用いて戦う前衛である。簡素ながら独特の防具と美しく装飾された武器の組み合わせはエキゾチックで、砂漠を完全武装した騎乗のガージーが駆けるムービーは多くのユーザーを虜にした。

WESTERN EUROPE

［西欧］

パラディン
PALADIN
（武士の代替）

高位の騎士が聖性を帯びた戦士職。〈守護戦士《ガーディアン》〉よりアンデッドやゴーストとの戦いに向いたスキルが充実している。一方で泥臭い白兵戦闘技術や連携用のスキルは抑え気味で、通常のダンジョン攻略よりも特定の敵に対するリリーフに向く。一部レイドやクエストでは〈守護戦士《ガーディアン》〉以上に活躍する。

エクソシスト
EXORCIST
（神祇官の代替）

悪霊祓いを専業とする回復職。不死系統のエネミーに対して特に強力な効果を発揮する系統の魔法を取得できる一方で回復能力が低く、西欧サーバーでは一部クエスト専門の不遇職とされていた。後に大幅なテコ入れが行なわれ、拡張パック〈覇工の野望〉でダメージ遮断魔法が取得可能になってようやく使い勝手が向上した。

テンプラー
TEMPLAR
（施療神官の代替）

道行く人々の保護と医療活動も行なっていた騎士にして回復職。癒し手としてのスキルに加えて、メイスや盾を使った戦闘向けのスキルが強力。〈施療神官《クレリック》〉よりも重装備特化なため軽装にするメリットがほとんどない。西欧サーバー以外の冒険者には見た目でパラディンと区別することが困難である。

LOG HORIZON

Fragrant green winds blow across this new, yet somehow old land.The imaginary world of Thalasia is home to dragons and giants, monsters and demihumans.With a burden weighing upon your soul, go forth, O winged one <Adventurer>!This land spreads out before you like a blank page; make your mark in it!

【用語解説】

▼エルダー・テイル

「剣と魔法の世界」をモチーフとした世界最大級の大規模オンラインゲーム。玄人好みのＭＭＯ－ＲＰＧとして二十年の歴史をほこる。

▼大災害

〈エルダー・テイル〉のゲーム世界にユーザーが閉じ込められた事件の呼称。十二番目の拡張パック〈ノウアスフィアの開墾〉を導入時にオンラインしていた日本人ユーザー三万人が被害に遭った。

▼冒険者

〈エルダー・テイル〉をプレイするときのプレイヤーの総称。ゲーム開始時に身長や職業、種族を決定する自分の分身。主にノンプレイヤーキャラクターがプレイヤーのことを指すときに用いる。

▼大地人

ノンプレイヤーキャラクターが自分たちをさす呼称。〈大災害〉以前よりも人数が圧倒的に増加した。寝食も普通に必要とし、ステータス画面で確認しないとプレイヤーとの見分けはなかなかつかない。

▼ハーフガイア・プロジェクト

〈エルダー・テイル〉内で二分の一サイズの地球を作るプロジェクト。地球とほぼ同じ形状をしているが、距離は半分、面積にして四分の一の設定。

▼神代【じんだい】

オンラインゲーム〈エルダー・テイル〉の公式設定上、滅んだとされる時代の総称。それは現実の世界の文明や文化をなぞっており、地下鉄やビルなどが朽ち果て、〈神代〉の遺産として存在している。

▼旧世界

〈エルダー・テイル〉が異世界化し、シロエたちが閉じ込められる前にいた世界のこと。いわゆる地球、現実の世界の呼称。

▼ギルド

複数のプレイヤーが所属するチームのこと。所属メンバー間は連絡がとりやすく冒険に誘いやすいだけでなく、アイテムの受け渡しが楽になるなど便利なサービスがあるため、多くのプレイヤーがギルドに所属している。

▼円卓会議

シロエの提案により結成されたアキバの街を自治する組織。戦闘系や生産系の大手ギルドや、中小ギルドを代表するギルドなどの計十一ギルドで構成され、アキバの改革をリードする立場にある。

▼記録の地平線【ログ・ホライズン】

シロエが〈大災害〉後、結成したギルドの名称。初期メンバーのアカツキ、直継、にゃん太に加え、双子のミノリとトウヤも参加。アキバの町外れにある巨大な古木に貫通された廃墟ビルが本拠地である。

▼三日月同盟

マリエが率いる中堅プレイヤーの支援を主目的としたギルドの名称。マリエの女子高時代からの親友ヘンリエッタが会計を務める。

▼放蕩者の茶会【デボーチェリ・ティーパーティー】

シロエや直継、にゃん太が一時期在籍していた集団の名称。活動期間は約二年で、かつギルドという形式でなかったにもかかわらず、〈エルダー・テイル〉では伝説的集団として現在も名が知られている。

▼妖精の輪【フェアリー・リング】

フィールドにある転移装置。転移先は月の満ち欠けに関係し、使用するタイミングを間違えるとどこへ飛ばされるかわからない。攻略サイトが見られない〈大災害〉後、使用する者はほとんどいない。

▼ゾーン

〈エルダー・テイル〉における面積や範囲を表現する単位。フィールドや、ダンジョン、街の他に、ホテルの一室ほどの狭い場所も存在する。金額次第で購入することが可能なことも。

▼セルデシア

〈ハーフガイア・プロジェクト〉によって作られたゲーム内世界の呼称。現実世界における「地球」に相当する言葉。

▼特技

〈冒険者〉の用いるさまざまな技のこと。メイン職業やサブ職業のレベルを上昇させることにより習得する。同じ特技でも初伝、中伝、奥伝、秘伝という等級があり、熟練度を貯めることで成長させることができる。

▼メイン職業

〈エルダー・テイル〉での戦闘能力を司り、ゲーム開始時にプレイヤーが十二種の中から選択する。戦士系、武器攻撃系、回復系、魔法攻撃系に区分され、それぞれ三種ずつ計十二種の職業が存在する。下段がその詳細である。

▼サブ職業

直接戦闘には関わらないが、プレイする上で便利な能力のこと。十二しかないメイン職業に対し、サブ職業は五十種類以上存在し、便利なものから、ギャグ要素のものまで玉石混交である。

▼口伝

ゲーム時代の能力を個々人が進化発展させた、従来の特技には当てはまらないユニークで強力な技術。

▼弧状列島ヤマト

セルデシア世界は現実の地球をモチーフにしている。弧状列島ヤマトは日本に相当する地域であり、〈エッゾ帝国〉、〈フォーランド公爵領〉、〈ナインテイル自治領〉、〈自由都市同盟イースタル〉、〈神聖皇国ウェストランデ〉と呼ばれる五つの地域にわかれている。

▼詠唱時間【キャスト・タイム】

ある特技を使用するために必要な準備時間。特技ごとに設定されていて、強力な特技の場合、この時間が長い傾向にある。格闘系の特技は詠唱時間中でも移動可能だが、魔法系は移動しただけで詠唱が中断される。

▼メイン職業

［戦士系職業］

守護戦士《ガーディアン》
最高の防御性能と、挑発による敵集中性能をもつ。

武士《サムライ》
和風の装備をあつかい、効果の大きな技を操る。

武闘家《モンク》
武装は少ないが回避能力に優れるバランス型。

［武器攻撃系職業］

暗殺者《アサシン》
多様な武器のあつかいに熟練した純アタッカー。

盗剣士《スワッシュバックラー》
二刀流タイプの多芸多才な遊撃的ポジション。

吟遊詩人《バード》
魔法的効果を持つ「歌」を多数操る軽装戦士。

▼技後硬直【モーション・バインド】

特技を用いた後に身体が硬直する現象を指す。技後硬直中は移動を含めたあらゆる行動が不可能になる。

▼再使用規制時間【リキャスト・タイム】

ある特技を使用した後、再びその特技が使用可能になるまでの待機時間のこと。この規制が存在するため、特定の特技を連続で使用することは難しい。中には一日に一回などという規制の長い特技も存在する。

▼帰還呪文

特技の一種ですべての〈冒険者〉が習得する基礎。一瞬で最後に立ち寄った神殿のある安全地帯に移動することができるが一度使うと二十四時間再使用が不可能になる。

▼大規模戦闘【レイド】

〈冒険者〉が普段行なう六人パーティーを超えるような人数で行なう戦闘を指す言葉。また、転じて大人数での部隊そのものを指すこともある。二十四人規模のフルレイド、九十六人規模のレギオンレイドなどが有名。

▼種族

セルデシア世界にはさまざまな人間型種族がいる。〈冒険者〉として選択可能なのは、ヒューマン、エルフ、ドワーフ、ハーフアルヴ、猫人族、狼牙族、狐尾族、法儀族の八種族。総称して「善の人類種族」などと呼ぶことも。

［魔法攻撃系職業］

妖術師《ソーサラー》
直接、相手にダメージを与える事を得意とする。

召喚術師《サモナー》
幻獣や精霊を召喚して、操ることを得意とする。

付与術師《エンチャンター》
状態異常やMPの制御を得意とする。

［回復系職業］

施療神官《クレリック》
最大の回復性能をほこる究極の癒し手。

森呪遣い《ドルイド》
自然や精霊を味方とする魔法型の回復職。

神祇官《カンナギ》
ダメージ遮断をあつかう予防型の回復職。

[あとがき]

めちゃくちゃお久しぶりです橙乃ままれです。

今回は非常におまたせした案件であり、冬休み明けに夏休みの宿題を出すようなスケジュールです。ごめんなさい。そのうえ、夏休みの宿題をダンボールで提出することにより、この冬の宿題は提出していないことをごまかす高度に知的な作戦だとも言えるでしょう。ばれますが。

さて本書『ログ・ホライズン11　クラスティ、タイクーン・ロード』をお買いあげ下さってありがとうございます。今回はシロエチームから離れて麗しの台風王女カナミチームの登場です。メインとはチーム違うのでカタカナタイトルです。ユーレッド大陸に飛ばされていたクラスティと妖精の騎士エリアスの出会い、そして旅を描いてみました。

さて旅をしまくる海外組を見習うべく橙乃も旅をしたわけです。実を言えば橙乃は日本三大庭園をコンプ済み。次は日本三大洞窟なるものに行ってみようと思ったのでした。たまたま立ち寄った秋芳洞《あきよしどう》がとても面白かった&楽しかったというのが原因のひとつなわけですが、ダンジョンものの話を書くなら写真資料やら欲しいなあと思ってのことであります。この時点で三大洞窟のひとつ秋芳洞はクリアしているわけで残りふたつというのも背中を押されるポイント。国内旅行であと二箇所なんて、余裕でしょ。

そう思ってたわけです。出かける前に察しろよという話なのですが、庭園というのは基本的に人間の居住地に作られるわけで、三大庭園はすべて市街地にあるのですよね。つまり軟弱な旅初心者に優しい目的地。それに対して洞窟というのはそもそも自然物ですし、その特性上、山の中にあります。

それを舐めていた橙乃とポンコツ有志一行は、山の中の観光道路で背後からビュンビュンと消防車両に追い越され「？」「⁇」と首をひねっていたところ、これから進むべきトンネルのなかで車両事故火災。もちろん通行止め。

最近は閉鎖されていて使っていなかった旧道に案内されれば、下手なジェットコースターよりもうねり曲がる路面。しかも道路の幅の左右三分の一は落ち葉に覆われてすべるうえに、時たまガードレールが途切れるなどのデンジャラスジャーニー。なんだそれ。

末尾にスタンがつく中央アジアに旅行に行ったようなスペクタクル。日本国内って舐めたものじゃないな！

肝心の洞窟はファンタジックで素晴らしかったです。寒かったですが。狼君山もこんな感じなのだろうと想像しながら書いた十一巻です。

連載で長編小説を書くってどんな感じ？　とたまに聞かれるのですが、しでかしちゃった後始末というのが一番正確でしょうか。適当なでたらめを作中に書いてしまったのであとから辻褄をあわせ続けるような仕事です。

告白してしまうと、クラスティを出したときは面白がって超格好いいキャラとして出しました。しかしすぐさま持て余し、こんなやつがアキバにいたらこのあと襲い来る街の危険を全部ひとりで解決しちゃうだろう！　と自己ツッコミを入れる羽目に。その結果が中国大陸大遠征なのだから、小説ってよくわかりません。そういう意味で言えば「三部作ってなんか良くない？　とても良い。外伝風に三冊セットのを書こう！」とか、そんな思惑で始まったカナミサイドと合流するのもびっくりです。

しかしきっかけはどうあれ一冊分のお付き合いをするわけです。となればクラスティのひととなりや過去のいきさつなんかを作者も知ることになるわけです。設定面では当初から結構設計されてたキャラなので予定通りなのですが、たぶん彼は作中自分で語っているよりも面倒くさがりで怠惰である意味臆病なのでしょう。レイネシアよりもずっと高い基本性能のせいでなんでもできちゃうから、そして見栄っ張りで負けず嫌いで、晴秋だからちっとも可愛げがないだけなのです。橙乃も「なんかもうこいつ本当に始末に終えないなあ」と半分呆れ、「もう眼鏡割れろよ」と半分嘆くありさま。

もしかして橙乃はこの歳にして初めて俺TUEEEと言うものが書けたのかもしれません。ほんとにそうかな？　なんか違う気もするんですけど。

そんな眼鏡超人オリンピックなクラスティも、たぶん生まれ変わった感じの本書です。彼が目指すは月にある〈採取者〉の本拠地。そこは本編決戦の地でもあるでしょう。


今回も章扉の登場人物ステータス画面に記載されたアイテムは、ツイッターで二〇一六年五月に公募させていただきました。@_636174474842さん、@aoappleさん、@dharma0430さん、@hige_mgさん、@hot_mintjamさん、@houden_noyukiさん、@hpsukeさん、@iron007dd22さん、@kazamasa504さん、@kkkjhlさん、@makiwasabiさん、@Meer_1010さん、@nyohruさん、@ookinaGU_さん、@sato_shogoukiさんのものを採用させていただきました。ここでは名前をあげきれませんが、投稿してくださった皆様に感謝です。今回もたくさんたくさんのアイディアを寄せていただきました！　ありがとうございました！！　今回はホント眼鏡割れろ案件だったので憎しみと愛情が渦巻く応募でした。救いは花貂《ファーデャオ》さんだけですよ。

詳しい、そして最新のニュースはhttp://www.mamare.comへ。毎週水曜日更新のブログ記事『ままれウェンズデイ』では『ログホラ』以外の橙乃ままれ情報も扱っております。そう言えば、今回はTRPGのほうの本『ログ・ホライズンTRPG拡張ルールブック キミだけの世界を創れ！』も同時に発売です！　興味があったらお手にとってみてくださいな。

それからそれから、現在、GREE、Mobage、dゲームで展開中のスマホゲーム「ログ・ホライズン　新たなる冒険の大地」が、十一巻発売の頃、おかげさまで三周年になります。皆様のお陰でとってても長寿！　今後ともよろしくおねがいします。

最後になりましたが。プロデュースしていただいている桝田省治様、イラストのハラカズヒロ様（花貂かわいいです！）、デザインして頂いたnext door design桐畑様、編集部の小さなF田様＆長瀬様！　今回もお世話になりました大迫様！　図書印刷様ありがとうございました！　台湾で大地震とのニュース＆北陸がすごい大雪の中このあとがきを書いております。どちらにも知己がいて心配です。現地の人が無事であれば良いのですが。

ともあれあとはみなさんがこの本を味わうばかりです。どうぞめしあがれ！

〝春眠暁を覚えずとは言うけど冬だって十六時間は眠れる〟橙乃ままれ

SAYONARA…
おつかれさまでした
HARA KAZUHIRO

▶TOUNO Mamare

東京墨東下町生息の不思議な生物。00年くらいからインターネットの片隅でろくでもない文章を放り投げる生活を送る。色んなテキストが大好物でテキストを食べたりテキストを出したりする全自動マクロ。2010年、年末にスレッド小説を書籍化した『まおゆう魔王勇者』でデビュー。『ログ・ホライズン』はWEBサイト「小説家になろう」で連載したものを再構成し書籍化。

公式サイト：http://tounomamare.com

▶MASUDA Shoji

ゲームデザイナーとして『リンダキューブ』、『俺の屍を越えてゆけ』などを制作。小説家としても活躍し、『鬼切り夜鳥子』シリーズや『ハルカ』シリーズ、『ジョン&マリー ふたりは賞金稼ぎ』、『傷だらけのビーナ』などを発表。最新作は児童書に初挑戦した『透明の猫と年上の妹』。そのほかの著書に『ゲームデザイン脳 桝田省治の発想とワザ』がある。

ツイッターアカウント：ShojiMasuda

▶HARA Kazuhiro

逗子在住。家庭用ゲーム開発出身。イラストのほか漫画、デザインなどで活動中。最近は散歩の時にバイオカイトで凧揚げするのが楽しいです。2012年より、コミッククリアにて「ログ・ホライズン」のコミカライズを手がける。

公式サイト：http://www.ninefive95.com/ig/

〒102-8177 東京都千代田区富士見2-13-3／電話：0570-060-555（ナビダイヤル）

LOG HORIZON

▶ログ・ホライズン
11 クラスティ、タイクーン・ロード
▶2018年3月20日　初版発行

▶著：橙乃ままれ
▶監修：桝田省治
▶画：ハラカズヒロ

▶発 行 者：青柳昌行
▶担　　当：藤田明子、長瀬香菜
▶装　　幀：next door design 桐畑恭子
▶編　　集：
ホビー書籍編集部
▶発 行 所：
株式会社 KADOKAWA
https://www.kadokawa.co.jp/
▶印　　刷：図書印刷株式会社

▶本書の内容・不良交換についてのお問い合わせ先
エンターブレイン カスタマーサポート
電話：0570-060-555
（受付時間　土日祝祭日を除く 12:00 ～ 17:00）
メールアドレス：support@ml.enterbrain.co.jp
※メールの場合は商品名をご明記ください。

▶定価はカバーに表示してあります。

ISBN 978-4-04-727230-9　C0093

大地人の支持はアインスに奪われ
レイネシアは政略結婚で西国へ
有力ギルドも円卓会議から離れていく
2018年 夏発売予定
橙乃ままれ 著
ハラカズヒロ 画
桝田省治 監修

頼りのクラスティもいない
シロエ、大ピンチ!?
ログ・ホライズン 12
円卓崩壊

指揮したTRPG！好評発売中!!

まずは
これ！

ログ・ホライズン TRPG ルールブック
キミも〈冒険者〉になれる！

橙乃ままれ［著］　絹野帽子［著］　七面体工房［著］　ハラカズヒロ［画］

「12の職業」「8つの種族」「無数のサブ職業」で
自分だけの〈冒険者〉を作り力を合わせて戦おう!

《料理》を発見したにゃん太班長が贈る
幸せのクッキング・ストーリー。
「ログ・ホライズン外伝
にゃん太班長・
幸せのレシピ」
完結!!
最新 第6巻
2018年3月31日(土)発売予定!!

B's-LOG COMICS

にゃん太班長・幸せのレシピ 1～6

草中 原作:橙乃ままれ
キャラクター原案:ハラカズヒロ

ログ・ホライズン カナミ、ゴー！イースト！ 1 2

コウ 原作:橙乃ままれ
キャラクター原案:ハラカズヒロ

B's-LOG COMIC

毎月5日配信中！

▶「にゃん太班長・幸せのレシピ」連載中

ログ・ホライズン アンソロジー 俺たち☆ギルドマスター

▶ 男性のギルドマスターに
焦点を当てたアンソロジー

原作:橙乃ままれ キャラクター原案:ハラカズヒロ
監修:桝田省治

ログ・ホライズン 4コマアンソロジー

▶ 豪華執筆陣による
4コマアンソロジー

原作:橙乃ままれ キャラクター原案:ハラカズヒロ
監修:桝田省治

http://www.kadokawa.co.jp 発行：株式会社 KADOKAWA

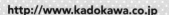

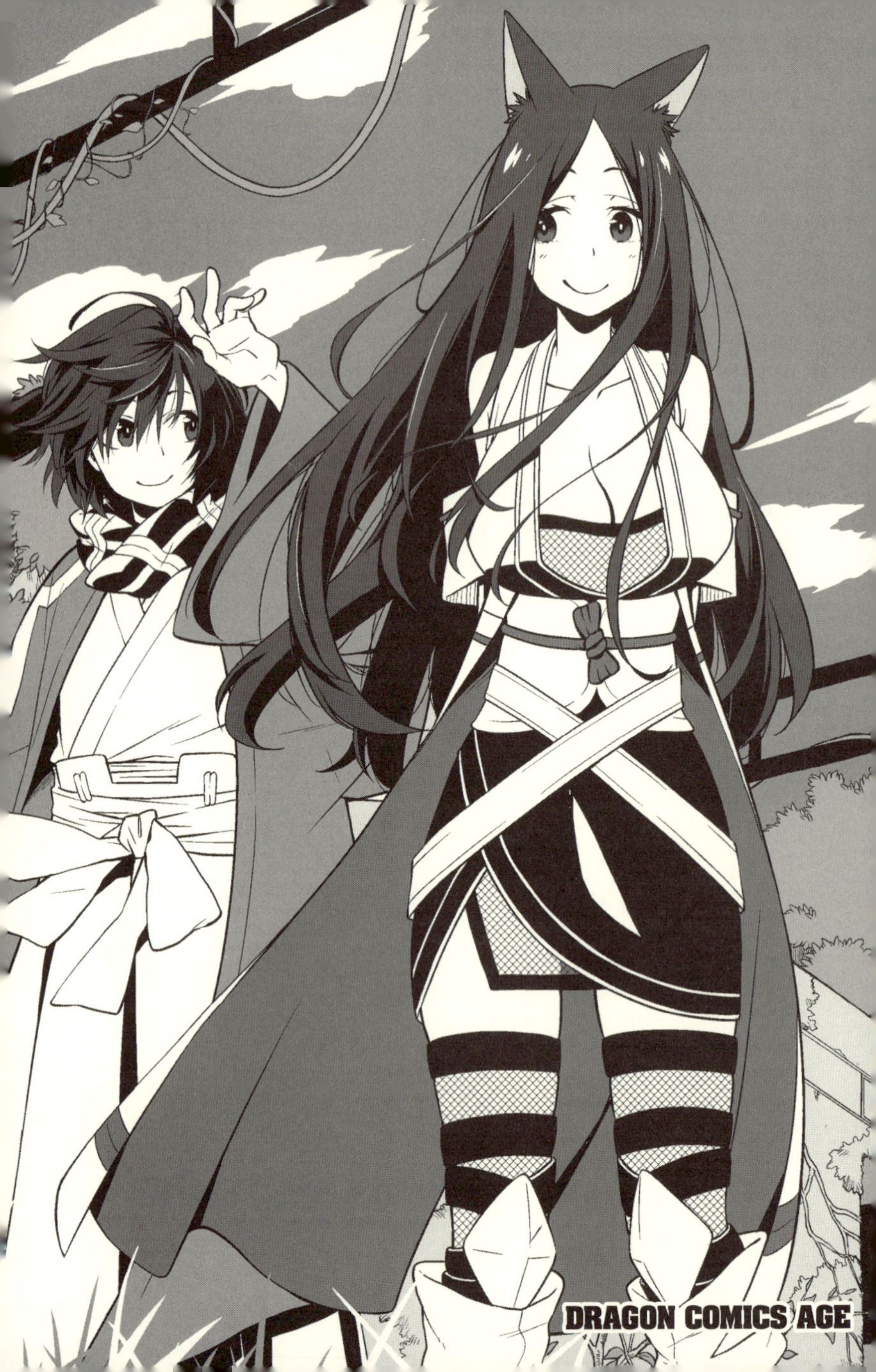
DRAGON COMICS AGE

“剣聖”ソウジロウ＝セタ率いる
大手戦闘ギルド“西風の旅団”の視点で描かれる、
もうひとつの“ログホラ”
①～⑩巻好評発売中!!
最終⑪巻 2018年5月発売予定!
LOG HORIZON《ログ・ホライズン》
西風の旅団
作画 こゆき
原作 橙乃ままれ
キャラクター原案 ハラカズヒロ

みんなからの投票を
お待ちしています!!!!!!
キャラクター人気投票の
開催が決定!!
［募集期間］
2018年
3/20(火)～5/3(木) 23:59
『ログ・ホライズン』のシリーズ再開を記念して
ニコニコ静画とのコラボ企画で
キャラクター人気投票を開催します！
イラスト投稿で、投票で、
好きなキャラクターを応援しましょう！
詳細は下記にアクセス!!
［投票サイト］
https://site.nicovideo.jp/seiga/loghorizon_vote/
結果発表はニコニコ静画の投票サイト上で行います。
［結果発表］ 2018年5月17日(木)予定
投票に参加してくれた方全員に
オリジナルデジタルコンテンツを差し上げます。